# 思海悟洲

吴　斌　著

中国文联出版社

图书在版编目（CIP）数据

思海悟洲 / 吴斌著 . -- 北京：中国文联出版社，
2016. 4（2024. 6 重印）

ISBN 978 - 7 - 5190 - 1385 - 1

Ⅰ.①思… Ⅱ.①吴… Ⅲ.①散文集—中国—当代
Ⅳ.①I267

中国版本图书馆 CIP 数据核字（2016）第 079926 号


著　者　吴　斌
责任编辑　曹艺凡
责任校对　乔宇佳
装帧设计　中联华文

出版发行　中国文联出版社有限公司
地　　址　北京市朝阳区农展馆南里 10 号　　邮编　100125
电　　话　010 - 85923025（发行部）　　85923091（总编室）
经　　销　全国新华书店等
印　　刷　三河市华东印刷有限公司

开　　本　880 毫米×1230 毫米　　1/32
印　　张　8
字　　数　180 千字
版　　次　2024 年 6 月第 1 版第 2 次印刷
定　　价　58. 00 元

# 且顿且酌的写作

## ——序《思海悟洲》

黄明山

　　早就听说了吴斌这个名字，却怎么都没能和文学扯上关系。他长我几岁，我叫他吴斌兄也不过是近些年抽的事。好像是故交，同城经年累月，原来彼人在此，一下子省略了许多岁月的苍茫，所有这些，当然是因为文学这个怪东西。

　　一直以来，我和吴斌兄打着不温不火的交道。我们都把他当作一个分管文教卫的潜江市发展改革委员会的行政领导。他也算是一位很能吸引人的人——干练扎实的作风，诙谐幽默的性格，有一种咄咄逼人的平易近人。他的嗓门亮，信息量大，豁达、豪爽的言谈举止略显张扬。当他退出单位领导层行列，和我靠拢时，像是蹬上了文学的滑板。一个电话就来了，一个短信就到了②快得让人出其不意。有人说，文学总是在山重水复处拐弯我信。他连续在我主编的《雷雨文学》杂志上刊发了多篇文章，且在不到一年的时间集结成了一本书。真是的，吓我一跳！他把还未来得及取名的打印稿给我看，几寸厚，沉甸甸的，随后又把电子稿传给了我。就在那一瞬间，我脑海里蹦出几个字——思海悟洲。我把书名短信给他，他很快就回了——OK。

吴斌兄跟我讲起他的经历时总是饶有兴趣，就像是在讲别人。他是1977年招生制度改革后，于1978年全国统一招考的首届师范大专生。他的文学梦也悄悄启程，这不，1980年就发表了处女作，他当时的奋斗目标就是在30岁之前，能有作品在省级报刊上发表。有梦想总会有奇迹。1987年《湖北法制报》、1988年《湖北日报》让他实现了这个梦想。但是，后来的近十年，他中断了文学创作，成了一个地地道道的基层行政领导。如果不是地方干部制度改革让他提前离岗，他不会考虑52岁退养后的打算，也不会艰难地去找回年轻时的文学梦想，也就滚有了我们之间的咬文嚼字，抑或酒逢知已。

　　这本书收录的作品大致可以分为两天类。一是在属于他领地里的感悟。《我的父亲母亲》赞美了其耄耋之年的父母在艰难困惑年代里的爱，如他们六十年的钻石婚姻闪耀着钻石般的光芒。《背着月亮走》是作者对既是同学又是妻子几十年不弃不离的眷顾，"背"的是一个男人的呵护与担当，"背"的是相濡以沫的情怀。《恰同学少年》《我的兄弟姐妹》是深怀感思的善良，有情有义。鉴于作者丰富的生活经历，农村题材的文章诸如《禾场》《潜江龙虾红》《走在乡间的大路上》等也是视野开阔，文情并茂，美丽乡村的愉悦洋溢在字里行间里。讽刺小品也不忘传递正能量。二是在弘扬国学、传承中华传统文化方面有独到之处。大量的阅读使得他不是学者胜似学者，借古讽今、借古喻今、借古自嘲的文章呈现出一个个不容忽略的来龙去脉，可圈可点。既有对帝王更替、朝代兴衰的历史经验教训的透析，也有和古人在社会化、人性化层面穿越式的促膝谈心。这些都与他的人生经历有关，说明他不管是"居庙堂之高"还是"处江湖之远"都有一颗忧政忧民的心。有时与汉光武帝议改革,有时同隋文帝侃民俗,有时携李世民谈和谐,给汉武帝话后悔,跟梁武帝聊丛脞等,使人感觉作者心有的灵犀超越时空,人性的真谛贯穿天地,历史的厚重活灵活现,古老的故事相相如生,这无疑是一种境界。所以,读他的文章不能只用一般杂文的眼光去品读。

他生长在江汉平原的一个小县城,那里有他的父老乡亲、兄弟姐妹,人情冷暖、喜怒哀乐、酸甜苦辣都浓缩在了那片土地。将近60了,在潜江生活、王作了一辈子,汉水养育他,楚辞滋润他,他是读着曹禺的《雷雨》《日出》开启他的文学之梦的(只是当时不知道曹禺的祖居是潜江)。几十年的风风雨雨,把一次次感悟沉淀成睿智;几十年的坎坎坷坷,把一次次磨难升华为财富。几十年来总是乐观开朗,怀着感恩的心态写人,本着向善的原则叙事,文笔始终洋溢着生活的甘醇与芬芳。

吴斌兄离岗后把文学创作作为人生的新起点,用他自己的话说,尽管他不是一个成功者,但绝不是一个失败者,因为他没有放弃他年轻时的梦想,还在不懈地努力耕耘,追求文学创作的高境界。

且顿且酌的写作,依然有着迷人的惯性和从容不迫。愿吴斌兄在"衣带渐宽终不悔,为伊消得人憔悴"之后"蓦然回首",邂逅他的梦想。

(黄明山,中国作家协会会员,潜江市文联副主席、作协主席)

# 目　录

# 背着月亮走

　　小时候，总是觉得月亮在背后跟着我走，我走它就走，我停它亦停。不知不觉，背着月亮走过了五十载春秋。回首再望，弯弯的月亮还是那么调皮地和星星玩耍着；圆圆的月亮好像总是在向人们诠释着一个永恒的哲学命题。浩瀚的天空因为它们显得神秘莫测。我的由衷、牵挂、眷念，我的喜怒笑骂都挂在那高高的桂树上，它记载了我很多很多的故事，蕴藏着我终生难忘的情感。

　　我记忆里的故事是从在月光下听奶奶讲故事开始的——吴刚的桂花 / 从酒，玉兔撒欢、天狗吃月及嫦娥奔月的传说，还曾做过与嫦娥玉兔一起做游戏的梦。月光下奶奶教我唱儿歌更令我难忘："月亮弯弯一把一梳，三岁的娃娃会唱歌，不是月亮教的我，是我聪明学的歌""牛来了，马来了，张家大姐回来了，端板凳、裹小脚、两个妈妈像海螺。"月光赐给我的是遐想，是知识是我美好的童年。来不及将蹦坑玩尿泥的手洗干净，还没将天上的点点繁星数清楚，就告别了顽皮的童年，告别了我再也见不到的奶奶。

　　情窦初开的我更离不开月亮。趁着月色寻觅花前月下的情调，收集相关美妙的诗句咀嚼吟唱，体味当事人的情怀，放飞彩色的蝴蝶，幻想成为情景剧的主角。现实虽没有"父母之命，媒妁之言"，月光下谈情说爱的情景剧也并不像书上那么浪漫、那么诗情画意。妻子是大学同学！结婚快 30 年了。当和妻子回忆月下的往事，重温初恋的日记，翻阅已泛黄模糊、不识愁滋味的相册时，我们总是那么甜蜜。平日的琐碎，因柴米油盐酱醋茶诱发的磕磕绊绊的表度也会荡然无存。月下老人恩赐给我的是一个实实在在、幸福美满、温馨和睦、愿景美好的家，多么惬意啊！

工作经历有35年了。伴随着月起月落、月盈月亏，工作得意时，曾"举杯邀明月"共庆；傍徨受挫折时，也念过温庭筠的词"心事问谁知，月明花满枝"。逢年过节思念亲朋时就想起苏轼"明月几时有，把酒问青天""千里共婵娟"的词句。眼看就要到离岗的年龄了，就着月光在公园散步，盘点走过的人生步履，检讨人生的轨迹，只有尾星知我心，月亮明我意，它沐浴着我无悔的人生、无憾的情感、无愧的工作。月光下奶奶讲的故事与传说还将在我们的子孙中传承，并将演绎新的故事和美妙的传说。

秋高气爽，佳节祥瑞，今年中秋的月亮会更圆更亮，我会背着月亮，向着明天更大更火红的太阳……

# 从说普通话说起

为迎接国家二类城市语言文字工作评估，大力推广普通话，推行规范汉字的活动在全市展开，市委市政府倡导说普通话。俗话说，一方水土养育一方人。乡音、俚语既是地方文化的体现、民族文化的瑰宝，也是推广普通话的障碍。

潜江是荆楚文化的发祥地，有着深厚的文化底蕴，汉语言文学的传承深受其影响。《楚辞》《诗经》中的一些古字至今仍在沿用。潜江话受地域分布和长江、汉江沿江语系的影响，尽管夹带着方言，但仍属北方语系。潜江话的声母与韵母组成的音节，大多数与普通话的音节一致。当然也有一部分与普通话音节差异比较大，有些则是有音无字。其一，方言难懂。如把"经常"说成"一云九"；把"不停"说成"各戈尬"；把"结束了"说成"余贴了"。其二，在仅2000平方公里的土地上，南北、东西发音有差异。如潜江以北，声母的混希较为明显，f、h不分，例如"发"与"华"，"饭"与"换"。潜汁以南，单母的混淆较为明显。例如"面（mian）"与"命（min）""用（yong）"与"运（yun）"。其三，除平告、卷舌、前鼻音、后鼻音混淆外，音调上有明显差异。其四，对事物的称谓有别。如背包叫挎包，瓶塞叫揍子，床单叫卧单，青蛙叫克克马。人们还形象化的把小腿骨谓穷骨头，月胖骨叫掀板骨，乌鸦称老哇，知了不停地叫唤故称"叽油子"。

潜江语系的变化受农场迁徙、下放知青、万油田人的影响及教育的普及，更得益于中国的改革开放，打破了内禁外锢，以上举例的一些方言有的基本消亡，人们的普通话水平逐渐提升一些独具特色的产品名称让潜江的名片更靓，并赋予了其新的内涵。如煨米茶、煨豌豆、火烧粑、蚱胡椒让人回味无穷；潜江原生态民歌《小女婿》《克马歌》等把潜江唱得更响。"荆州花鼓戏""江汉平原皮影戏""潜江民歌"三项申报国家非物质文化遗产成功，另两项获省级非物质文化遗产，极大地丰富了汉语言文学，为打造文化名市夯实了基础，为弘扬民族文化增添了异彩。

如今，说普通话、写规范学已成为时尚，它不仅能提升个人的品位，而且极大限度地克服了交流障碍。其编织起了感情的纽带，架起了沟通的桥梁，使人们的工作、学习、生活更加多姿多彩。特别是在全民共同实现"中国梦"，加大改革开放力度的进程中，促进潜江国民经济和杜会事业发展，扎实推进"两型社会"建设，提高全民文化素质，擦亮潜江名片尤为重要。

# 油焖大虾的价值启示

说"小李子油焖大虾"只是单纯的一道菜，似乎小看了它的价值。在形成规模后，其出产的虾稻和稻虾延伸的产业链，为调整了农业产业结构，促进了农业产业化，为农业增收、农民致富，加快雕进农业现代化、就近城镇化建设。这为全国都提供了一条宝贵的经验，令世界刮目相看。

在餐桌上，有了这道菜，其他的配菜可以马虎一点，可以不太讲究，吃到高兴时，赤膊上阵，一桌吃上三到四盆也不为多，走时还可打包，当作礼品馈赠。但它是一桌大餐吗？是大菜，不是大餐，毕竟未形成虾系列产品，凡大餐必具备色、香、味、荤、素搭配，品种多样化，如满汉全席就堪称大餐。但"小李子油焖大虾"毕竟为潜江创新了餐饮文化，为餐饮业打造出了一道亮丽的风景线。

近年来，潜江市加工龙虾成品四万多吨，加工出口甲壳素五万吨，出口创汇十多化美元，综合产值达百亿元。它是全国最大的龙虾出口基地，被授予"中国小龙虾之乡"和"中国小龙虾加工出口第一市"，享有"世界龙虾看中国，中国龙虾看湖北，湖北龙虾看潜江"的美誉。总投资十五亿元，占地六百多亩，总建筑面积五十多万平方米的中国潜江生态龙虾城也已竣工，该项目可实现营业收入二十亿元，税收一亿多元，新增就业岗位近万个。

潜江以龙虾为平台举办了好几届龙虾节，这既是一种文化现象，也是一道风景，有着深厚文化底蕴的潜江也有文化大菜、荆州花鼓戏、江汉皮影、潜江民歌、龙湾古章华台遗扯，也有不少旅游景点，质朴的民俗民风，彩龙船、莲花落。人文景观、自然风景，可以说美不胜收，然而我们开发了多少、弘扬了几许？我们电报了几个国家级、省级旅游景点？那令人向往的"东城烟柳""蚌湖秋月""南浦荷香""浩口仙桥"何处寻？我们又如何在整体打包后，推介出一个全新的潜江呢？经验教训告诉我们不能囿于有形的匮乏的物质资源，非物质文化遗产亦能裂变出巨大的物质能量。经济、文化资源的整合要打造强有力的平台，犹如大菜要有大餐桌一样，整合的资源要以文化为纽带，大众喜闻乐见的优秀文化最易传播和传承，其附加值也不言而喻。文化旅游的发展，能打造潜江经济新的增长极，油焖大虾等地方特色产品能支撑文化旅游产业。

小李子、章华台、园林青、尝香思等已不单纯是某个产品的标识，它们是美丽潜江的代名词，是潜江几千年文化现象的一种展示，是江汉平原上源远流长的文化积淀的一种迸发。在建设"两型"社会的进程中，我们充分整合各种资源优势，发挥品牌效应的最大值，全方位彰显潜江的魅力为了打造发展优势建设中部强市，这些都值得我们认真考量。

# 恰同学少年

五十年前的一帮同学搞了一次聚会。人到的不是很齐，有得没有联系上，有的要照顾年迈的父母、公婆，有的男同学要照顾生病的妻子，女同学要照顾在外奔波的丈夫，有的要接送孙子，还有的已经辞世。

我们这帮同学从小学一直到高中，从"文化大革命"开始前入小学，到"文化大革命"结束前高中毕业。我们唱着《我们走在大路上》，背着红书包，怀揣红宝书，上忆苦思甜的课，经历"批林批孔"的洗礼，开门办学的锻炼，都在脑海里烙上了深深的论忆。"文革"的记忆是遗憾。命运多舛也是财富，它教会了我们从小学会坚定走社会主义道路，陶冶了我们忠于党、忠于人民的情操。

忆往昔，峥嵘岁月稠同学聚会时，追忆往事最幸福。同桌之间为一块橡皮擦的抬杠，班主任与学生之间的矛盾，男女生之间懵懂的笑话，调皮捣蛋恶作剧的故事，此起彼伏。漂亮的女同学依然是大家追捧的中心，潇洒的男生依旧是遭攻击的重点；数理化成绩好的照样矜持，语文成绩差的现在也不甘示弱；干部子弟的纨绔不减当年。就像又回到了"少年不识愁滋味，爱上层楼"的年代，无意识地挺一挺松弛的胸脯，别扭地耸一耸沉重的肩膀，心态仿佛又年轻了几十岁，重新体验了一把风华正茂的青春，品尝了一回久别的蓬勃朝气。只是多一些关于孩子孙子的话题，增添了不少有关健康养生的领悟，多了一句珍重，多了一些祝福。

"青山遮不住，毕竟东流去"，转眼快到"六十而耳顺"的年龄，几十年的不同经历，几十年的酸甜苦辣，几十年的拼搏都写在脸上，透露在白加黑的头发间。但是，沧桑的表情中不乏微笑，埋怨的话语中带着爽朗，无奈的眼神中闪烁着刚毅，戏谑的玩笑中充满着自信。这次的同学聚会，其实就是分享的交流。同学有喜庆，大家共同分享；同学有困难，大家相互帮衬，相互支持；以前发生的矛盾，现在产生的不愉快，用笑话当着大家讲出来了，就是高兴的事，就是快乐。把美好永远留在记忆里，让快乐在传递沟通中发酵。就像同学们举起酒杯时说的话："一切尽在美酒中叫。"那是在为苏芳的纯真干杯，在为香醇的记忆喝彩。属于自己的或不属于自己的都将过去，一切的一切都将过去。50年后的同学相聚是福，工作快快乐乐是福，身体健健康康是福，上有老下有小的操劳也是福。

我们这一代人是幸福的。因为我们生在红旗下，长在新中国，先辈的苦难我们不曾经历，先辈的精神我们要传承。我们不仅是改革开放的工作者，还是改革开放的受益者。实现中华民族伟大复兴的中国梦还需要奉献我们的余热，实现两个一百年的奋斗目标仍需我们去努力。岁月老人留给我们的时间并不是很多，以平和的心态，坚守向上向善，尽自己所能做好身边事，善待身边人，不以卑微而感伤，不因后悔而迷茫，不因挫折而放弃，也就没有什么遗憾了，这就是最大的幸福。

# 我的父亲母亲

父舟亲结婚兴千周年，按现在时髦的说法是钻石婚。又恰逢老母亲 80 大寿，家里小辈们都很高兴，张罗着为二人祝福。不料当晚母亲在卫生间洗浴时，突然血管破裂导致脑溢血。幸亏住处离中医院近，我们及时送医，虽无生命危险，却是长时间昏迷不醒，急坏了同样是耄耋之年的父亲。

母亲住院期间，父亲每天上午部会到医院给她擦洗、换纸尿裤。忙完后就坐在床头，一手托起母亲的头，嘴巴贴近她耳边不停地第四，昏花的两眼深情凝望着这个相濡以沫六十年的老伴；另一只手也不闲着，不停地揉捏母亲无知觉的胳膊。这场景似乎只在电视剧《激情燃烧的岁月》中见过，没想到现实中我们见证了，并且还是我们的父母，这让我们当儿女的感慨不已。妹妹泪眼婆娑，用手机拍下了这一感人的场面，发给她的微信朋友。

我们知道，父亲担心母亲醒不过来，自己从此孤独。一向不多岔我们说过去的父亲，在母亲的病床前讲了很多往事。其中一件我们隐约知道却不详细，而母亲却为此事一生纠结，难以释怀。

说来话长。解放前，祖父在潜江街上开小吃铺。祖父最拿手的是千层饼、麻花、猪油锅盔，在小县城的同行里颇有名气。父亲 10 岁那年，也就是 1940 年，40 多岁的祖父被日本兵强行拉差做苦力，再也没有回来，据说是因病死在了路上。祖母没办法，为了三个儿子，为了生计，就为身居老大的父亲招了一个比他大三岁的大脚童养媳。风俗说"女大三，抱金砖"，可见祖母的良苦用心。父亲名为老大，排行实为老七，因为前面六个孩子都夭折了。

父亲的童养媳进门后，实际上就是个帮祖母干活的童工。这个童养媳白天顶着簸箕卖千层饼和猪油锅盔，晚上卷着袖子和面、洗衣服，还要侍候婆婆和包括自己男人在内的三个流鼻涕的小孩。想当初那情景，童养媳的内心该是何等凄苦和无奈，那叫卖声和挥汗如雨犹在眼前。如若将画面依时展开，那就是中国独有的童养媳命运史，仿佛一部冗长的电视连续剧。

解放后，父亲参加了工作，祖母就逼着父亲圆了房。后来，因为工作特殊；在父亲的抗争和相关部门的协调下，解除了这桩令父亲不满的包办婚姻。然后就有了我父亲母亲的故事，有了我们。

婚后的母亲一直不高兴，母亲的纠结在于父亲与童养媳有一个不知道下落的儿子。

但命运容不得她纠结。某一天，一张大字报，一封状告父亲在反特斗争中贪生怕死的匿名信，彻底改变了我们家的境况。父亲被宣布成右派，开除了党籍，然后接受劳动改造。接踵而至的是三年自然灾害、"文化大革命"，每次父亲都是首当其冲的众矢之的。居无定所、开批斗会、办学习班是家常便饭，上山、下乡得随时准备。每一次运动过后，我们都会搬一次家，都会接受一个新地方的另眼相待，都会面对无休止的刨根问底。来自老的、小孩的经济压力，来自社会、工作的精神压力，母亲确实无暇去纠结，无暇像现在的女人整天盯着自己的丈夫。磨难中成就了他们的爱情价值观，困惑中暗淡了他们以自我为中心的意识，忧虑中加深的是他们对现有家庭的眷顾。

父亲平反昭雪时，已经过了知天命的年纪，又遇上干部人事制度改革，于是提前退了职，转眼又当了爷爷，也就乐得含饴弄孙了。

其实现在父亲不提起，我们也看得出，母亲曾经耿耿于怀的纠结随着时间的流逝而淡化了。至少，在我懂事以后没有听见他们为此再吵架。这也许就是平凡女人厚德载物的伟大之处。

半个月后，母亲病愈出院了。她的头发更白，表情更显苍老，行动不像从前方便了。大难之后，母亲将掌管了几十年的家庭财经大权交给了父亲。六十年的相濡以沫还得继续，六十年的晚风夕阳还得沐浴。柴米油盐酱醋茶还是主题，父母亲间仍有唠叨、埋怨，只是唠叨中多了些比原来更多的体贴，还意外地多了对大米、食用油转基因的认知，在大众食料"鱼生火，肉生痰，青菜萝卜保平铢"中又多学了鳝鱼、泥鳅的十几种做法，在传统菜谱"蒸鲢鱼，煮鲫鱼，煎家鱼"里又增添了不少养生的元素。老父亲甚至说哪天要给我们做他最拿手的千层饼。

父母亲现在的愿望就是如何将人生的步履延伸，他们对健康长寿的期盼表现热烈。母亲现在终于想开了，对我说，如有可能，要我尽力找到我那同父异母的哥哥，那哥哥一直是她这辈子剪不断的一线情哪。

# 我的兄弟姐妹

现在想起来，小时候，我们兄妹三人最盼望的就是跟父母亲去走亲戚。

父母亲的家族都兴旺，双方兄弟姐妹多，自然，我们的堂兄弟、表姐妹也很多。那时的感觉就是好多好多的亲戚，好大好热闹的两个家族。有时在冰天雪地的时候走亲戚，也感到热乎。那迎面扑来的雪花就像春天的柳絮，我们兴奋，时不时用舌头去舔一舔扑面的雪花，因为那雪花会带着我们鼻涕的咸味。

一起丢手绢、跳橡皮筋；一起放风筝、捉蛐蛐；合伙去偷外婆藏在床底下的麻果子、炸饺子，变着法骗走祖母用手巾包了几层的零花钱。如果跟着划彩龙船、玩龙灯的队伍走街串巷，会收获更多，会收到装满荷包的各类点心。这种时候真的是开心。

兄弟姐妹之间，相互以呵护为己任，以接旧衣为荣耀。在贫困中学会了谦让，明白了事理，共同分享快乐；在承受时学会了担当，洞悉了社会，一起排消忧愁；在包容中学会了理解，懂得了曲直，一起化解纷争。

长大了，参加工作，离开父母，兄弟姐妹天各一方，除了逢年过节，很少团聚。

再后来，结婚生子，有了属于自己的家，才真正理解一个小家融入一个大家族的快乐，再一次回味起小时候跟着父母走亲访友的甜蜜。于是，携家带口的奔波，赶车乘船的往返渐成家常便饭。为的是缓解两边老人的牵挂、遥远、旅途再辛苦，都要当着父母、兄弟姐妹报一声平安。看见父母抚着孙儿眉开眼笑我们也能获得了无价的亲情、乐趣与安慰。

时代在前进，高铁、高速、互联互通等高新科技日新月异，走亲访友的方式也眼花缭乱起来。微博、微信、手机短信取代了传统的团聚方式，随便编个理由就可以让返家的路上变得荒凉，信口找个借口就能让慈祥的母亲在窗前久久地期待。其实，发手机短信和古代的鸿雁传书、青鸟捎信又有多大的区别呢？更何况现在早已告别了"相见时难别亦难"的年代。但我们却淡了寻根访祖，远去了宗亲聚会。电话一挂，短信一消，亲戚宗族的气场没了，兄弟姐妹的亲情淡了。

商品经济催生的牌友、酒友、票友、驴友的比值在不断攀升，急剧的自我表现充填着空乏的自信与苍白的虚荣；同学会、战友会、老乡会在升温，不停地为目的太直接的事情忙碌打拼，不断地为太强烈的诱惑劳心费神。缺少兄弟姐妹的独生子女也为结拜、"圈"聚效应提供了酵母。脆弱的亲情感犹如空气中飘忽不定的颗粒物，一经势利水汽的搅和，就形成了隔阂的雾霾。

"非我族类，其心必异"，先人在"家天下"时代早有明断。维护家庭的团结，家族的和睦，民族的利益，需其利断金的同心协力。先人是把"孝悌"作为美德和价值观在弘扬、传承的。仅以"悌"解字，那"悌"的含义就是兄弟姐妹都要在孝敬父母的前提下以心换心，将心比心，推心置腹，互相珍爱。"孔融让梨"可谓家喻户晓。古人把"齐家"作为治国平天下的前提，"欲治其国者，先齐其家"。亲情、人伦是社会的细胞，家庭、兄弟姐妹之间都整饬不好，还谈什么治理国家的事？并且还专门制定了约束兄弟姐妹行为的准则《弟子规》。

先圣孔子为了他追求的"大同"理想，倡导"四海之内皆兄弟"。我们的国家就是一个大家庭，我们有包括台湾、香港、澳门在内的五十六个民族同祖同宗、同心同德。人心齐，泰山移，十几亿中国人民团结一心，共筑中国梦。

国家近期公布了实施全面两孩的计划生育政策。允许生二胎，真是好政策，我们的孙儿们又有了兄弟姐妹。好政策是孩子们体验分享、谦让、孝悌等传统美德的平台，美德传承就应该"润物细无声"。

把春节定在冬季，就是为了让兄弟姐妹团聚的热情融化自然界的寒冷，就是为了让寒冷的冬季春意盎然，就是为了让天下所有兄弟姐妹的生活红红火火。

"我们都有一个家，名字叫中国，兄弟姐妹都很多，景色也不错……"

# 潜江龙虾红

四月的春天。

江汉平原的田野上，金灿灿的油菜花已芬芳四溢，惹得蝴蝶翩翩起舞，像踏青的小姑娘张开着手臂。"布谷"与"豌豆巴果"清脆甜美的叫声这边唱来那边和。带着牛犊的牛妈妈悠闲地甩着尾巴，一边吃草，一边在为农忙热身。微风中，禾场上兴高采烈的大妈们跳着"小苹果"，旋律中跳动着新农村的时尚，舞姿里扬出健康美丽的追求。

柳枝醒了。它们在和煦的春风面前无精打采地伸几个懒腰，慢条斯理地品味春天的气息。柳絮迫不及待地像刚过门的新媳妇回娘家走村串户。它要告诉人们龙虾又要上市了，龙虾节快要到了，"红色风暴"就要来了。

的确，在这片曾经染过烈士鲜血的大地上，潜江市委、市政府精准发力，龙虾产业正掀起一股"红色风暴"。这里的大部分水田都养虾或虾稻共作。

在养殖基地，水面波光粼粼，银丝闪耀，时而涌起褐红色的光亮，时而泛起青红的涟漪。正是捕虾时节，虾农们正在捕捞龙虾。虾农预先将两端编成倒喇叭口的长圆形笼子搁在水里，然后在笼子里放上些饵料，龙虾就会顺着张开的喇叭口钻进去觅食，等到收网笼时就有沉甸甸的收获，就有红色的梦想。不选处的龙虾收购点繁忙有序，运送龙虾的车辆川流不息在虾农和商贩的交易中，斤斤计较中带着豪爽，讨价还价中不乏洒脱，相互帮衬中彰显友情。大伙儿在开心中赚本分钱，凭良知赚开心钱。美丽乡村涌动着美好品质的新发现，代代相传的红色基因传承着新的内涵。

"中国潜江生态龙虾城"是一座占地56万平方米的红色的城。作为"中国潜江龙虾节"的高端服务型平台，它以生态龙虾产业为强劲依托，以"产业＋文化和美食"为核心内涵，集旅游购物、商贸物流、餐饮文化、休闲娱乐、居住等多种功能为一体。红色的巨型雕塑龙虾正张开两只手臂拥抱着八方来客，纤细柔美的虾须如古章华台细腰舞女的长袖在阳光下飞舞。不少慕名而来的游客一下动车就直奔这里。"油焖大虾"、"蒜茸大虾"、"二回头"、煨米茶、煨豌豆、火烧粑等特色美食应有尽有，龙虾博物馆、热带雨林景观尽收眼底。这是一座美丽的新城，氤氲着江汉平原的馨香，弥漫着园林水乡的秀美。尽情地吃出喜庆来，让忧虑随风散；尽兴地喝出男人味，让疲意"拳上走"：优雅地品出香醇来，让"8号""虾皇"红透天。

如果说每年的潜江龙虾节是为了让喜庆的节日代代相传，将逐渐形成风俗的传承演绎成为传统，让后辈知晓潜江传统龙虾节是在我们这一代开始走向红红火火的，是为时间上的久远。那么，潜江龙虾烹饪培训学校实施的"万师千店工程"将在近几年培训输送二十万烹饪技师，开办二千多家加盟店，就是为了不断拓展市场版图。这股奔腾的江水一旦汹涌就会生产势不可当的裂变效应，这便是为了空间上的久远。

潜江龙虾，将现实与未来无缝连接，有助于把靓丽的潜江元素同世界紧密融合，并全力打造一座国际龙虾城，穿越历史的长河，体验已知的未来，感受崭新的世界。

跨越时牢，超越梦想，我们已积蓄正能量整装待发。

潜江龙虾红，中国梦红，世界红。

# 麻将变奏曲

离岗退养以后，便有了一个所谓的"圈"。几个有共同爱好、性格相仿的便隔三岔五地约在一起打上几圈麻将，既可以打发时光，又交流了感情。可是，这种活动毕竟没有创意，欠高雅，略带庸俗，充其量是找了一个消遣自己的平台。于是，在"圈内"打肿脸充胖俗语：腰里别个死老鼠——假充打猎的。

打麻将时想写文章的事，写文章时又后悔曾出错牌，错失了良机。小猫钓鱼，三心二意。静下心来，仔细思量，一场牌犹如一出戏，麻将中的一些术语复制到生活中挺形象的，如说不团结叫"十三散"，说什么都能来点叫"奈子"，说全方位考量叫"不缺门"，还有什么"对对和""清一色""拖板车"等等运用在生活当中都很幽默。可见，麻将中一些熟悉而又容易忽视的道道也能启迪人。

麻将的开门如同人生的开局。麻将爱好者熟知，选好门子就能和牌，这犹如人生，选准了方向就是打好了基础，就可以一往无前。初始下铺亮牌，不可打太好的中心牌，咄咄逼人，显得急于求成，这样会引起另外三家的警惕。

俗话说：和头牌，赶牛卖。《周易·乾卦·初九爻》：潜龙勿用。这阐发的是人生的哲理。说"少年得志"是人生的三大不幸之一，也是这个道理。牌品如人品，牌局有输有赢，人生有得有失，有的人赢得起输不起，有的人遇到挫折就一蹶不振，人生不可能事事顺风阳光明媚、处处得意马蹄轻扬。

牌局的技巧里，要求我们不打缺门牌。筒、条、万、风，都要兼顾。这就犹如人生，要全面均衡发展，具备综合素质。要能示弱：手上的牌好，过于强势，这必遭人提防，示弱能使对手掉以轻心，能得到你想要的牌，出其不意攻其不备。暂时赢了钱也不要得意，不要得意忘形，否则会成为众矢之的，丧失胜利果实。手上的牌如果不好，就要学会放弃，考量如何将经济损失减少到最小，你不可能盘盘都和，否则，一圈牌就永远打不完了。

人生就是如此。强势任性不得善终，骄傲使人落后，低调弱势登场，能赢得谦恭的好名声。始终盯住自己的既得。熊掌和鱼欲兼欲得之，拿捏不住得与失的辩证关系，只会是失去更多。《周易·解卦·六三爻》："负且乘，致寇至，贞吝。"麻将问世三千多年前古人就亮了警示牌，毕竟这大千世界不是属于你一个人的。要注重总结经验教训。牌局的错误，充其量是输钱，每一次的牌局，都可能为下一次赢得辉煌，都有重塑风采的可能。但是人生的博弈不能再来，不仅可能没有翻本的机会，往往错误还可能殃及亲人和下一辈。

这看似淡定的消磨，也常常令人辗转反侧，寤寐思服。原本怡情的娱乐、究竟有几许欢乐》多少愁怨？这看似陶冶性情的"国粹"物丧志、利令智昏、倾家荡产？用旁门左道的麻将来参悟人生哲理，其付出的代价委实太大，其领略的体会也实在是悲算了吧，把它当作一次不愉快的旅行，当作一次不值得回眸的擦肩。

天空湛蓝，是因为雾霾已经随风散去；万物复苏，是因为春天的脚步即将来临。但愿家事、国事、天下事，没事别找事；风声、雨声、读书声，远离麻将声。

# 闪烁的钻石

　　钻石国际大酒店是一家县级市三星级酒店，从外表上看并不显豪华，圆柱形的楼层就像一座灯塔，青墨色的幕墙透露出几分庄严。

　　猴年新春来临之际，在钻石国际大酒店的三楼多功能大厅，表演的舞台也就几十平方米。一百多名员工济济一堂，他们将一年的疲劳卸载，欢声笑语充溢整个大厅。这是钻石国际大酒店即将举行的一场迎新春总结联欢会，一个普通企业的年会。议程很简单，总经理的年度工作报告，张国安董事长的年度致辞，酒店各部门经理的表态。然后就是员工们自编自演的水平并不高的节目。观众是员工，演员是员工，普通话夹杂着本地方言的主持人也是员工。

　　开场节目是酒店总经理带领兰个部门的口个人表演的军鼓，，尽管鼓点有些不一致，步伐也不是很齐整，但敲打出的欢快与振奋却洋溢在表演者的脸上。工作称心如意的快乐不断地从鼓点中蹦出，在酒店的上空飞扬。欢快的集体舞蹈中，舞姿尚缺优美，服装也并不奢华，员工初次登台的羞涩还没有完全消失，但他们的韵律深深地打动我、感染我。一种收获的幸福快乐在尽情地抒发，一种重在参与的团队意识在舞蹈中彰显，让在座者渐渐融入其中。

最搞笑的是员工由编自演的小品《土豪住店》。小品表现的是"土豪"与"甄友钱"在酒店的邂逅，两个人为预定的一个套房由争吵而后通过调解达成和解。地道的土话妙语连珠，搞笑的包袱一个接一个，诙谐的表演笑声阵阵。台上台下未经磨合的互动相映成趣，分不清哪个是演员，哪个是员工，演员、观众浑然一体。希望酒店生意兴隆，祈福自己年年有余庆。节目中间还穿插了为提升钻石国际大酒店软实力的有奖抢答，员工们争先恐后踊跃举手抢答。联欢会在《感恩的心》的歌伴舞中结束，感恩时代、感恩社会、感恩酒店，凝聚的正能量在他们中间弥漫，舞动的亲和力在每个员工手中传递。

　　的确，他们就是一群极其普通的打工仔、打工妹，或是重新上岗的困难群体，就是一群在适合自己的领地里为养家糊口而打拼的微量元素。服务员登台时还来不及将工作的灰尘抖落，大厨来不及把操作间的油腻清洗。这是一场未经打磨的名不见经传的企业文化的真实体验，是劳作之余的最原始的释放，是辛劳之后快乐的点赞，他们的音域最高也就最通俗的 D 调，是一场没有明星大腕的自娱自乐，就好像是在耳石陈列馆看到的未经雕琢的玉石的截面，尽显原生态的美感，没有半勇作秀的痕迹。淳朴的情感就像他们老街的青石板透亮。

　　新时代，新理念，新气象，新心态，新感受都在最基层的人群中根植，在每个普通老百姓的生活中催生，就像闪烁的钻石，浸润着七彩的霓虹。

# 禾场

　　集镇民居的门前一般都有几级台阶，沿台阶而下几步就是街面，本地人俗称"阶沿坡"。如果是在农家小院的门前就不叫"阶沿坡"，而是称禾场。

　　禾场，那是江汉平原每家每户都有的一块属于自己的小领地，隔着禾场，是一小块自留地，像一副简单美丽的场景图，编跶的蝴蝶就像自留地盛开的豌豆花。自留地里种着自家吃的各种蔬菜，萝卜、白菜、茼蒿、菠菜、菜薹、蒜苗、洋葱、大葱等五花八门，你可以数得清楚，吃不完的才会挑到集镇去卖。禾场平整、宽敞、方正，它就像在上面跳方格游戏的小姑娘不慎丢失的一块小手绢，放学的男孩滚铁环时放在门前的书包。用现在时髦的词语比喻，禾场就像一款平板电脑摆放在农家门前，禾场上发生的大大小小的事、鸡毛蒜皮的事都记在里面，随时可以移动鼠标点击。

　　禾场是农家的晒场，晒被单、晒豌豆酱，也晒日子，一年到头的收获都晒在上面。收割上来的黄豆秸秆往禾场上一铺，晒上几个太阳后，用连枷一打，秸秆和豆子就剥离开来，秸秆搭个小垛，金灿灿的梦就圆了。豆油、豆腐、豆干、豆筋、豆棍、豆豉、豆渣、豆饼，想怎么吃就怎么吃，且每一品种都有多种做法。这就是城里人日思夜想的用有机蔬菜做成的地道农家菜。晒棉花就不一样了，先在禾场上撑起架子，再铺上篾席或芦席，摘来的籽花往席子上一铺，一片白花花，就像铺天盖地的银子。捧着棉花，就像捧着妈妈的温暖，就像捧着冬天的童话。

棉花的生长期在农活中最长，需七商天左右，收完棉花，扯完棉科，就可以在禾场上悠闲地晒太阳了。

禾场就像一本有一定年头的泛着土黄色的书，随便一翻就是一个故事，信口一说就是一个笑话。三个婆娘可以唱一台戏，叽叽喳喳地像树上的麻雀老半天不停嘴。张三家的媳妇如何孝顺；李四家的儿子又从深圳寄回多少钱小砍脑壳的王五死不成器，好吃懒做，又把婆娘打跑了；杨家的姑娘怀二胎又生了一个闺女，两口子吵架回了娘家；许家的丫头还没有来得及扯脸，就匆匆地过了门，可能是先怀上了……流坐庄的男人们搬个桌子往禾场中间一放，打牌喝酒，既戏谑一下这个的相好，也调侃一下那个的老婆；反正男人们在一起"一天不说那个屄，日头不往西边跑"，还商量如何利用农闲赚点外快，同时也想去外面看一看，顺便给老婆孩子采购点东西。禾场也要翻整，下雨、下雪把禾场踩乱泥了，坑坑洼洼的就得重新耕整一遍，就像冬天播种麦子，期待明年的新绿，用犁耙耙平后再用碾子碾结实。

现在的禾场和以前大不相同，新农村建设让一排排、一栋栋农民的楼房新居整整齐齐，禾场一家连着一家，全是硬化了的水泥地坪。节奏明快的健身音乐吓得叽叽喳喳的麻雀躲在远处观望和婆娘们的唱和声消失了。婆娘们饶舌根的禾场成了健身的舞台。追求新潮，崇尚美丽，享受健康已不是城里大妈、大嫂的专利。观光农业，农家乐的餐桌已经摆到禾场了。村头超市门前架设的互联网线正在调试，李家大爷不解地自言自语，我只晓得洗菜淘米，还不晓得可以用网淘宝。

禾场的变化越来越大，禾场的故事也越来越新奇。美丽中国正在迅速地向广袤的农村延伸……

# 知天命的疑惑

　　刚进入五十而知天命之年，就被免了职务。不是因为犯了错误，而是按照本地的土政策：属公务员序列的在职干部，男同志，年满52；女同志，年满47，副科、正科职务的一律免职腾地让位，离岗退养。恰好验证了孔子"四十而丕惑，五十而知天命"。

　　我退时，此项政策已经执行了十年（2013年时此项政策废止），即我也是在前辈们52岁离退后我才被提拔的。老一辈不退，我提拔不起来；我不退，年轻的提报不起来，自然得就好像星月轮转、花开花谢的更替。公平与不公平对于我算是对等的，我应该算是政策的受益者。

　　疑惑是当时的心情，无聊是当时的状况，念得最多的诗句是"守着窗儿，独自怎生得黑"。迎来送往的吃请持续近一个月后，手机不再繁忙了，洗漱不用定时了，延缓下来了的节奏用一句歌词形容就是"暗淡了刀光剑影，远去了鼓角争鸣"。乐得在家含饴弄孙，教外孙背唐诗宋词全家都欢迎，但教本土的童谣却都反对，如《猜中儿》："猜中儿，打腊皮，腊皮落到酱缸里，抬也抬不起，夹也夹不起，拿簸来，穿老鼠。老鼠穿得哇哇叫，养的儿子带裕帽……"不等我唱完，女儿就说太土了，不萌，与小孩子成长的环境不协调。女儿的话我尽管不经意，却让我疑惑。我们这一代人不就是在外婆教的民谣里长大的吗？况且潜江民歌属

"非遗"，似乎对我辅导外孙的期望值也是新版本。带外孙的时间长了也不是个事，一泡屎一泡尿的够麻烦人的。

这不，一帮之前退养的和同时退养的便自发组织了一个麻将圈，相约的时间比上班还要准时。打牌"抽头子"喝酒，骰子转动烟熏雾缭的沉沦，输钱、赢钱回到家里都辗转反侧睡不着。赢钱，高兴得睡不着，输钱，后悔没在家里看书学习，等漫不经心地捧起《资治通鉴》或《道德经》看时，又想前一场牌局输钱的事，仿佛成了寓言中钓鱼的小猫。

其间，一位非常好的兄弟请我到他的公司兼职，利用在职的人脉关系帮助策划项目，争取资金。老板也不是苕，我们兼职比刚毕业的学生强，可直接捡板上屑，能为企业降低成本，但拿别人的钱，得服别人管，有时说话算不了数，还要干一些具体事情，凭空又增添几分压力和疑惑。二十几岁就走上基层行政领导岗位的我确实受不了，好在是兄弟没有怪罪，利用学中文的功底，帮他写了两篇提升形象的文章就辞职了。然后，又涛声依旧了，麻将声在烟雾中缭绕，荤段子在酒精中发酵。疑惑的双眼配上了老花镜，滞缓的血管注入了降压灵，失落的霜发与柳絮齐飞，消沉的意志共醇酒散发，皱褶的虚荣爬满额头，就像被秋雨淋过。我不相信这将是我的后半生，更不甘心曾经在1980年就发表处女作的手和脑会被麻将……

偶然，纯属偶然，老婆所在学校的一位同事曾是我的学生，随后也认识了他的同学郭啸文，郭啸文也跟着喊我老师。熟悉后才知道他是省作协会员，市作协副秘书长，搞小说创作的，且获奖不少。言谈中，他希望我不要疑惑，不要放弃写作，不要放弃年轻时的追求。通过他的引荐，我得到了向中国作协会员、潜江市文联副主席、作协主席黄明山讨教的机会。黄明山老师潜心耕耘几十年，发表文艺作品近两千篇 / 二百万余字，获国家、省级奖百余次。听君一席话，胜读十年书。两位成了我的指导老师，于是惶恐地递交了几篇拙文，通过他们的斧正，《雷雨文学》2015 年秋、冬季刊连续刊发了我的四篇散文。其中，散文《我的父亲母亲》在《攀枝花文艺界》2016 年的创刊号上刊载。

我似乎一下子找到了散落在麻将桌下面的灵感，闻到了飘忽在酒气中的书香，找回了我文学创作的自信心。毕竟从政不是人生的唯一，不是左右心态的关键，离岗不应该放弃自己。恰如古人言："生无益于时，死无闻于后，是自弃也。"迷惑的雾霾渐渐散去，徘徊踯躅的心态得到矫正，生活的感悟需要慢慢梳理，人生的哲理需要细细咀嚼，写作水平亟待更上一层楼。关键是懂得了五十而知天命的责任和使命。

# 走在乡间的大路上

不曾想到，快到退休年龄，被派到农村帮扶，帮扶点——柳陂新村。这哪里是我记忆中的乡村呢？柳陂新村是因南水北调中线工程搬迁兴建的移民新村，湖北省美丽乡村建设示范点。

1975 年，我下放农村接受贫下中农再教育，农村是我参加工作、踏入社会的起点站。那时农村的场景有顺口溜为证：犁耙耕牛和土狗，鸡鸭堂屋漫步走，猪崽门口拱芋头，脸盆水桶接雨漏。

"三十八年过去，弹指一挥间。"在柳陂新村的村级路上，别有一番滋味在心头。

以前对农村有个约定俗成的评价标准：农田沟垄笔直，门前禾场平整，堂屋没有鸡屎，灶门口没有柴火渣。

你现在到的乡间，不再是泥泞崎岖的小路了，全是"村村通"的水泥路。信息化、工业化、城镇化和农业现代化的建设正在提速，农村、农业、农民的话题在不断更新。乡村，被赋予了美的、新的内涵。

放眼地处柳陂移民新村的瑞旭农业科技有限公司和华农大联合打造的绿色农业示范园，园区特色分明、布局合理。路边近二百个蔬菜大棚伫立着，阳光下，闪烁耀眼，犹如披着洁白薄纱的美丽少女。这里有省级重点龙头企业"尝香思"集团的种植基地，辣椒、黄豆长势喜人。再远处，那几百亩苗木基地，数十万棵苗木、景观树繁花似锦、争奇斗妍；罗汉松青翠欲滴，樱花粉红如云彩，紫薇姹紫嫣红撩人心醉。用最美好的语言来形容都不过分，用最华丽的词汇来描写都显乏力。

农民住房也一改"三间三拖"的传统建筑模式，近三十万平方米别墅式的居住小区鳞次栉比。小区内有花园广场、篮球场、超市、餐饮、卫生诊所、文化活动室、社区服务中心；有酿黄酒、压面条、缝纫衣服的小作坊主在忙碌；有专业保洁员在清扫转运水泥路上的垃圾。怡然自得的老人们在说着兴隆水利枢纽、南水北调工程搬迁的往事，用方言讲着先辈的苦难，笑谈鄂西山区与江汉平原各异的民风习俗，追溯沿汉江的古老传说。身临"村中城"，宛如走进了陶渊明描绘的世外桃源。

乡间大路景色旖旎，空气自然清新着变让人憧憬，让人感觉到舒坦踏实。徜徉其间，令人心旷神怡，流连忘返，有"处江湖之远"的感受，与在公园里休闲散步相比绝对是两种情怀、别样心态，进退宠辱全都淡忘。我就想，作为一个凡人，不能只有抱怨，不能只祈望社会给你精彩，你也应该想想怎样为时代添点墨、着点色。

"民以食为天，食以安为先，安以质为本。"中国百姓的生活饮食质量亟待提高，"菜篮子""米袋子""油罐子"工程更需上档升级。"旧时王谢堂前燕"也要"飞入寻常百姓家"。乡间大路连着省道、国道，乡间合作社连着城市、超市，美丽乡村关联着美丽中国，田间地头的原生态蔬菜瓜果牵系着千家万户的厨房、餐桌，连着你、我、他对美好生活的企盼，连着亿万国人的幸福指数，连着我们每一个人的中国梦。

走在乡间的大路上，不见暮归的小孩与老牛，我看到的，是笑意写在脸上，还有思绪在清风中飞扬。

# 当好排忧解难的联系人

我这一生注定与公安局、警察有缘。我出生不久，父亲就因被错划为右派，带着委屈和遗憾调离了公安局。到我下放农村两年招工时，有十几个高中同学进了公安局，穿上警服，戴上了警徽，好让人羡慕，而我却进工厂当了一名木模工，与警察失之交臂。直到父亲平反后，我才考上了大学，毕业后，先是教书，后进入行政。原以为这辈子与警察无缘了，谁知后来的工作却又偏偏让我与公安部门"亲密"接触。

从 20 世纪 90 年代开始，国家为了加强对非农业人口的控制，将"农转非"纳入国民经济和社会发展计划管理，而我当时是在市计划委员会工作，兼任市政府"农转非"领导小组办公室主任。我的主要职责就是分解下达计划指标，协调联系各成员单位，再就是为公安部门提供相关依据。1992 年，很多老干部反映，自己在"反右"、"三年自然灾害"时期被无端下放农村，遣回原籍，精神和生活都遭受到了极大的痛苦。落实政策回城后，妻子儿女大部分成了黑户口本着负责任的态度，我花了近一个月的时间在档案馆查找有关资料，最后为一百四十名老干部的妻子儿女二百三十多人落实了"农转非"政策，市政府还因此为这批人免了城市增容费。因为我主要出具历史依据，提供线索，他们戏称我为联系紧密的"线人"此项工作与公安、粮食等部门配合长达

13 年。

　　党的"十六大"提出了"以人为本"的科学发展观，加强"预防犯罪"的建设也是发展计划委员会的职能，作为分管此项工作的我，根据国家的投资政策及时向公安部门传递国家将加大对公、检、法、司基础设施建设投入的政策信息，利用中央预算内补助资金，扩大、改善服刑在押人员的改造环境。经过发计委和公安部门的共同努力，潜江第一看守所整体搬迁项目终于在国家发改委立项，首批已获 100 万元中央预算内专项补助资金，续建工程项目也正在报批中。我又受到了公安部门的称赞。

　　作为曾经的行评代表，我深知公安部门近几年在"内强素质，外塑形象"方面做了大量的工作，在维护社会的稳定，查处大案要案方面做了不懈的努力，在户籍制度改革方面也做了大量的调研发计委作为市政府的综合职能部门，联系协调乃职能所在，但联系协调的前提必须是为政府做好事，为老百姓办实事，联系协调才能游刃有余，否则就如顺口溜："干部就是开会，管理就是收费，协调就是喝醉。"那只能败坏政府形象，使政府失去公众的信任。

　　我将进一步在部门与老百姓之间做好牵线搭桥的工作，让社会更加安定美好，让老百姓的生活更加舒坦满意，努力当好社会满意的联系人。

# 虚拟的空虚

我有一位非常要好的同事他上网聊天的本领非常了得。上网的初衷是为了练习打字，以适应现代化的需要。为了提高兴趣，加快学习进程，便寻找一个对象聊天。在看不见、摸不着的虚拟空间找一位网名叫寒冬的聊天，美其名曰：练写作。

孤枕无语夜缠绵，

一网情深恐无线。

人生哪得常寒冬，

放飞彩蝶天地间。

打油诗似乎赢得了对方的好感，聊天的频率加快了，聊天的内容也加深了。于是拿出浑身解数又写了一首《寻觅》：

我寻觅巴人的足迹，

因为那里蕴藏古老的朴质，

我寻觅寒冷的冬季，

因为那里沐浴北极的旖旎：

我寻觅遥远的氤氲，

因为能放飞人生的真谛，

我将花前月下描绘，

分享玫瑰的芬芳，

我将热吻邮寄，

存放爱的希冀……

啊，

我的寻觅，

就是我和你……

网友也不甘示弱，也聊起了诗：你是我大海的明灯，你是我草原的骏马，你是我沙漠的绿洲，你是我的心，你是我的肝，你是我生命的四分之三。当他展示给同事看的时候，大家都笑了起来。多情应笑我，早生华发……

现实中的虚拟占几成，虚拟的现实又有几分说得清楚？不敢正视过往，"怕应羞见刘郎才气"，不失为逃避现实的一种懦弱、一种虚荣。蜗居在家，嫌寂寞无趣；单位工作，苦味疲惫；朋友相聚，搭白的话没几句；喝酒打牌，总是扯皮拉筋；总觉得事与愿违，总觉得时间给你的，不是你想要的，想要的似乎就在虚拟的空间，于是乎就装谦谦君子，在网上出没；于是就扮高大上，自欺欺人，个性签名显示儒雅。

这个朋友平时嫌她老婆盯得太紧，还给她来了一段《红灯记》李玉和的唱段："休看我戴铁镣锁铁链，锁住我双脚和双手，锁不住雄心壮志冲云天……"感情危机赛过经济危机。过分天真，过分的浪漫，超出了家庭的游戏规则，一脸的郁郁闷闷，一生的不情不愿，审视过往，发现是一盘豆腐渣，又不敢去展望未来，过往越拉越长，梦越来越空虚，在虚拟的空间满足虚荣的空洞，聊天的平台搭建无聊的枯燥，用空间掩饰岁月的皱纹，在虚拟中弥补短缺的睿智。"轻轻地我走了，正如我轻轻地来，我挥一挥衣袖，不带走一片云彩。"没有网络的时代，徐志摩就有先见之明。个性签名可以随时更换，网络好友可以随时注销，线上、线下的轻狂人生似乎就在点击间。现实不能依赖虚拟，虚荣不能寄托网络。

庄子在《齐物论》中说："终生役役而不见其成功，苶然疲役而不知其所归，可不哀邪！"终生劳碌奔忙而不见成功，疲惫困苦而不知究竟为了什么，可不是悲哀的吗！庄子认为的悲哀就是"真我"的人性缺失。真心、真意、真情、真实、真诚、真挚或许就是古人倡导"返璞归真"的初衷。鲁迅先生也曾强调要敢于面对惨淡的人生，勇于直面淋漓的鲜血。不经风雨，难见彩虹，阳光总在风雨后。

你想要的不是时间没有给你，可能就在那一擦肩，也许就在那不经意间。你所追求的美好，不一定在远方，不一定在目的地，也许就在你的身旁，就在你和我的同事间。

# 也说读书

　　学生时学习教科书知识，是为了应付考试，也是为未来打基础；参加工作后主要读的是政治、业务书，是为了不断提高自身的素养和业务能力；离岗休息凭爱好看书，偶有所感，便记录下来，也向报刊投递自认为还行的"拙文"，既打发时光，又可提升品位，还能修身养性。虽说无目的，但还是有取向的；说打发时光，但还在深沉思索；说纯属为朋友交流聊天，但常用心得换别人的体会。所以读书既有目的，也有选择；既要博览，也要量身定制。当然，最主要的是要学有所专，学以致用。虽不敢奢望"黄金屋"和"颜如玉"，也算是秉承古人的好学之风。

　　"汉武帝时，河间王德，修学好古，实事求是 / 以金帛招求四方善书，得书多与汉朝等。是时，淮南王刘安亦好书，所招致率多浮辩献王所得书，皆古文先秦旧书，采礼乐古事，稍稍增辑至五百余篇，被服、造次必于儒者，山东诸儒多从之游。"（《资治通鉴》卷十八）意思是说汉武帝时，河间王刘德，努力钻研学问，喜好古代典籍、治学注重实事求是，用黄金丝、帛购买各地的好书，购得的书，数量与汉朝廷的存书一样多。当时，淮南王刘安也喜爱书籍，他所征集到的大多是浮滑论辩的书。而刘德所征集的书，都是用古代文字书写的先秦时期的旧书。他搜集礼乐制度的古事，稍加增订，编辑成书，长达五百余篇。他的思想和言谈举止，都务求符合儒家学说，嵋山以东的儒生大多追随他，与他交往。还有读死书、死读书、读书死的。"交州刺史清河房法乘，专好读书，常属疾不治事，由是长史伏登之得擅权，改易将吏，不冷法乘知。录事房季文白之，法乘大怒，系登之于狱，十余日。登之厚赂法乘妹夫崔景叔，得出，因将部曲袭州，执法乘，谓之曰：'使君既有疾，不宜烦劳。'囚之别室。法乘无事，复就登之求书读之，登之曰：'使君静处，犹恐动疾，岂可看书！'遂不与。乃启法乘心疾动，不任视事。十一月，以登之为交州刺史。法乘还，至岭而卒。"（《资治通鉴》卷一百三十七）这段文字的意思：南齐交州刺史清河人房法乘，特别喜欢读书，经常借口有病而不处理州事，因此，就使得长史伏登之得以擅自运用大权，随意调动、更换官员武将，而不让房法乘 3 知道。后来，录事房季文把这一情况报告给了房法乘，房法乘气愤乙异常，立刻下令将伏登之逮捕入狱，关押了十多天。伏登之用厚礼田贿赂房法乘的妹夫崔景叔后，才得以释放。于是，伏登之率领自己的部曲袭击了州府，将房法乘抓了起来，并对他说："你既然有病，就不应该再劳心费神地处理州事了。"将房法乘囚禁在另外一间房子里。房法乘没什么事可做，就又向伏登之请求，送给他一些书来读。伏登之说："让你安安静静地待着，还害怕你万一发病了，怎么还可以让你继续看书呢。"于是，没有把书给房法乘。接着，伏登之就向朝廷奏报，说房法乘犯了神经病，没有能力处理事务。十一月，任命伏登之为交州刺史。房法乘回建康，走到大庚岭时去世。

"梁世祖性好书，常令左右读书，昼夜不绝，虽熟睡，卷犹不释，或差误及欺之，帝辄惊寤。作文章，援笔立就。常言：'《我韬于文士，愧于武夫。'论者以为得言。帝入东竹殿，命舍人高善宝焚古今图书十四万卷，将自赴火，宫人左右共止之……或问："何意焚书？"帝曰：'读书万卷，犹有今日，故焚之！'"（《资治通鉴》卷一百六十五）这段的意思是：梁元帝萧绎天性喜好书，常常让身边人为他读书，昼夜不停地读，虽然睡着了，手里还拿着书卷。如果读错了或有意漏读欺骗他，他就惊醒过来。他写起文章来，提笔马上就能成篇，平时常说："我比起文士来更善为文，比起武夫来却有些惭愧。"评论他的人认为他这话说得很恰当。元帝躲进东竹殿，命令舍人高善宝把自己收藏的古今图书十四万卷全部烧毁。他正准备跳到火里去自杀，宫中左右侍从一起阻止了他……有人问元帝："为什么把书都烧毁？"元帝回答："我读书万卷，还落得今天亡国的结局，所以干脆烧了它！"无知的元帝竟把亡国归咎于读书，着实令人唏嘘！古有半部《论语》就能治天下，能怪书吗？

　　天下没有什么东西比书籍更好，书籍是人类进步的阶梯。中华文化博大精深，中华典籍浩如烟海。周公姬旦，儒家思想的奠基人，他为辅佐周武王每天早上读一百篇书，晚上会见七十个贤士，还恐怕做得不够。这为周王朝八百年统治奠定了坚实的基础。相反，也有妄图阻挡人类进步的奸臣。唐武宗时，仇士良以左卫上将军、内侍监致仕。"其党送归私第，士良教以固权宠之术曰：'天子不可令闲，常宜以奢靡娱其耳目，使日新月盛，无暇更及他事，然后吾辈可以得志。慎勿使之读书，亲近儒生，彼见前代兴亡，必知忧惧，则吾辈疏斥矣。'其党拜谢而去。"（《资治通鉴》卷二百四十七）这段话的意思是：仇士良以左卫上将军、内侍监的职位退休。他的党羽送他返回家中，仇士良教给他们保持权力和恩宠的秘诀，说："对于天子，不能让他有闲暇的时间。

应当经常变换花样，供他游戏玩乐，以便沉湎于骄奢侈靡的生活之中，无暇顾及朝政。这样，我们才可以得志。千万不要让他读书，亲近读书人。如果天子喜爱读书，明白了以前各个朝代兴亡更替的经验教训，惧怕丧失政权，就会励精图治，那么，我们就会被斥责疏远。"他的党羽都下拜感谢，然后离去。

人的一生非常短暂，一生的所学也非常有限，能够行万里路，读万卷书，就算是有境界的高人；在以竹简作书籍的年代，学富五车，才高八斗就算是知识渊博了。我们读书之人"如饮河之鼠，各充其量而已"，即我们掌握的知识，犹如饥渴的老鼠在大河喝的一点点水。所以我们读书不要强求面面俱到，在掌握基础知识的前提下，力求专业、精通。也叫干一行，爱一行，精一行。同时要"温故知新"，大众创业、万众创新都离不开创造的"创"，这既是新时期给我们的机遇和挑战，也是时代赋予我们的历史使命。

# 古代加强行政建设启示录

党的十八大报告指出:"党坚强有力,党同人民保持血肉联系,国家就繁荣稳定,人民就幸福安康。""坚持以人为本、执政为民,始终保持党同人民群众的血肉联系。"坚持以人为本、执政为民,加强作风建设,狠抓工作落实,保证党坚强有力的关键就是要提高执行力。

所谓执行力,是指贯彻上级战略意图、完成预定目标的操作能力,是切实转变作风、狠抓工作落实的关键。加强政府执行力建设,为地方加快经济和社会发展,打造一个全新的环境,着实让人振奋。中华文明五千多年,其治国理念委实值得借鉴。封建王朝几千年以来,不少励精图治的开明君主,清正廉洁、心系百姓的有识之士想要加强行政建设就会推行一些举措,只是时代、理念、出发点有差异。要不社会如何得以发展,人类又如何能够进步?

## 一、加强行政建设,必须要有知识、有才干

古人经常感叹"今世无良才,朝廷乏贤佳》。《资治通鉴》记载:汉武帝时,诏曰:"盖闻导民以补,风之以乐。令礼余崩,朕甚不恐闵焉。其令礼官劝,学兴礼以为关下先。"个是丞植公孙弘等奏:"请为博士官置弟子伍千人,复其身;第其高以外命中、

文学、掌故；即有秀才异等，辄以名闻：其不事学若下材，辄罢之。又，吏通一艺以上者，请皆选择以补右职。"上从之。自此公卿、大夫、士、吏彬彬多文学之士矣。（《资治通鉴》卷十九）汉武帝颁布诏书说："据说，对百姓应以礼引导，用乐教化。现在礼已败坏，乐已丧失，朕非常忧虑。命令负责礼教的官员劝导百姓学习，振兴礼教，为天下树立榜样！"于是，丞相公孙弘等上奏说："请为博士官设置弟子五十人，免除他们的赋税、徭役，排列品学的高低，分别派充郎中、文学、掌故等官。如有异常优秀者，则提名推荐；对那些不学无术的庸材，则予以罢黜。再有，凡低级官员中有一种以上专长的，请全部选拔出来，擢升高级官职。"汉武帝接受了这一建议。从此，上至三公九卿，下到一般官吏，有学问的人越来越多。

东晋时，秦王坚诏："关东之民学通一经，才成一艺者，在所以礼送之。在官百石以上，学不通一经，才不成一艺者，罢遣还民。"（《资治通鉴》卷一百三）前秦王苻坚下达诏令说："关东的百姓有学问能够精通工经，才能具有一技之长的人，所在州县应按礼仪把他们送到官府。享受百石以上俸禄的官吏，学问不能精通一经，才能没有一技之长的，罢官遣送，恢复普通百姓的身份。"三国时蜀国的尚书令费祎说"功以才成，业由才广"这说明了人才的重要。《资治通鉴》的作者司马光指出："欲知治经之士，则视其记览博洽，讲论精通，斯为善治经矣；欲知治狱之士，则视其曲尽情伪，无所冤抑，斯为善治狱矣；欲知治财之士，则视其仓库盈实，百姓富给，斯为善治财矣；欲知治兵之士，则视其战胜攻取，敌人畏服，斯为善治兵矣。至于百官，莫不皆然。"（《资治通鉴》卷七十三）想要了解谁是擅长经学的人，只要看他博学强记，讲解精辟通达，那他就是饱学之士了；想要了解谁是执法人才，只要看他断案穷尽真相，不使人含冤受屈，那他就是善于执法了；想要了解谁是理财专家，只要看他能使仓库盈实，百姓富足，那他就是善于理财了；想要了解治军的将领，只要看他战必胜、攻必取，能使敌人畏服，那他就是善于治军了。至于文武百官，莫不如此。有知识、有才干还要用在正道上，要做好事，用现在的话说就是要有为人民服务的意识。才干是要用来行善的，所以大才干能够成就大的善行，小才干能够成就小的善行。如今只说是有才而不能行善，这样的才干是不适合做官的。

## 二、分工明确，各司其职，各尽其责

汉桓帝的太尉杨秉曾说："设官分职，各有司存。三公统外，御史察内。"即汉桓帝的太尉杨秉曾说："朝廷设立官职，各有各的职责范围。三公对外管理政务，御史对内监察官吏。"

三国时期蜀国的诸葛亮"尝自校簿书，主簿杨颙直入谏曰：'为治有体，上下不可相侵。请为明公以作家譬之。今有人使奴执耕稼，婢典炊爨，鸡主司晨，犬主吠盗，牛负重载，马涉远路。私业无旷，所求皆足，雍容高枕，饮食而已。忽一旦尽欲以身亲其役，不复付任，劳其体力，为此碎务，形疲神困，终无一成。岂其智之不如奴婢鸡狗哉？失为家主之法也。是故古人称'坐而论道，谓之王公；作而行之，谓之士大夫'。故丙吉不问横道死人而忧牛喘，陈平不肯知钱谷之数，云'自有主者，彼诚达于位分之体也。今明公为治，乃躬自校簿书，流汗终日，不亦劳乎！'亮谢之"（《资治通鉴》卷七十）这段话是说：诸葛亮曾经亲自校对公文，主簿杨顺径直入内劝他说："治理国家是有制度的，上司和下级做的工作不能混淆。请您允许我以治家做比喻：现在有一个人，命奴仆耕田，婢女烧饭，雄鸡报晓，狗咬盗贼，以牛拉车，以马代步；家中事务无一旷废，要求的东西都可得到满足，悠闲自得，高枕无忧，只是吃饭饮酒而已。忽然有一天，对所有的事情都要亲自去做，不用奴婢、鸡狗、牛马，结果劳累了自己的身体，陷于琐碎事务之中，弄得疲惫不堪，精神萎靡，却一事无成。难道他的才能不及奴婢和鸡狗吗？不是，而是因为他忘记了作为一家之主的职责。所以古人说'坐着讨论问题，做出决定的人是王公；执行命令，亲身去做事情的人，称作士大夫'。因此丙吉不过问路上杀人的事，却担心耕牛因天热而喘；陈平不去了解国家的钱、粮收入，而说'这些自有具体负责的人知道'，他们都真正懂得各司其职的道理。如今您管理全国政务，却亲自校改公文终日汗流浃背，不是太累了吗？"诸葛亮深深表示感谢。

东晋时前燕王的大臣说"人君执要，人臣执职，执要者逸，执职劳"，即人君执掌大要，人臣掌管具体事务。执掌大要的安逸，掌管具体事务的人辛苦。三国魏明帝时，"帝尝猝至尚书门，陈矫跪问帝曰陛下欲何之。帝曰欲案行文书耳，矫曰此自臣职分，非陛下所宜临也，若臣不称职，则请就黜退"（《资治通鉴卷》七十二）。这段话的意思是：魏明帝曾经突然来到尚书台门，尚书令陈矫跪着向明帝说："陛下要去哪里？"明帝说："我想看一看公文。"陈矫说："这是我的职责，不是陛下应该亲临的事情。如果我不称职，那就请罢免我，陛下应该回去。"明帝惭愧，乘车返回。所以"人君不亲小事，使百官有司各任其职。故舜命九贤，则无所用心，不下庙堂而天下治也。"君王不亲临小事，而是让各级、各部门的官吏尽忠职守。所以舜帝任用九位贤人，自己不用再操心，不出庙堂而天下便得到治理。唐宣宗说："官要在举职，不必人多。"

### 三、讲求办事效率，作风扎实

东晋时刘裕的尚书左仆射"刘穆之如流，事无拥滞。宾客辐凑，求诉百端，内外咨禀，盈阶满室；目鉴辞讼，手答笺书，耳行听受，口并酬应，不相参涉，悉皆赡举。又喜宾客，言谈赏笑，弥日无倦。裁有闲暇，手自写书，寻鉴校定。"（《资治通鉴》卷一百一十七）这段话的意思是：尚书左仆射刘穆之在内总管朝廷政务，在外供应军旅的给养，遇事当机立断，快如流水，因此一切事情，没有堆积迟滞的。各方宾客从四面八方集中到这里，各种请求诉讼千头万绪，内内外外，资询禀报，堆满台阶屋子。他竟然能够眼睛看）辞作讼书，手写答复信件，耳朵同时听属下的汇报，嘴里也应酬自如，而且同时进行的这四种工作互相之间又不混淆错乱，全都处置得当。他又喜欢宾客来往，说笑谈天，从早到晚，毫无倦意。偶尔有闲暇时间，他便亲自抄书，参阅古籍，校订错误。后梁时期，梁太祖"以宣武掌书记、太府卿敬翔知崇政院事，以备顾问，参谋议于禁中，承上旨宣于宰相而行之。宰相非进对时有所奏请及已受旨应复请者，皆具记事因崇政院以闻，得旨则复宣于宰相。翔为人沉人深，有智略，在幕府三十余年，军谋、民政，帝一以委之。翔尽心勤劳，昼夜不寐，自言惟马上乃得休息，帝性暴戾难近，人莫能测，惟翔能识其意趣。或有所不可，翔未尝显言，但微示持疑；帝意已悟，多为之改易。禅代之际，翔谋居多（《资治通鉴》卷二百六十六）。这段话的意思是：后梁太祖以宣武掌书记、太府卿敬翔主管崇政院事务，以备顾问，参与谋划计议，在宫内承受皇上谕旨，传达给宰相执行。宰相不是进宫奏对的时候有所奏请以及已经受旨应该再行请示的，都详细记事，通过崇政院奏报，敬翔得旨后再传达给宰相。敬翔为人沉着内向，有才智谋略，在幕府三十余年，军事计划、民事政务，太祖一切都委任他办理。敬翔尽心勤劳，白天晚上很少睡觉，自己说只有在马上才能休息。太祖性情残暴乖戾，难于接近，别人不能猜测，只有敬翔能够知道他的思想旨趣。有时有不能办的事情，敬翔未曾明显说出，只是稍微表示疑难，梁太祖已经理解，多数为之改变。禅让取代之际，敬翔的谋划居多。

唐德宗时，曾任刺史的刘晏"为人勤力，事无闲剧，必于一日中决之，不使留宿"（《资治通鉴》卷二百二十六）。这段话的意思是：刘晏是个勤勉力行的人，无论事务清闲抑或繁剧，都一定要在当天决断完毕，不让事情过夜。可见刘晏的工作作风相当扎实。当然对办事效率不高的也给予处分，秦王坚行至尚书，以文案不治，免左丞程卓官，以王猛代之。坚举异材，修废职，课农桑，恤困穷，礼百神，立学校，旌节义，继绝世；秦民大悦。（《资治通鉴》卷一百）前秦王苻坚巡视到了尚书省，看见文牍案卷凌乱，便罢免了尚书左丞程卓的官职，任命王猛取代他。苻坚任用贤才，整治废弛的政事＼劝勉农桑，抚恤贫困，礼敬百神，设立学校，表彰节义，恢复已经断绝的世祀，前秦的百姓十分高兴。（史言苻坚能用王猛以治秦）

### 四、倡导劳逸结合，心情舒畅

244年，"汉大司马琬以病固让州职于大将军祎，汉主乃以祎为益州刺史，以侍中董允守尚书令，为祎之副。时战国多事，公务烦猥；为尚书令，识悟过人，每省读文书，举目暂视，已究其意旨，其速数倍于人，终亦不忘。常以朝晡听事，其间接纳宾客，饮食嬉戏，加之博弈，每尽人之欢，事亦不废。及董允代祎，欲学祎之所行，旬日之中，事多愆滞。允乃叹曰："人才力相远若此，非吾祎之所及也！"乃听事终日而犹有不暇焉（《资治通鉴》卷七十四）。这段话得意思是：公元244年，蜀国大司马蒋琬因病坚持将州职辞让给大将军费祎，汉后主遂任命费祎担任益州刺史，侍中董允担任尚书令，作为费的副手。当时蜀正值征战多事之秋，公务繁杂细碎，费祎担任尚书令，见识过人．每审阅公文，略望一眼，便已知道其中主要意思，速度超过常人几倍，并且过目不忘。经常在早晨和傍晚听取大家意见，处理公事，中间接待宾客，饮食娱乐，还要作博弈之戏，每次都能使人尽兴快乐，公事也不荒废。等到董允接替费祎，想要效法费行为，十天之中，很多事情都被耽误。董允于是叹息说："人的才力相差如此之大，不是我能赶得上的！"于是整天听取意见处理公务，还是没有空闲。

晋惠帝时天下大乱，弘专督江、汉，威行南服。谋事有成者，则曰"某人之功"；如有负败，则曰"老子之罪"。每有兴发，手书守相，丁宁款密。所以人皆感悦，急赴之，咸曰："得刘公一纸书，贤于十部从事。"前广汉太守辛冉说弘以从横之事，弘怒，斩之。（《资治通鉴卷》八十六）这段话得意思是：潸惠帝时天下大乱，大将军刘弘专门督管江、汉地区，威势及于南方边远地区。谋划事情成功了，就说是某人的功劳。如果遇到失败，则称是自己的责任。每当兴师动众，亲笔写信给负责官员，详细叮咛嘱咐。所以大家都很感动和舒畅，争相到他那儿。大家都说："能够得到刘公一纸亲笔信，胜过做十个部从事。"前广汉太守辛冉向刘弘游说割据称霸的事，刘弘发怒，把他杀了。

梁武帝初期，"上以约轻易，不如尚书左丞徐勉，及以勉及右卫将军周舍同参国政。舍雅量不及勉，而清简过之，两人俱称贤相，常留省内，罕得休下。勉或时还宅，群犬惊吠；每有表奏，辄焚其稿。舍豫机密二十余年，未尝离左右，国史、诏诰、仪体、法律、军旅谋谟皆掌之，与人言谑，终日不绝，而竟不漏泄机事，众尤服之。"（《资治通鉴》卷一百四十五）梁武帝认为，沈约办事轻率而不慎重，不如尚书左丞徐勉，于是就让徐勉和右卫将军周舍一同参理国政。周舍的气量比不上徐勉，但是在清简方面却超过徐勉，两人都被称为是贤相，经常留在朝中理事，很少有下朝休息的时间。徐勉有时回自己的宅第，院子中的狗见了他惊叫狂吠；每次起草上表奏启，抄毕后马上就把初稿烧掉。周舍参与朝廷机密大事二十多年，从来没有离开武帝身边，凡国史、诏诰、仪礼、法律、军旅筹谋策划等，他都亲自掌管，同别人言谈逗笑，终日不停，但是竟然不会泄露一点机密，众人尤其佩服他。

史称"小太宗"的唐宣宗严肃而又活泼。上临朝，接对群臣如宾客，虽左右近习，未尝见其有惰容。每宰相奏事，旁无一人立者，威严不可仰视。奏事毕，忽怡然曰："可以闲语矣！"因问闾阎细事，或谈宫中游宴，无所不至。一刻许，复整容曰："卿辈善为之，朕常恐卿辈负朕，后日不复得相见。"乃起入宫。令狐绚谓人曰："吾十年秉政，最承恩遇；然每延英奏事，未尝不汗沾衣也！"（《资治通鉴》卷二百四十九）唐宣宗临朝听政视事时，接待问对群臣犹如对待宾客，就是他的左右近侍，也不曾见过他有倦意。每次宰相奏对政事时，近旁没有一人站立，其威严的神态令人不敢仰视。宰相奏事完毕后，唐宣宗忽然会怡然放松地说：“我们可以谈些闲话了！”接着就问宰相们街道闾巷的细微事，有时谈论宫禁中游宴的事，凡琐絮之事无所不谈。谈了一刻钟左右，唐宣宗又收起面孔，训诫宰相们说：“你们这几人应当好自为之，朕经常忧虑你们会辜负朕，使以后不再能相见。”说完后即自御座起身回宫。令狐绹对人说：“我当了十年宰相，操掌政柄，最得皇上的恩遇；但每次在延英殿与皇上奏对政事，没有不汗流沾衣的！”

### 五、建立激励机制，赏罚分明

楚汉争霸时，韩信对刘邦说：“请言项王之为人也：项王暗叱咤，千人皆废，然不能任属贤将；此特匹夫之勇耳。项王见人，恭敬慈爱，言语呕呕，人有疾病，涕泣分食饮；至使人，有功当封爵者，印敝，忍不能予；此所谓妇人之仁也。”（《资治通鉴》卷九）韩信对刘邦说：“就请让我来谈谈项羽的为人吧：项羽厉声怒斥呼喝时，上千的人都吓得不敢动一动，但是他却不能任用有德才的将领。这只不过是匹夫之勇罢了。项羽待人，恭敬慈爱，言语温和，别人生了病，他会怜惜地流下泪来，把自己所吃的东西分给病人；但当所任用的人立了功，应该赏封爵位时，他却把刻好的印捏在手里，把玩得磨去了棱角还舍不得授给人家。这便是人们所说的妇人的仁慈啊。”

唐武宗时的李德裕就说“事固有激发而成功者”。梁高祖时的杜弼说：“天下大务莫过赏罚，赏一人使天下之人喜，罚一人使天下之人惧，苟二事不失，自然尽美。”《资治通鉴》的作者司马光更明确地说：“政之大本，在于刑赏，刑赏不明，政何以成！晋武帝赦山涛而褒李意，其于刑赏两失之。使意所言为是，则涛不可赦；所言为非，则意不足褒。褒之使言，言而不用，怨结于下，威玩于上，将安用之！且四臣同罪，刘友伏诛而涛等不问，避贵施贱，可谓政乎！创业之初而政本不立，将以垂统后世，不亦难乎！"（《资治通鉴》卷七十九）司马光说："政治的根本在于刑与赏，刑赏不分明，政治如何能成就！晋武帝赦免山涛而褒奖李意，在刑与赏两方面都丧失了。如果李意所言是正确的，那么山涛就不可以赦免；所言为非，李意就不值得褒奖。褒奖李意让他说话，他说了却又不采用，结果在下属中结下怨恨，在上则使权威被轻慢，这样又将如何使用李意？况且四位大臣罪行相同，但刘友被处死而对山涛等人却不问罪，避开权贵而施法于轻贱，这能说是治政之道吗？正处于创业之初却不能树立治理国家的根本，要想把基业传给后世，不是很难的事吗？"但机制、制度毕竟服务于皇权。到晋惠帝时，三公尚书刘颂认为"自近世以来，法渐多门，令甚不一，吏不知所守，下不知所避，奸伪者因以售其情，居上者难以检其下，事同议异，狱犴不平"。刘颂迁吏部尚书，建九班之制，欲令百官居职希迁，考课能否，明其赏罚。贾、郭用权，仕者欲速，事竟不行。（《资治通鉴》卷八十三）三公尚书刘颂认为："自近代以来，法律逐渐出自许多部门，法令非常不统一，官吏不知道应该遵守什么，下面也不知道哪些是违法而应该避免的，奸诈的人因此而得售其奸，身居高位的人难以核查下属，事体相同而评论不同，结果判决不公平。"刘颂升任吏部尚书，建立了将官员分九个等级考核的制度，计划使朝廷大小官员在职位上都企求升迁，考核官员胜任与否，明确对官员的奖惩制度。但是贾氏、郭氏专擅朝廷大权，想当官的人都想迅速升迁，这样刘颂的计划没有能够实行。

## 六、清正廉洁，以身作则

北魏孝文帝以高阳王雍为相州刺史，戒之曰："作牧亦易亦难：'其身正，不令而行'，所以易；'其身不正，虽令不从'，所以难。"（《资治通鉴》卷一百四十）孝文帝任命高阳王拓跋雍为相州刺史，并且告诫他说："作一州之长也容易，也难。'自己言行端正，不用法令别人也会遵从'，如此就容易；'自己立身不正，即使以法令强迫别人也不会听从'，所以说难。"

东晋明帝以陶侃为征西大将军、都督荆、湘、雍、梁四州诸军事、荆州刺史，荆州士女相庆。侃性聪敏恭勤，终日敛膝危坐，军府众事，检摄无遗，未尝少闲。常语人曰："大禹圣人，乃惜寸阴，至于众人，当惜分阴。岂可但逸游荒醉，生无益于时，死无闻于后，是自弃也！"诸参佐或以谈戏废事者，命取其酒器、蒲博之具，悉投之于江，将吏则加鞭扑，曰："樗蒲者，牧猪奴戏耳！老、庄浮华，非先王之法言，不益实用。君子当正其威仪，何有蓬头、跣足，自谓宏达邪！"有奉馈者，必问其所由，若力作所致，虽微必喜，慰赐参倍；若非理得之，则切厉诃辱，还其所馈。尝出游，见人持一把未熟稻，侃问："用此何为？"人云："行道所见，聊取之耳。"侃大怒曰："汝既不佃，而戏贼人稻！"执而鞭之。是以百姓勤于农作，家给人足。（《资治通鉴》卷九十三）即朝廷任命陶侃为征西大将军，都督荆、湘、雍、梁四州军事，荆州刺史，荆州的男女百姓交相庆贺。陶侃性情风个聪明敏锐、恭敬勤奋，整日盘膝正襟危坐，对军府中众多事务检视督察，无所遗漏，没有一刻闲暇。他常常对人说："大禹这样的圣人，尚且珍惜每寸光阴，至于一般人，应当珍惜每分光阴。怎能只求逸游沉醉，活着对时世毫无贡献，死后默默无闻，这是自暴自弃！"众多参佐幕僚中有的因谈笑博戏荒废政务，陶侃命人收取他们的酒具和赌博用器，全都投弃江中，将吏们则加以鞭责，说："樗蒲这种游戏不过是放猪的奴仆们玩的！老子、庄子崇尚浮华，并非先王可以作典则的言论，不利于实用。君子应当威仪整肃，怎能蓬头、光足，却自以为宏达呢！"有人奉献馈赠，陶侃一定要询问来后路，如果是靠自己的劳作所得，即使价值微薄也一定喜欢，慰问后超出三倍地赏赐物品。如果不是正道所得，则严词厉色呵斥羞辱，拒绝不受。有千次陶侃出游，看见有人手持一把未成熟的稻子，陶侃问："你拿来干什么？"那人说："走路时看到的，随便摘下来而已。"陶侃大怒，说："你既然不亲自劳作，却随便毁坏他人的稻子拿来玩！"随即抓住此人鞭打。因此百姓辛勤耕作，家资不缺，人人丰足。

公生明，廉生威。汉桓帝的太尉杨秉薨。秉为人，清白寡欲，尝称："我有三不惑：酒、色、财也。这是说：太尉杨秉去世。杨秉为人清白，欲望很少，曾经自称："我有三不惑：美酒、女色、钱财。"但凡当时的地方官，只要是清正廉洁的，都能给当地老百姓以实惠，谋福祉；都能保障老百姓的基本诉求。

## 七、加强法制建设

东周赧王时，赵田部吏赵奢收租税，平原君家不肯出；赵奢以法治之，杀平原君用事者九人。平原君怒，将杀之。赵奢曰："君于赵为贵公子，今纵君家而不奉公，则法削，法削则国弱，国弱则诸侯加兵，是无赵也。君安得有此富乎！以君之贵，奉公如法则上下平，上下平则国强，国强则赵固，而君为贵戚，岂轻于天下邪！"平原君以为贤，言之于王。王使治国赋，国赋太平，民富而府库实。(《资治通鉴》卷五)东周赧王时期,赵国一个收田租的小官赵奢到平原君赵胜家去收租税,他的家人不肯交。赵奢以法处置,杀死平原君家中管事人九名。平原君十分恼怒,想杀死赵奢,赵奢便说:"您在赵国是贵公子,如果纵容家人而不奉公守法,法纪就会削弱,法纪削弱国家也就衰弱,国家衰弱则各国来犯,赵国便不存在了。您还到哪里找现在的富贵呢!以您的尊贵地位,带头奉公守法则上下一心,上下一心则国家强大,国家强大则赵家江山稳固,而您作为王族贵戚,难道会被各国轻视吗?"平原君认为赵奢很贤明,便介绍给赵王。赵王派他管理国家赋税,于是国家赋税征收顺利,人民富庶而国库充实。

秦王坚以咸阳内史王猛为侍中、中书令、领京兆尹。特进、光禄大夫强德,太后之弟也,酗酒,豪横,掠人财货、子女,为百姓患。猛下车收德,奏未及报,已陈尸于市;坚驰使赦之,不及。与邓羌同志,疾恶纠案,无所顾忌,数旬之间,权豪、贵戚,杀戮、刑免者二十余人,朝廷震栗,奸猾屏气,路不拾遗。坚叹曰:"吾始今知天下之有法也!"(《资治通鉴》卷一百)前秦王苻坚任命咸阳内史王猛为侍中、中书令,兼领京兆尹。特进、光禄大夫强德是强太后的弟弟,他借酒逞凶,骄纵蛮横,抢人财物子女,是百姓的祸害。王猛一上任就拘捕了他,进上奏章请求处理,没等回复,强德就已经陈尸街市。苻坚见到奏章后迅速派使者来要将强德赦免,但为时已晚。王猛与邓羌志同道合,斩除邪恶,纪正冤案,无所顾忌,几十天时间,被处死和依法黜免的权贵、豪强、王公贵戚有二十多人,震动了朝廷上下,奸猾之辈屏声敛气,境内路不拾遗。苻坚感叹地说:"我到如今才知道天下有法律了!"在刑不上大夫,礼不下庶人的封建社会,法制的概念就是刑法。"王子犯法与庶民同罪"，废除特权是当时老百姓的基本诉求。公正公平执法也只是在少数明君或贤臣的引领下，一旦缺失，就荡然无存，法权永远掌握在君主手中，帝王意志永远凌驾于法律之上。

永兴元年七月，郡、国三千二蝗，河水溢。百姓饥穷流冗者数十万户，冀州尤甚。诏以侍御史朱穆为冀州刺史。冀部令长闻穆济河，解印绶去者四十余人。及到，奏劾诸郡贪污者，有至自杀，或死狱中。宦者赵忠丧父，归葬安平，僭为玉匣；穆下郡案验，吏畏其严，遂发墓剖棺，陈尸出之。帝闻，大怒，征穆诣廷尉，输作左校。(《资治通鉴》卷五十三) 这段话得意思是：153年7月，有三十二个郡和封国发生蝗灾，黄河河水上涨，泛滥成灾。百姓饥饿和贫穷所困迫，四处流散的达数十万户，冀州的情况尤为严重。桓帝下诏，任命侍御史朱穆为冀州刺史。冀州所属的各县县令和县长，听说朱穆已渡过黄河，解下印信绶带自动离职而去的有四十余人。乃至到任，朱穆便向朝廷上奏弹劾各郡的贪官污吏。这些官吏有的甚至自杀，有的死在狱中。宦官赵忠的父亲去世，将棺材运回故乡安平国埋葬。他超越身份，制作了皇帝和王侯才准许穿的玉衣来装殓死者。朱穆命令郡太守调查核实。郡太守等地方官吏畏惧他的严厉，于是挖开坟墓，劈开棺木，把尸首抬出来进行检查。桓帝得到报告后，大怒，征召朱穆到廷尉问罪，判处他到左校罚作苦役。

### 八、加强基层组织建设

《资治通鉴》开篇，同马光就记载了齐威王加强基层政权建设的故事：齐威王召即墨大夫，语之曰："自子之居即墨也，毁言日至。然吾使人视即墨，田野辟，人民给，官无事，东方以宁；

是子不事吾左右以求助也！"封之万家。召阿大夫，语之曰："自子守阿，誉言日至。吾使人视阿，田野不辟，人民贫馁。昔日赵攻鄄，子不救；卫取薛陵，子不知；是子厚币事吾左右以求誉也！"是日，烹阿大夫及左右尝誉者。于是群臣耸惧，莫敢饰诈，务尽其情，齐国大治，强于天下。（《资治通鉴》卷一）这段话得意思是：齐威王召见即墨大夫，对他说："自从你到即墨县任官，每天都有指责你的话传来。然而我派人去即墨察看，却是田土开辟整治，百姓丰足，官府无事，东方因而十分安定。于是我知道这是你不巴结我的左右内臣谋求内援的缘故。"便封赐即墨大夫享用一万户的俸禄。齐威王又召见东阿县大夫，对他说："自从你到东阿县镇守，每天都有称赞你的好话传来。但我派人前去察看东阿地，只见田地荒芜，百姓贫困饥饿。当初赵国攻打鄄地，你不救；卫国夺取薛陵，你不知道；于是我知道你用重金来买通我的左右近臣以求替你说好话！"当天，齐威王下令烹死东阿县大夫及替他说好话的左右近臣。于是臣僚们毛骨悚然，不敢再弄虚作假，都尽力做实事，齐国因此大治，成为天下最强盛的国家。

前秦尚书左丞申绍认为："守宰者，致治之本。今之守宰，率非其人，或武人出于行伍，或贵戚生长绮纨，既非乡曲之选，又不更朝廷之职。加之黜陟无法，贪惰者无刑罚之惧，清修者无旌赏之劝。是以百姓困弊，寇盗充斥，纲颓纪紊，莫相纠摄。又官吏猥多，逾于前世，公私纷然，不胜烦扰"。（《资治通鉴》卷一百二）前秦尚书左丞申绍认为："郡县地方官吏，是实现天下大治的根本。如今的地方官，大约都是任非其人，有的武臣就出自军队，有的贵戚就生长于富贵人家，既不是经由乡里选举，又曾经历朝廷的职务，再加上提升黜免毫无准则，贪婪懒惰者没有遭受刑罚的畏惧，清廉勤勉者没有获得奖赏的激励，所以百姓穷困凋敝，坏人盗贼充斥，政纲颓废，法度紊乱，没有人能互相监督震慑。再加上官吏冗多，超过前代，公私纠葛，不胜其烦。"贞观二十年，唐太宗遣大理卿孙伏伽等二十二人以六条巡察四方，刺史、县令以下多所贬黜，其人诣阙称冤者，前后相属。上令褚遂良类状以闻，上亲临决，以能进擢者二十人，以罪死者七人，流以下除免者数百千人。（《资治通鉴》卷一百九十八）贞观二十年，太宗派大理寺卿孙伏伽等二十二人以汉朝考察官员的六条诏书巡察全国各地，刺史、县令以下的官吏多被罢职贬官，这些人到朝中喊冤的前后不断。太宗令褚遂良按类写明情况上呈，太宗亲自裁决，确定其中能够提拔的有二十人，论罪当死的七人，流放以下免除官职的有成百上千人。

### 九、加强社会管理

汉宣帝时，颍川太守黄霸使邮亭、乡官皆畜鸡、豚，以赡鳏、寡、穷者；然后为条教，置父老、师帅、伍长，班行之于民间，劝以为善防奸之意，及务耕桑、节用、殖财、种树、畜养，去浮淫之费。其治，米盐靡密，初若烦碎，然霸精力能推行之。吏民见者，语次寻绎，问他阴伏以相参考，聪明识事，吏民不知所出，咸称神明，豪厘不敢有所欺。奸人去入他郡，盗贼日少。霸力行教化而后诛罚，务在成就全安长吏。许丞老，病聋，督邮白欲逐之。霸曰："许丞廉吏，虽老，尚能拜起送迎，正颇重听何伤！且善助之，毋失贤者意！"或问其故，霸曰："数易长吏，送故迎新之费，及奸吏因缘，绝簿书，盗财物，公私费耗甚多，皆当出于民。所易新吏又未必贤，或不如其故，徒相益为乱。凡治道，去其泰甚者耳。"

霸以外宽内明，得吏民心，户口岁增，治为天下第一。

颍川太守黄霸在郡前后八年，政事愈治；是时凤皇、神爵数集郡国，颍川尤多。夏，四月，诏曰："颍川太守霸，宣明诏令，百姓乡化，孝子、弟弟、贞妇、顺孙日以众多，田者让畔，道不拾遗，养视鳏寡，赡助贫穷，狱或八年无重罪囚；其赐爵关内侯、黄金百斤、秩中二千石。"而颍川孝、弟、有行义民，三老、力田皆以差赐爵及帛。后数月，征霸为太子太傅。（《资治通鉴》卷十七、十九）这两段话得意思是：汉宣帝时，颍川太守黄霸命郡内驿站和乡官一律畜养鸡、猪，用以救济独身男子、寡妇和贫穷之人；后来又订立规章制度，设置父老、师帅、伍长，在民间推行，教育百姓行善防恶，务农养蚕，节俭用度，增加财富，种植树木，饲养家畜，不要将钱财浪费在表面或无益之处。黄霸治理地方，既杂且细，开始时似乎繁琐细碎，黄霸却能集中力量贯彻推行。接见属下官吏、百姓时，从交谈中寻找线索，询问其分潜伏的问题以相参考。黄霸聪明而能够认识事情的真相，属吏及百姓们不知其所以然，都称赞他如神明一般，不敢有丝毫欺瞒。奸邪坏人纷纷逃到别的郡，颍川地区盗贼日益减少。黄霸对下属官吏首先进行教育和感化，如有人不遵教化，再对其施以刑罚，力求成就、保全他们。许县县丞年老耳聋，郡督邮禀告黄霸，打算将其斥逐不用。黄霸说："许县县丞是个清廉官吏，虽然年老，但尚能下拜起立，送往迎来，只不过有些耳聋，又有什么妨碍！应好好帮助他，不要使贤能的人失望。"有人问他这样做的原因，他说："频繁地变更重要官吏，会增加送旧迎新的费用，奸猾官吏也会借机藏匿档案记载，盗取财物。公私费用耗费过多，全要由百姓们承担。新换的官吏也未必贤能，或许是还不如原来的，就会徒然增加混乱。治理的方法，不过是去掉太不称职的官吏而已。"黄霸外表宽厚，内心明察，很得官吏百姓之心，郡内户口年年增加，政绩天下第一。

颍川太守黄霸在颍川郡前后八年，郡中事务治理得愈加出色。当时，凤凰、神雀多次飞集各郡国，其中以颍川郡最多。夏季，四月，汉宣帝颁布诏书说："颍川太守黄霸，对各项诏令都明确宣示，大力推行，属下百姓向往礼义教化，孝顺父母的子女、相互友爱的兄弟、贞节的妇女、尊敬老人的孙子日益增多，田界相连的农民相互谦让，在路上遗失的东西无人贪心拾取，奉养照顾孤寡老人，帮助贫苦穷弱，有的监狱连续八年没有重罪囚犯。赐黄霸关内侯爵位，黄金一百斤和中二千石俸禄。"对颍川郡中孝顺、友爱和其他具有仁义品行的百姓，以及三老、力田等乡官，都分别赐予不等的爵位和财帛。几个月后，汉宣帝又征调黄霸担任太子太傅。

汉光武帝初，宛人卓茂，宽仁恭爱，恬荡乐道，雅实不为华貌，行己在于清浊之间，自束发至白首，未尝与人有争竞，乡党故旧，虽行能与茂不同，而皆爱慕欣欣焉。哀、平间为密令，视民如子，举善而教，口无恶言，吏民亲爱，不忍欺之。民尝有言部亭长受其米肉遗者，茂曰："亭长为从汝求乎，为汝有事嘱之而受乎，将平居自以恩意遗之乎？"民曰："往遗之耳。"茂曰："遗之而受，何故言邪？"民曰："窃闻贤明之君，使民不畏吏，吏不取民。今我畏吏，是以遗之；吏既卒受，故来言耳。"茂曰："汝为敝民矣！凡人所以群居不乱，异于禽兽者，以有仁爱礼义，知相敬事也。汝独不欲修之，宁能高飞远走，不在人间邪！吏顾不当乘威力强请求耳。亭长素善吏，岁时遗之，礼也。"民曰：

"苟如此，律何故禁之？"茂笑曰："律设大法，礼顺人情。今我以礼教汝，汝必无怨恶；以律治汝，汝何所措其手足乎！一门之内，小者可论，大者可杀也。且归念之！"初，茂到县，有所废置，吏民笑之，邻城闻者皆蚩其不能。河南郡为置守令；茂不为嫌，治事自若。数年，教化大行，道不拾遗；迁京部丞，密人老少皆涕泣随送。及王莽居摄，以病免归。上即位，先访求茂，茂时年七十余。甲申，诏曰："夫名冠天下，当受天下重赏。今以茂为太傅，封褒德侯。（《资治通鉴》卷四十）即东汉光武帝初期，宛城人卓茂宽厚仁义而谦恭爱人，性情恬淡坦荡而乐守圣贤之道，朴实无华而不修饰，行动在清浊之间而不偏激。从少年到白发的老年，从未跟人争执过，家乡的亲朋故友虽然品行才干与卓茂不同，却全都很爱慕他。卓茂在西汉哀帝、平帝时当密县县令，把老百姓看作自己的儿女，推行仁政教化百姓，口无恶言，官民亲近热爱他，不忍心欺骗他。曾经有一个人上告说，卓茂属下的亭长接受了他所送的米和肉。卓茂说："是亭长跟你要的呢，还是你有事托他而送给他的，或者是平时就有恩惠情义而送给他的呢？"那个人说："是我自己送给他的。"卓茂说："是你自己送去他接受的，为什么还要上告呢？"那个人说："我听说贤明的君主让老百姓不惧怕官吏，官吏也不向老百姓索取东西。而现在我畏惧官吏，所以送东西给他。而他最终接受了，所以我来报告。"卓茂说："你是个坏百姓！人所以聚集在一起有秩序地生活而不同于禽兽的原因，就在于人有仁爱礼义，懂得互相尊重。而你偏偏不在乎这些，难道你能够远走高飞，脱离人间吗？官吏固然不应当凭权力强求索取。亭长向来是一位善良的官吏，每年按时送他一点东西，是符合礼的。"那个人说："如果这样，法律为什么禁止呢？"卓茂笑着说："法律设立行为的规范，礼则顺应人之常情。现在我用礼教诲你，你一定没有怨恨恶感；如果我用法律惩罚你，你将有什么举动呢？同一个门内，罪过小的可以论罪，罪过大的可以杀头。你且回去想想吧！"当初，卓茂到密县上任后，有废除的事项，也有新设立的措施。官民嘲笑他，邻城的人听说以后都讥笑他没有才干。河南郡为他设置了一位县令。卓茂并没有感到厌恶不满，照常办公。几年以后，他所推行的教化形成风气，以致路不拾遗。后卓茂升迁当京部丞，密县的老少全流着眼泪，一路跟随着为他送行。等到王莽摄政，卓茂因病辞官，回归故里。刘秀称帝后，首先寻访卓茂的下落。卓茂当时已七十余岁。九月十九日，刘秀下诏书："名誉满天下，应当受最重的奖赏。现任命卓茂当太傅，封为褒德侯。"

### 十、初始化的发展观

一是单一的"忠孝"核心价值观。只要在家尽孝，就能在朝尽忠；只要对主子尽忠，就能永享福禄。二是"人本"观。传统的农耕经济，人是主要的生产力要素。战乱的耗员，人丁严重不足，又严重制约生产力的发展。唐朝唐玄宗"安史之乱"前，唐有人口五千二百多万，"安史之乱"平定后仅剩一千六百多万人。片面追求"人丁旺，田野辟"。魏主遗帝书曰："为大丈夫，何不自来取之，而以货诱我边民？募往者复除七年，是赏奸也。我今来至此土所得多少，孰与彼前后得我民邪？"（《资治通鉴》卷一百二十五）北魏国主拓跋焘给刘宋文帝的信中说："作为大丈夫，为什么不自己前来获取，却用金银财宝诱惑我边陲百姓？你又下令说，前往投奔你的，免除七年的捐税，这是你在明目张胆地奖赏奸佞之人。我现在来到你们的国土上所得到的百姓数量，同你在此前后得到的我国百姓的数量相比，谁多谁少呢？"三是"与时俱进"观。即可上可下，或退或进，以先哲和圣人的经典为理念。后周周世宗推崇孔子为百代帝王之师。如《周易·小过》的"与时行也"，《无妄卦》的"以茂对时育万物"。都是要求顺应自然变化的规律，不违天道，只要不刻舟求剑，就可退一步海阔天空。王莽的新朝之所以短命，最主要的原因就是没有创新意识，新朝不新，王莽即便改革也是"动欲慕古，不度时宜"。而新时期与时俱进的深刻内涵就不言而喻。封闭僵化的老路我们不会走，改旗易帜的邪路更不用谈。四是幼稚的宗教信仰。越是朦胧神秘越景仰。古人的共同信仰是天，政权的合法基础是天命。祭祀就是对日、月、星的祷告，对上天的顶礼膜拜。谋事在人成事在天，都赋予了天的神秘，道的玄妙。《革卦》象曰"汤武革命，顺乎天面应乎人"。天变和人事紧密结合，面对天灾，汉文帝也有疑惑："天道有不顺，地利或不得，人事多失和，鬼神废不享与？何以至此？"大意是天道不顺，或者是不得地利，人事多有失和，没有供奉鬼神吗？为什么会这样呢？

历史留下的这些治国经典，不是一个朝代、一任君主。某一个臣子的所为，它是一个集成。它传承下来的传统美德、执政理念；人格魅力，委实值得借鉴弘扬，其教训也值得吸取。在我们深入贯彻党的"十八大"精神，在全面建成小康社会、全面深化改革、全面依法治国、全面从严治党的进程中，落实科学发展观，为实现中华民族复兴伟大的"中国梦"，加强执行力建设，更应多方考量。

# 爱国的美德

　　中华民族的历史之所以悠久和伟大，爱国作为一种民族的精神支柱起了重要的作用。"嫠不恤其纬，而忧宗周之陨，为将及焉"——寡妇不操心纬线却忧虑周王室的灭亡，是因为祸患也会降到她的头上。足不出户在家纺线的寡妇也知道为国担忧。"天下兴亡匹夫有责"是最朴素的爱国情感表达。我们每年农历五月初五过端午节，都会想起伟大的爱国主义诗人屈原。他在《离骚》中写道："长太息以掩涕兮，哀民生之多艰。"为此，他为了捍卫祖国的尊严，"路漫漫其修远兮，吾将上下而求索"他爱祖国，爱人民的精神万古流传。

　　《资治通鉴》记载：汉武帝时，中郎将苏武出使匈奴被匈奴单于扣押，诱以富贵逼苏武归降匈奴，并以死相威胁。当明白苏武终究不受胁迫后，便将苏武囚禁于一个大地窖中，断绝苏武的饮食，企图逼其就范。当时正下大雪，苏武躺在地上，靠吞食雪片和衣服上的毡毛，几天后竟然未死。匈奴人以为有神灵庇护，便将苏武放逐到北海荒无人烟之处，让他放牧一群公羊，并对苏武说："等到公羊能产出羊奶，你就可以回到你的祖国了。"苏武被放逐到北海以后，得不到粮食供应，便挖掘野菜，吃鼠洞中的草籽。他手持象征大汉王朝代表朝廷的符节牧羊，无论睡卧还是起身都带着它，以致节杖上的毛缨全都脱落了，可他把那根光杆子符节看成是自己的命根子。面对匈奴的威逼利诱，苏武说："自分已死久矣，王必欲降武，请毕今日之欢，效死于前。"苏武说："我自己料想必死已经很久，大王一定要我苏武投降，就请结束今日的欢聚，让我死在你面前吧。"（苏武被扣留匈奴共十九年，去时正当壮年，归来时头发、胡须全白了。苏武返回祖国"扬名于匈奴，功显于汉室"。"苏武使匈奴二十年不降，乃为典属国。"

东汉明帝时，越骑司马郑众出使北匈奴时，北匈奴单于十分傲慢自负，想让郑众行属国臣子的叩拜之礼，郑众没有屈从。单于十分愤恨，于是派人包围住所严加看守，断绝了水火供应，郑众拔出佩刀发誓，誓死不从，不损"大汉之强"（大汉王朝的国威和尊严）单于恐惧，这才罢休，于是重新派遣使者，随郑众回到都城洛阳。时隔不久，戊校尉耿恭在抗击匈奴的战斗中，以微弱的兵力固守孤城，抵抗匈奴数万大军，经年累月，耗尽了全部心力，凿山打井，煮食弓弩，先后杀伤敌人数以千计，忠勇俱全，没有使汉朝蒙羞，维护了国家的尊严。

尽管古代国的概念与现在中华民族大家庭的新中国有区别，但是那怕是当时的小国或封国，其爱国、叛国的性质是一样的。不热爱祖国照样遭天谴。《资治通鉴》的作者司马光是这样评价战国时期的韩非的："我听说君子由亲近自己的亲人而至亲近别人的亲人，由热爱自己的国家而至热爱别人的国家，因此才能功勋卓著，名声美好，从而享有百福。如今韩非为秦国出谋献策，首先就是要以灭亡他自己的祖国来证实他的主张，犯下此类罪过，本来就是死有余辜的，哪里还值得怜悯啊！"尽管朝代在更替，时代在变迁，但用晋武帝司马炎的话说"天下之善一也"（天下的美德是统一的）。苏武、郑众、耿恭等诸多爱国人士传承的爱国情怀、民族尊严、壮怀激烈的气节是一致的，维护国家的尊严是一致的，希望祖国强盛是一致的，企盼民族兴旺是一致的。他们身上体现出的千古传颂的美德，成功进行爱国主义教育的经典，构建社会主义核心价值观的典范，激励着一代又一代的仁人志士为之奋斗。

方志敏的《可爱的中国》、魏巍的《谁是最可爱的人》曾经激发过我们这一代"生在红旗下，长在新中国"的人多少正能量！鲁迅先生说"中国自古以来，就有埋头苦干的人，就有拼命硬干的人，就有为民请命的人，就有舍身求法的人。——他们是中国的脊梁。"习总书记的"空谈误国，实干兴邦"的谆谆教诲就是在教育我们如何爱国，如何践行。爱国不是要嘴皮子，"多做一些雪中送炭、急人之困的工作，少做些锦上添花、花上垒花的虚功"。爱国要有奉献精神。实干的内涵就是为人处世要实诚，深入基层要脚踏实地，为民办事要讲实效。爱国的传统美德才能得以弘扬，实现中华民族伟大复兴的中国梦才能够早日实现。

# 敬业的美德

　　敬业就是"专心致志以事其业"。我们要认真对待自己的岗位，对自己的岗位职责负责到底，无论在任何时候，都尊重自己的岗位职责。自从社会有了分工，就有了职业。古人形象地说职业有"三百六十行"，且"行行出状元"。敬业是把自己分内的工作当作一种精神享受的人生体验；敬业是一种职业操守。

　　《资治通鉴》记载：北魏主更定律令于东明观，亲决疑狱；命李冲议定轻重，润色辞旨，帝执笔书之。李冲忠勤明断，加以慎密，为帝所委，情义无间；旧臣贵戚，莫不心服，中外推之。……冲勤敏强劝，久处要剧，文案盈积，终日视事，未尝厌倦，职业修举，才四十而发白。（《资治通鉴》卷一百三十七、一百四十一）这段话的意思：北魏孝文帝在东明观修订法律，亲自裁决有疑问的诉讼案件。命令尚书李冲裁定刑罚轻重，为判词润色，孝文帝亲自抄录下来。李冲忠诚勤奋，明智果断，加上又谨慎周密，所以深受孝文帝拓跋宏的信赖和倚重，二人之间情投意合，没有隔阂。无论是多年的朝廷官员，还是显贵的皇亲国戚，没有人不对他心服口服的，全国上下内外对他也一致推崇。……李冲勤奋聪敏，性要强，肯用力。他长期处于重要职位，平时公文案卷总是盈积案头，只好一天到晚处理公务，然而从来不感到厌倦。他兢兢业业，克尽职守，才四十岁就白了头发。唐太宗时"上悉以军中资粮、器械、簿书委岑文本，文本夙夜勤力；躬自料配，筹笔不去手，精神耗竭，言辞举措，颇异平日，上见而忧之，谓左右曰：'文本与我同行，恐不与我同返'。是日遇暴疾而薨"（《资治通鉴》卷一百九十八）。唐太宗将军中的物资粮草、器械、文书簿录等全都委派给岑文本管理，文本夙兴夜寐，勤勉不怠，亲自料理调配，计（7算用的筹码、书写用的笔从不离手，心力耗竭，言谈举止颇与往日不同。太宗看见他这样，十分担忧，对身边人说："文本与我同行，恐怕很难与我一同返回。"当天，岑文本得暴病而死。诸葛亮说"鞠躬尽瘁，死而后已"同样是敬业美德最好的写照。

另据《资治通鉴》记载：东晋时期，公元319年大将军石勒即后赵王位后，任命长史张宾为大执法，专总朝政："张宾任遇优显，群臣莫及；而谦虚谨慎，开怀下士，屏绝阿私，以身帅物，入则尽规，出·则归美。勒甚重之，每朝，常为之正容貌，简辞令，呼曰左侯而不敢名。"张宾得到的职位高、待遇优厚，群臣没有可与比拟的；但他本人却谦虚、恭敬、小心，真诚地折节下士，杜绝私情，以身作则，入朝时直言规谏，出外却将美誉归功于主上，石勒非常看重他。每次上朝，经常因为张宾的缘故端正容貌，修饰辞含，以右侯称呼张宾，不叫他的名字。有唐之萧何之称的房玄龄："佐太宗定天下，及终相位，凡三十二年，天下号为贤相；然无迹可寻，德亦至矣。故太宗定祸乱而房、杜不言功，王、魏善谏净而房、杜让其贤，英、卫善将兵而房、杜行其道，理致太平，善归人主。为唐宗臣，宜哉！"（《资治通鉴》卷十五）这段话是说：房玄龄辅佐太宗平定天下，直到死于宰相位上，共三十二年，天下人号称为贤相；然而没有多少事迹可寻，道德也达到至高境界。所以太宗平定祸乱而房、杜二人不居功；王珪、魏征善于谏诤而房、杜二人不争其贤名；李世劫、李靖善于领兵作战而房、杜二人辅行文道，使国家太平，将功劳归诸君主。房玄龄被称为有唐一代的宗臣，是很适宜的。

《周易》的首卦乾卦九三爻就要求"君子终日乾乾"（敬职尽责、自强不息）。敬业是无私奉献的精神品质，它代表一种求索进取、创新向上的内在动力，它承载的是使命，是责任，如雷锋的"钉子精神"。敬业必须脚踏实地，恪尽职守，牢固树立主人翁的责任感，热爱本职工作，干一行爱一行。从事任何工作都需要树立敬业奉献精神。工作顺心时容易激发我们的敬业奉献精神，工作不顺心时更需要有敬业奉献精神来做我们的精神支柱。无论如何，我们都不能以理想来否定现实，也不能以现实来否定理想。面对现实，挑战自我，奉献社会，应该说是大多数人的现实选择。没有敬业奉献精神，就不可能被社会所容纳，更不可能会有自己选择职业岗位的机会。实现中华民族伟大复兴的中国梦，"同志仍须努力"。

# 诚信的美德

　　诚字即言成，会意字，就是承诺兑了现，有了结果。信字就是人说的话要真实。在现实生活中，社会和睦靠诚信，企业经营靠诚信，与人交往靠诚信。诚信没有贵贱、高低、大小之分，诚信是人的立身之本。孔子曰："人而无信，不知其可也。"

　　《资治通鉴》在第一卷就记载了一则有关诚信的故事。"文侯与群臣饮酒乐，而天雨，命驾将适野。左右曰今日饮酒乐，天又雨，而安之。文侯曰吾与虞人期猎，虽乐，岂可无一会期哉。乃往身自罢之。"这是说魏文侯与群臣饮酒，奏乐间，下起了大雨，魏文侯却下令备车前往山野之中。左右侍臣问："今日饮酒正乐，外面又下着大雨，君王打算到哪里去呢？"魏文侯说："我与虞人约好了去打猎，虽然这为里很快乐，也不能不遵守约定。"于是前去亲自告诉停猎。作为一国之君主，将因下雨取消打猎亲自去告知山林管理员，可谓诚信之至。贞观六年十二月，为了句法公正帝亲录系囚，见应死者，闵之，纵使归家，期以来秋来就死。仍敕天下死囚，皆纵遣，使至期来诣京师。"（《资治通鉴》卷一百九十四）即太宗亲自过录囚犯，见到应处死刑的人，内心怜悯他们，放他们回家，但约定明年秋季回来处死。于是下令全国的死刑犯人，均放他们回家，等到期限到了的时候赶到京城。第二年，"九月去岁所纵天下死囚凡三百九十人，无人督帅，皆如期自诣朝堂，无一人亡匿者；上皆赦之"（同上）。上一年放回家中的死囚犯人共三百九十人，没有人监视管制，都按期限自己回到朝堂，没有一个人逃亡，太宗将他们全部赦免。唐太宗李世民为什么赦免这些死囚？因为他们也非常讲诚信。

武则天时期，司刑臣徐有功因执法公平、讲诚信，武则天重新提拔他为侍御史，知道的人无不为他庆贺。鹿城主簿宗城人潘好礼撰写文章称赞徐有功遵循正道，依从仁义，坚守真诚的气节，不因为贵贱死生而改变自己真诚的操守。在文章中还假设有客人提问："当今谁可以和徐公相比？"主人说："四海极广，人物极多，有的隐匿行迹，藏匿光彩，我不敢乱下结论，但就我所闻所见，就他一人而已，能与他相比的只有从古人中寻求。"客人说："比张释之如何？"主人说："张释之所做的事情很容易，徐有功所做的事情很困难，难易之间优劣就可以显示出来了。张释之遇上汉文帝的时候，天下太平无事，至于像盗窃汉高祖庙中的玉环和汉文帝在渭桥的惊马事件，只不过按法律办理而已，难道不是很容易吗！徐有功遇上朝代变换的年代，适值万象更新的世道，唐朝的遗老，或包藏祸心，使君主有疑虑。如周兴、来俊臣（酷吏），便是帝尧年代的四凶，大肆粉饰恶言以诬陷有德之人；而徐有功死守正道，非常明白清楚，几乎身陷监狱，多次触犯法度，这些都是您所听说过的，难道不是很难吗！"客人说："假使任命他为司刑卿，就得以施展他的才能了。"主人说："您只看到徐公用法平允，以为可任司刑卿；我观察他这个人，心里什么都有，如果得以发挥，什么事情都能胜任，何止司刑卿而已！"

同样的语言，有的不被人信任，有的能被信任，可见信任在语言之外；同样的命令，有的不执行，有的能执行，可见真诚待人在命令之外。汉武帝时，公孙弘在考试时答道："我听说上古尧舜那个时期，没有尊贵的官爵和丰厚的奖赏，但百姓却相互勉励行善；不重刑罚，但百姓却不犯法，这是因为君主为臣民做出了正直的表率，而且对待百姓很讲信用。到了末代，有尊贵的官爵和丰厚的赏赐，但百姓却得不到劝勉，设立了严酷的刑罚却不能禁止违法犯罪，当时的君主本身不正，对待百姓又不讲信用。用丰厚的奖赏和严酷的刑罚，还不足以鼓励行善、禁止作恶，只有靠讲信用，才能达到这一目的。""言必信，行必果"是尊严，是力量，是一言既出驷马难追的胸怀。当然，讲诚信不能随便表态，一旦兑不了现，就不是诚信了。如果代表政府，代表组织，就会失去公信力。正如老子在《道德经》第六十三章所说："夫轻诺必寡信，多易必多难。是以圣人犹难之，故终无难矣。"即轻易许诺，势必缺少信用，把事情看得越容易，就会遇到越多的困难。连圣人都把办事情看得很困难，所以他最终不会遇到困难。《论语·卫灵公》中说："言忠信，行笃敬，虽蛮貊之邦，行矣。言不忠信，行不笃敬，虽州里，行乎哉？"《论语·卫灵公》中说："言辞忠诚而守信，行为敦厚而恭敬，即便在荒蛮之地也通行无阻。说话不忠诚守信，行为不敦厚而恭敬，即使在本乡本土，能行得通吗？"

# 宽容的美德

法国著名文学家雨果曾说过："世界上最宽阔的东西是海洋，比海洋更宽阔的是天空，比天空更宽阔的是人的胸怀。"古人教导我们要"严于律己，宽以待人"，要有海纳百川的胸襟、厚德载物的容量。

《资治通鉴》记载：唐高宗时，寿张人张公艺九世同居，齐、隋、唐皆旌表其门。上过寿张，幸其宅，问所以能共居之故，公艺书"忍"字百余以进。上善之，赐以缣帛。（《资治通鉴》卷二百一）寿张人张公艺九代共居，齐、隋、唐各朝都对他家予以表彰。唐高宗经过寿张，来到他的住宅，问他所以能够共居的原因，张公艺书写"忍"字一百多个进献。唐高宗认为这很好，赐给他缣帛。

武则天当政时，娄师德身为宰相把"容忍"当作是一种智慧。以夏官侍郎娄师德同平章事。师德宽厚清慎，犯而不校。与李昭德俱入朝，师德体肥行缓，昭德屡待之不至，怒骂曰："田舍夫！"师德徐笑曰："师德不为田舍夫，谁当为之！"其弟除代州刺史，将行，师德谓曰："吾备位宰相，汝复为州牧，荣宠过盛，人所疾也，将何以自免？"弟长跪曰："自今虽有人唾某面，某拭之而已，庶不为兄忧。"师德愀然曰："此所以为吾忧也！人唾汝面，怒汝也；汝拭之，乃逆其意，所以重其怒。夫唾，不拭自干，当笑而受之。"（《资治通鉴》卷二百五）太后任命夏官侍郎娄师德为同平章事。娄师德为人宽厚，清廉谨慎，冒犯他也不计较。他与李昭德一同入朝，娄师德身体肥胖行动缓慢,李昭德老等他不来,便怒骂他:"乡下佬!"娄师德笑着说:"我不做乡下佬,谁应当做乡下佬!"他的弟弟授任代州刺史,将要赴任时,娄师德对他说:"我任宰相,你又为州刺史,得到的恩宠太盛,是别人所妒忌的,将如何自己避祸?"他弟弟直身而跪说:"今后就是有人吐口水到我脸上,我只擦拭而已,希望不致使哥哥担忧。"娄师德神色忧虑地说:"这正是使我担忧的! 人家吐你脸上口水,是因为恨你,你擦拭,便违反人家的意愿,正好加重人家的怒气。口水,不擦拭它会自己干,应当笑而承受。"武则天曾对狄仁杰说:"朕之知卿,乃师德所荐也""而仁杰不知,意颇轻师德"。狄仁杰得勋后深有感触地说"娄公盛德,我为其包容久矣,吾不得窥其际也(我看不到盛德的边际)。"真是"宰相肚里能撑船"! 唐高宗时,裴行俭将兵十八万打败阿史那都支时缴获珍宝玛瑙盘一个,宽二尺多,军吏不小心摔碎,"惶恐叩头流血,行俭笑曰:'尔非故为,何至于是?"不复有追惜之色"。)

古人以"崇礼仪,劝敦睦"作为立身处世的首要。我们弘扬宽容的美德,不能片面地理解为现代社会缺什么就弘扬什么,像医学保健疗法一样缺啥补啥,不能说我们连古人的宽容都不如。弘扬是为了提升全社会的向善情操,传递正能量,使之形成全社会的美好风尚,是永恒的主题。宽厚包容必须有海纳百川的情怀,有"拿得起,放得下"的大度。多一分宽容,就多一分理解;多一分信任,就能够多相互沟通,促进彼此的真诚友爱。多说别人的好处,记住别人的功劳;忘记别人的过错,就是最大的宽容。像孔子说的"君子坦荡荡,小人长戚戚",诚如《道德经》所言"容乃公,公乃丑,王乃天"。包容就能公正,公正就能懂得治国的方略,懂得了治国方略,进而就能了解自然规律。

# 忠直的美德

　　历朝历代封建帝王无论是在打江山还是在巩固其政权的进程中，都有一大批有识、有志之士为其出谋划策，特别是在战争向和平过渡的转型时期，更不乏"文谏死ʠ武战死"的謇謇之臣，这种传承下来的为国为民的操守就是忠诚正直。

　　《资治通鉴》记载：北魏时允好切谏，朝廷事有不便，允辄求见，帝常屏左右以待之。或自朝至暮，或连日不出；群臣莫知其所言。语或痛切，帝所不忍闻，命左右扶出，然终善遇之。时有上事为激讦者，帝省之，谓群臣曰："君、父一也。父有过，子何不作书于众中谏之？而于私室屏处谏者，岂非不欲其父之恶彰于外邪！至于事君，何独不然。君有得失，不能面陈，而上表显谏，欲以彰君之短，明已之直，此岂忠臣所为乎！如高允者，乃忠臣也。朕有过，未尝不面言，至有朕所不堪闻者，允皆无所避。朕知其过而天下不知，可不谓忠乎？"（《资治通鉴》卷一百二十八）这句话的意思：高允喜欢直言相谏，朝廷内有什么事做得不适当时，他就立刻请求晋见。文成帝常常屏退左右侍从，单独一人和他商谈。有时，二人从早到晚相谈，甚至一连几天都不出来，各位大臣不知他们谈些什么。有时，高允说话时言辞激烈、切中要害，文成帝听不下去，就命令左右侍从把高允搀扶下去，但是他始终对高允很好。当时，有人上书措辞激烈地批评朝政，文成帝看完后对大臣们说："君王和父亲是完全一样的。父亲有错，儿子为什么不把它写在纸上，在大庭广众之中进行劝谏，而偏偏私下在隐蔽之处劝谏？这难道不是不想让他父亲的罪恶昭彰在外，让天下人都知道吗？至于说臣子侍奉君主，又何尝不是这样？君主有了什么过失，作为臣子，不能够当面直言劝谏，却要上书进行公开指责，这是想要使君主的短处昭彰于世，显示他自己的正直，这难道是一名忠君之臣所应该做的事吗？像高允那样的人，才是地地道道的忠君之臣。朕有了过失，他没有不当面直接批评的，甚至有时有些话，朕已经难以接受，但高允并不回避。朕由此知道了自己的过失，但天下人却不知道，难道这不能说是忠心吗？"高允为郎二十七年未徙官，后拜高允为中书令。

　　鳌屋县尉、集贤校理白居易作乐府及诗百余篇，规讽时事，流闻禁中；上见而悦之，召入翰林为学士。……白居易尝因论事，言"陛下错"，上色庄而罢，密召承旨李绛，谓："白居易小臣不逊，须令出院绛曰："陛下容纳直言，故群臣敢竭诚无隐。居易言虽少思，志在纳患。陛下今日罪之，臣恐天下各思箝口，非所以广聪明，昭圣德也。"上悦，待居易如初。（《资治通鉴》卷二百三十七、二百三十八）鳌屋县尉、集贤校理白居易写作乐府与诗歌一百多篇，婉言规谏时事，流传到宫廷之中。宪宗看了白居易的乐府与诗歌后，很是喜爱，便传召白居易进入翰林院，担任翰林学士。……白居易有一次由于在议论事情时说"陛下错了"，宪宗面色庄重严肃地停止了谈话，暗中将翰林学士承旨李绛召来，告诉他说："白居易这个小臣出言不逊，必须让他退出翰林院。"李绛说："陛下能够容纳直率的进言，所以群臣才敢竭尽诚心，不作隐瞒。白居易的话虽然有欠思考，但本意是要进献忠心。现在倘若陛下将他处以罪罚，我担心天下的人们都各自想要缄默不语了，这可不是开拓视听、彰明至上德行的办法啊。"宪宗高兴起来，对待白居易也还像往常一样。

唐太宗在魏征死后，"上思征不已，谓侍臣曰：人以铜为镜，可以正衣冠；以古为镜，可以见兴替；以人为镜，可以知得失。魏征没，联亡一镜矣"（《资治通鉴》卷一百九十六）。太宗不停地思念魏征，对身边的大臣说："人们用铜做成镜子，可以用来整齐衣帽，将历史作为镜子，可以观察到历朝的兴衰隆替，将人比做一面镜子，可以确知自己行为的得失。魏征死去了，朕失去了一面绝好的镜子。"由此可见魏征的人格魅力。

千人之诺诺，不如一士之谔谔。一千人点头哈腰、唯唯诺诺，不如一个正直的人直话直说。鲁迅先生说"真的猛士，敢于直面惨淡的人生，敢于正视淋漓的鲜血"。《周易·蹇卦》六二爻："王臣蹇蹇，匪躬之故。"意思是：君王的臣子历尽艰辛，不是为了自己谋私利的缘故。忠直必须是对理想信念的坚守，执着的追求，忠直必须坦荡诚实。忠直的前提是为党、为民，将个人得失置之度外。实事求是是忠直的核心，堂堂正正做人，清清白白为官，老老实实办事是忠直的根本。

# 孝敬的美德

古代传统礼仪孝敬彰显着中华民族最古老的传统美德，弘扬着中华民族的优秀文化，是华夏人伦之大礼的推演。汉王朝就曾把"举孝廉"催为选拔官员的一种长期的政治制度，乃至沿袭了200多年。这委实值得我们认真考量。

《资治通鉴》记载：北魏诏以齐州长史房景伯为东清河太守。郡民刘简虎尝无礼于景伯，举家亡去。景伯穷捕，擒之，署其子为西曹掾，令谕山贼。贼以景伯不念旧恶，皆相帅出降。景伯母崔氏，通经，有明识。贝丘妇人列其子不孝，景伯以白其母，母曰："吾闻闻名不如见面，山民未知礼义，何足深责！"乃召其母，与之对榻共食，使其子侍立堂下，观景伯供食。未旬日，悔过求还；崔氏曰："此虽面惭，其心未也，且置之。"凡二十馀日，其子叩头流血，母涕泣乞还，然后听之，卒以孝闻。景伯，法寿之族子也。（《资治通鉴》卷一百五十一口）北魏朝廷诏令齐州长史房景伯担任东清河郡太守。东清河郡的百姓刘简虎曾经对房景伯有过无礼行为，因此举家逃亡，房景伯到处搜捕，抓获了他，任用他的儿子为西曹掾，令其去晓谕山贼。山贼们见房景伯不念旧恶，全都相继出来投降了。房景伯的母亲崔氏，通晓经学，有见识。贝丘有一妇人诉说自己的儿子不孝，房景伯把件事这告诉了他母亲，他母亲说："我听说闻名不如见面，山民不知礼义，何以值得深加责难呢？"于是召来这个妇人，同她对坐进食，让这个妇人的儿子侍立在堂下，以使他观看房景伯如何供奉母亲进食。不到十天，这个不孝的儿子悔过了，请求回去。崔氏说："他虽然在面子上觉得惭愧了，但心里却未必如此，还是继续留在这里吧。"又过了二十多天，这个妇人的儿子叩头到流血，他母亲流着泪水乞求回家，这才允许他们回去了，后来这个不孝之子以孝而闻名天下。房景伯是房法寿的族侄。

唐太宗的孙女即李慎的女儿——女东光县主楚媛，幼以孝谨称，适司议郎裴仲将，相敬如宾；姑有疾，亲尝药膳；接遇娣姒，皆得欢心。时宗室诸女皆以骄奢相尚，诮楚媛独俭素，曰："所贵于富贵者，得适志也；今独守勤苦，将以何求？"楚媛曰："幼而好礼，今而行之，非适志欤！观自古女子，皆以恭俭为美，纵侈为恶。辱亲是惧，何所求乎；富贵傥来之物，何足骄人！"众皆惭服。及慎凶问至，楚媛号恸，呕血数升；免丧，不御膏沐者垂二十年。（《资治通鉴》卷二百四）李慎的女儿东光县主李楚媛，年幼时就以孝顺恭谨著名，嫁给司议郎裴仲将，夫妻相敬如宾；婆婆有病，所用药物食品她都亲口先尝；接待妯娌，都得到她们的欢心。当时皇族女子都以骄横奢侈相互争胜为时尚，他们讥笑只有李楚媛节俭朴素，说："人所以看重富贵，是因为能满足欲望。现在你一人独自保持勤劳艰苦，追求的是什么呢？"李楚媛说："小时候喜欢礼，现在付诸行动，不是满足欲望吗！综观自古以来的女子，都以恭顺节俭为美德，以放纵奢侈为丑恶。使父母感到耻辱是我所畏惧的，别的还有什么追求啊；富贵是无意得来的东西，有什么值得向别人炫耀的！"大家听后既惭愧又佩服。等到李慎的死讯传来，李楚媛哀号悲痛，呕血数升，守丧期满后，不用润发的油脂近二十年。

孝敬是中华民族最古老的文化传统，炎黄子孙最基本的礼仪造德规范。古人曰："欲治其国者，先齐其家（整顿好自己的家庭）欲齐其家者，先修其身，欲修其身者，先正其心"。这个心就是孝敬之心、仁爱之心是构建核心价值观的基础。"夫国以简贤为务，贤以孝行为首。"即朝廷以选拔贤才为职责，而贤才则以孝敬父母为第一要务。"为人子，止于孝；为人父，止于慈。"家庭是社会的细胞，家风连着民风、社风，关乎党风、政风。

愿孝敬的传统美德不断发扬光大。

# 担当的美德

随着我国改革开放进程的不断深入，国家综合实力不断增强。面对复杂多变的国际形势，我国的国际影响力不断扩大，逐渐成为国际社会中负责任的大国。这就是传统美德担当。

《资治通鉴》开篇记载：周威烈王"初命晋大夫魏斯、赵籍、韩虔为诸侯"。魏、赵、韩三家本来是晋国的大夫，他们瓜分了晋权，周威烈王居然任命这些大夫为诸侯。三家建国后，周王朝的"国际"关系秩序被打乱。""韩借师于魏以伐赵，文侯曰：'寡人与赵，兄弟也，不敢闻命。'赵借师于魏以伐韩，文侯应之亦然。二国皆怒而去。已而知文侯以讲于己也，皆朝于魏。魏由是始大于三晋，诸侯莫能与之争。"（《资治通鉴》卷一）本是三晋的韩国请魏国出兵攻打赵国。魏文侯说："我与赵国，是兄弟的邻邦，不敢从命。"赵国也来向魏国借兵讨伐韩国，魏文侯仍然用同样的理由拒绝了赵国。两国使者都怒气冲冲地离去。魏文侯也没有向韩、赵邀功讨好，默默地承担了责任。后来两国得知魏文侯对自己的和睦态度，都前来朝拜魏国。因为担当和维护睦邻团结的大国责任风范，魏国于是开始成为魏、赵、韩三国之首，各诸侯国都不能和它争雄。这就是魏文侯的担当。

唐宪宗时，以给事中柳公绰为京兆尹。公绰初赴府，有神策小将跃马横冲前导，公绰驻马，杖杀之。明日，入对延英，上色甚怒，诘其专杀之状，对曰："陛下不以臣无似，使待罪京兆。京兆为辇毂师表，今视事之初，而小将敢尔唐突，此乃轻陛下诏命，非独慢臣也。臣知杖无礼之人，不知其为神策军将也。"上曰："何不奏？"对曰："臣职当杖之，不当奏。"上曰："谁当奏者？"对曰："本军当奏；若死于街衢，金吾街使当奏；在坊内，左右巡使当奏。"上无以罪之，退，谓左右曰："汝曹须作意此人，朕亦畏之。"（《资治通鉴》卷二百三十九）唐宪宗任命给事中柳公绰为京兆尹。柳公绰上任去公府途中，有一个神策军的下级将官跃马横冲开路的仪仗，柳公绰止住坐骑，命人将他杖打而死。第二天，柳公绰进入延英殿奏对，宪宗满面怒容，责问柳公绰擅自杀人的情况，柳公绰回答说："陛下不认为我不贤能，让我在京兆府任职。京兆尹是京城的表率，现在我刚刚就任，一个下级军官竟敢如此横冲直撞，这是轻视陛下的诏命，并不只是轻慢了我本人。我只知道杖打不守礼数的人，不知道他是神策军的将领。"宪宗说："你为什么不将此事奏报？"柳公绰回答说："我的职权是应当杖打他，不是应当上奏。"宪宗说："什么人应当上奏？"柳公绰回答说："遭受杖打的人的所属部队应当上奏。倘若此人死在街道上，金吾街使应当上奏。倘若此人死在坊市里边，左右巡使应当上奏。"宪宗无法责罚他，退朝以后，对周围的人们说："你们必须小心此人，连朕也畏惧他呢。"

唐高宗时，大将军李谨行领兵在外打仗，时谨妻刘氏留伐奴城，高丽引靺鞨攻之。封建社会女人是足不出户、笑不露齿的，而刘氏勇敢面对，"擐甲帅众守城，久之虏退"，不仅保住了城池，而且还为丈夫提供了坚实的后勤物资保障、无忧的精神支撑。这是巾帼不让须眉的担当。

历史上也有颇具讽刺意味的另类担当。东晋时后赵王石虎父子穷奢极欲，凶残暴虐。冀州八郡发生严重蝗灾，后赵司隶请求将州郡长官治罪。后赵王石虎说："这是朕的朝政有过失所致，却想归罪地方长官，这哪里符合自己知罪的心意呢！司隶不进陈正直的言论，以便辅助我纠正过失，却想随意陷害无辜之人，应当革除爵位品秩，让他以庶民的身份执行司隶的职务。"在这里后赵王为贪腐庇护担当，害苦了老百姓。

　　敢于担当，勇于承担责任，需要高标号的正能量作底气。堂堂正正做人，清清白白为官，老老实实办事就是高标号的助燃剂。我们身边的2014年"最美乡村教师"秦开美就是新时期扎根基层、无私奉献、勇于担当的榜样。她面对携带刀具、自制手枪、爆炸装置的歹徒，大义凛然地说："我来做人质，让孩子们离开！"她以文静、瘦弱之躯呵护着班上的几十名学生。她的沉着、冷静来自对教育事业的热爱，因此面对大是大非敢于亮剑，面对矛盾敢于迎难而上，面对危机敢于挺身而出，面对失误敢于承担责任，面对歪风邪气敢于坚决斗争。便凡担当，接地气是基础，为民务实是前提，基本诉求是首要，百姓福祉是考量。全面贯彻落实党的十八大精神，弘扬中华传统美德，全力打造社会主义核心价值观使之形成现代社会的美好风尚，实现"两个一百年"的奋斗目标，我们任重道远。

# 俭朴清廉的美德

　　俭朴是一个相对的概念。层面不同，衡量标准也不一样。对于一般老百姓而言就是在保障生活质量的前提下，能吃得饱、穿得暖，略有积蓄以防灾年。富日子也要当穷日子过，粗茶淡饭分外香也是俭朴。对于有钱人、达官贵人刀至皇帝来说只要不是花天酒地，不是天天享受山珍海味，绫罗绸缎不穿一次就扔掉，不铺张浪费就算是俭朴。为了倡导引领这一种美德，史官将其写进了历史。清廉一定俭朴，俭不一定清廉，因为清廉者有针对性，比俭科的内涵小。

　　《资治通鉴》记载：吴徐温母周氏卒，将吏致祭，为偶人，高数尺，衣以罗锦，温曰："此皆出民力，奈何施于此而焚之，宜解以衣贫者。"（《资治通鉴》卷二百六十七）吴徐温的母亲周氏去世，将吏前去祭奠，制作的木偶人，高数尺，穿着用绫罗绸缎做的衣服，徐温说："这些绫罗绸缎都出于百姓之力，怎么能将它穿在这里烧掉呢，应当解下来给贫苦的人穿。"由此可见，徐温可谓节俭办丧事的典范。唐玄宗时，裴耀卿为江淮河南转运使，三年中，转运大米七千万斗，为朝廷节省车船运输费三十万缗。隋丈帝性格节俭，朝廷议事时还吃过盒饭。曾为太子的杨勇将征战的铠甲装饰得异常华丽，隋文帝见了非常不高兴，告诫他说"自古帝王未有好奢侈而能长久者，汝为储后，当以俭约为先。"梁武帝时贺琛以为："今天下所守宰所以贪残，良由风俗侈靡使之然也。今之燕喜，相竞夸豪，积果如丘陵，列肴同绮绣，露台之产，不周一燕之资，而宾主之间，裁取满腹，未及下堂，已同臭腐。又，畜妓之夫，无有等秩，为吏牧民者，致赀巨亿，罢归之日，不支数年，率皆尽于燕饮之物、歌谣之具。所费事等丘山，为欢止在俄顷，乃更追恨向所取之少；如复傅翼，增其搏噬，一何悖哉！其馀淫侈，著之凡百，习以成俗，日见滋甚；欲使人守廉白，安可得邪！诚宜严为禁制，道以节俭，纠奏浮华，变其耳目。夫失节之嗟，亦民所自患，正耻不能及群，故勉强而为之；苟以淳素为先，足正凋流之弊矣。"（卷一百五十九）贺琛认为："当今天下官更之所以贪婪、残暴，确实是由于奢侈糜烂的风俗造成的。当今，在喜庆饮酒的日子里，人们竞相攀比奢华；果品堆积得如同小山，美味佳肴摆在席上如同美丽的刺绣一样，百两黄金，还不够一次酒宴所用的钱。来宾与主人所需要的只是吃饱，没等到走下殿堂，那些食物就当成腐烂发臭的东西抛弃掉。再者，无论什么等级，都蓄养妓女。而当官统治百姓的人，得到了巨大的财富，他们离职回家之后，这些银两也维持不了几年，全都用在操办饮酒、歌舞的花销中了。他们所破费的东西像小山一样多，而寻欢作乐只在一时，于是他们更加悔恨以往在做官时向百姓索取得少了；如果能重新做官的话，他们便加倍地攫取、吞噬百姓的财物。这是多么违背道义啊！其余淫侈之事，数不胜数，这种习惯渐渐成了风气，而且日渐滋长，一天比一天严重，要想使人们恪守廉正清白，怎么能办到呢？真应该严格制定禁止的措施，用节俭来引导人们，纠正虚浮不实的弊端，使其耳目一新。对官吏失去节制的感叹，也是人们自己忧虑的，我正羞愧于不能使大家有这样的认识，所以要勉强去做，如果能以正直清白为前导，足能纠正那些凋残失节的弊病。"

《资治通鉴》记载：东汉时期的杨震孤贫好学，有"关西孔子"的美誉，"时震年已五十余，累迁荆州刺史、东莱太守，当之郡（赴太守之任），道经昌邑县，故所举荆州茂才王密为昌邑令，夜怀金十斤以遗震"，被杨震断然拒绝，这就是"天知、地知、我知、你知"典故的出处。后来，"故旧或欲令为开产业，震不肯，曰使后世称为清白吏的子孙，以此遗之，不亦厚乎"。这是一笔丰厚的精神财富。三国时，诸葛亮申报自己的财产时说，"成都有桑（树）八百株，薄田十五顷，子弟衣食，自有余饶，臣不别治生以长尺寸，若臣死之日，不使内有余帛，外有赢财，以负陛下，卒如其所言"。

古人云：位不期骄，禄不期侈。地位显赫不与骄慢联系在一起，富贵不与奢侈联系在一起。《道德经》说"金玉满堂，莫之能守，富贵而骄，自遗其咎"。勤俭节约是华夏的传统美德，是中华民族的优良传统，俭朴和清廉相辅相成，铺张浪费、奢华侈靡就是滋生道德腐败的温床、飚扬"四风"的助力器、诱导职务犯罪的毒药，糖衣炮弹攻击的目标。成由节俭败由奢。纵观几千年以降的封建社会，由于社会形态、体制机制等原因，官僚统治集团毕竟缺乏理论自信、道路自信、制度自信，"时俗喜进趋，少廉让"时俗喜好趋炎附势，缺少廉洁和谦让的美德。俭朴、清廉只是一种倡导，一种美好的期望，一种清在一己的无奈之举，没形成全社会的氛围。清生明。廉生威，我们要永远谨记毛泽东的"务必使同志们继续地保持谦虚、谨慎、不骄、不躁的作风，务必使同志们继续地保持艰苦奋斗的作风"。

# 友善的美德

友善，顾名思义就是友爱、和善。友善是中华民族传统的美德，是中国传统文化的重要范畴。

《资治通鉴》记载：唐高宗时的宰相李世勣闺门雍睦而严。其姊尝病，勣已为仆射，亲为之煮粥。风回，爇其须鬓。姊曰："仆妾幸多，何自苦如是！"勣曰："非为无人使令也，顾姊老，勣亦老，虽欲久为姊煮粥，其可得乎！"（《资治通鉴》卷二百一）李世勣家内和睦而严肃。他姐姐曾患病，李世勣虽已任仆射，还亲自为她煮粥，风向逆转，烧焦了他的头发胡须。他姐姐说："仆人和婢妾不少，何必这样自己吃苦！"李世勣说："不是因为没有人使唤才这样做的，看着姐姐年老，我自己也老了，虽想长久为姐姐煮粥，办得到吗！"姐弟俩的友情跃然纸上。

司隶校尉祥琅琊王性至孝，继母朱氏遇之无道，祥愈恭谨。朱氏子览，年数岁，每见祥被楚挞，辄涕泣抱持母；母以非理使祥，览辄与祥俱往。及长，娶妻，母虐使祥妻，览妻亦趋而共之。母患之，为之少止。祥渐有时誉，母深疾之，密使鸩祥。览知之，径起取酒，祥争而不与，母遽夺反之。自后，母赐祥馔，览辄先尝。母惧览致毙，遂止。（《资治通鉴》卷七十七）三国时魏国的司隶校尉王祥生性大孝，后母朱氏对他很不好，但王祥对她更加孝敬。朱氏的亲儿子王览，那年才几岁，见到王祥被鞭打，就哭泣着抱住母亲让她不要打；母亲让王祥干力不能及的苦差事，王览就与王祥一起去。长大后，兄弟俩都娶了妻子，母亲又暴虐地役使王祥之妻，王览之妻也赶快跑去一起干，母亲心有顾忌，惩罚就少了一些。王祥逐渐有了一些声誉，母亲深深地嫉恨他，就暗地里下毒想要毒死王祥。王览知道了此事，就跑过去抢酒，王祥争执着不给他，母亲却突然夺过去倒掉了。从此后，母亲每次给王祥什么吃的东西，王览总要先尝一尝，母亲害怕王览死掉，于是就不再下毒了。

尉迟敬德是唐太宗李世民的爱将，太宗"尝谓敬德曰朕欲以女妻卿何如，敬德叩头谢曰臣妻虽鄙陋，相与共贫贱久矣，臣虽不学，闻古人富不易妻，此臣所非愿也，上乃止"，尉迟敬德夫妻相敬如宾"晚年闲居，年七十四，以病终"。

武则天时代，嗣立，承庆之异母弟也，母王氏遇承庆甚酷，每杖承庆，嗣立必解衣请代，母不许，辄私自杖，母乃为之渐宽。（《资治通鉴》卷二百六）武则天时代，韦嗣立是韦承庆的同父异母弟弟。他母亲王氏，对待韦承庆很苛刻，每次杖责韦承庆，韦嗣立必定解开衣服请求代替韦承庆受杖责；母亲不允许，他即私下自己杖责自己，母亲因此而逐渐宽容。

《资治通鉴》是一部帝王教科书，但是司马光却记载了这么多兄弟姐妹友善的故事，不过是要告诉我们家庭要友善，国家也要讲友善，和谐美满的社会离不开友善。《周易·坤文言》"积善之家，必有余庆；积不善之家，必有余殃。"通俗地讲就是善有善报，恶有恶报，不是不报，时候未到。构建和谐社会，和谐家庭，友善是基础。缺少友善，就会起内讧，就没有"让你三尺又何妨"的邻里之间的礼让。与人为善，既是美德，也是一门为人处世的学问。友善能化解矛盾，消除误会。《道德经》第八章："上善若水。水善利万物而不争，处众人之所恶，故几于道。居善地，心善渊，与善仁，言善信，正善治，事善能，动善时。夫唯不争，故无尤。"老子既是在赞美水，更是在赞美人，是在提倡一种道德精神。如水处低下，并不是坏事，是在为更高更强积蓄能量；处低下，是为了吸纳补充更多的营养；是为了兼容并蓄综合优势，是为了融入大海的宽阔。"夫唯不争，故天下莫能与之争。"（《道德经》第二十二章）

向上向善，是我们弘扬中华民族传统美德的美好愿景，是我们构建社会主义核心价值观的崇高追求，是为实现两个一百年的奋斗目标的不懈坚守，是为了感动中国一代又一代的传承。

# 说感恩

2015年共月初，"东方之星"号游轮翻沉在长江监利段，党中央、国务院，省委、省政府和相关部门及社会各界展开全力营救。沉船事件发生后，"东方之星"乘客家属开始陆续抵达监利县。

为了尽力帮助他们，监利县人民全力为乘客家属提供帮助，一时间，监利县容城镇飘起"黄丝带"。黄丝带是亲人离散之后的救助标志，也是为亲人祈福的祝福标识。当时，在监利县城到处都可以看到飘扬的黄丝带。除了爱心车队，当地爱心居民还准备了食物放在家属接待点，免费提供给乘客家属。即将送孩子高考的家长也退掉了预定的客房，让给乘客家属住。这座小城处处涌动着爱的暖流。遇难者亲属深受感动，纷纷表示也要以感恩之心回报社会，用赔偿金成立儿童帮扶基金，帮助监利贫困学生。既是遇难者家属的愿望，也是爱心传承。感恩时代，感恩社会。监利县人民的热情，遇难者亲属的善举并没有针对某个人感恩，也不是为了沽名钓誉，更不存在任何交易，因为好多爱心人连名字都没有留下，好多人本身就是1998年长江抗洪抢险时感恩社会的传递者。一方有难，八方皮援。互相并心、互相爱护、互相帮助已成为我们这个时代的良性直动，它形成我们这个社会向善的主流，进一步提升了中华民族传统的感恩美德，诠释了社会主义的核心价值观。

感恩是中华民族的传统美德。点滴之恩，当涌泉相报。在人民当家做主的新社会，共产党的恩情说不完。我们感恩的是中国共产党，我们报答的是社会。我们回馈的是无垠的大爱，传承的是向上、向善。恩情没有大小之分，回报社会是自愿行动，是美德的自觉传承。我们生活的这个社会是美好的，我们处在这个时代是幸运的。

　　古人说，人生不如意事十之八九，而我们现在的一百件事情中稍有一件事不如意，就顿生埋怨，就怨天尤人，"指点江山，激扬文字"，这也看不惯，那也想不穿。想想过去，自我纵向比一比，我们的幸福指数增加了多少，想想还有需要救助的特困户、贫困户；凭心横向看一看，在为你默默奉献的无名英雄还少吗？回顾一下历史，能为实现自己的梦想而努力的有过十三亿人吗？历代贵胄的物质文化、精神文化、政治文化有今天这样丰富多彩吗？展望一下愿景，两个一百年的奋斗目标离我们已经很近，并不是可望而不可即，"十三五"全面实现小康的目标指日可待。

　　我们要大力弘扬社会主义正能量，常想革命先烈之浴血艰辛，常怀感恩之心，常思奋斗之志。帮助别人，快乐自己，社会环境定会风清气正，中华民族伟大的复兴梦定能早日实现。

# 民俗的禁与疏

不论是辞旧岁还是闹元宵，都离不开燃放烟花爆竹习俗。目的是驱妖避邪保平安，祝福新的一年有好运。在不少地方在"禁鞭"多年后有解禁之意。其实，民俗节，是民族的一种符号，它从形成气候之时起，就曾经被禁止过。

公元 583 年，隋文帝登上皇位不久就实行"禁鞭"，据《资治通鉴》记载：治书侍御史柳彧以近世风俗，每正月十五夜，燃灯游戏奏请禁之，曰："窃见京邑，爰及外州，每以正月望夜，充街塞陌，聚戏朋游，鸣鼓聒天，燎炬照地，竭赀破产，竞此一时。尽室并孥，无问贵贱，男女混杂，缁素不分。秽行因此而生，盗贼由斯而起，因循弊风，曾无先觉。无益于化，实损于民，请颁天下，并即禁断。"诏从之。（《资治通鉴》卷一百七十五）治书侍御史柳彧因为近来民间风俗，在每年正月十五日夜里，人们都要点燃灯笼，游戏玩耍，于是上奏请求禁止，说："我见京师以及外州城乡，每年在正月十五日夜里，人们都要聚集街巷，结朋招友，游戏无度，锣鼓喧天，火炬照地，甚至不）惜倾家荡产，竞逐一时的快乐。人们扶老携幼，倾家而出，街上贵贱相聚，男女错杂，僧俗不分。秽行丑事由此而起，盗贼奸徒由此而起，而社会因循沿袭这一弊风陋习，从没有人觉察出它的危害。它不但无益于政教风化，还有害于黎民百姓。请求陛下颁示天下，立即禁止。"隋文帝下诏书采纳了他的建议，就下诏"禁断"。原因很简单，正月十五闹元宵导致"竭赀破产，竞此一时，尽室并孥，无问贵贱，男女混杂，缁素不分，秽行因此而成，盗贼由斯而起。"但隋炀帝继位后，他啥好事都没有做，就把这个元宵节光大了。隋大业六年正月丁丑，于端门街盛陈百戏，戏场周围五千步，执丝竹者万八千人，声闻数十里，自昏达旦，灯火光烛天地，终月而罢，所费巨万。自是岁以为常"。（《资治通鉴》卷一百八十一）610年正月十五日，在端门街举行盛大的百戏表演。戏场周围长五千步，演奏乐器的人有一万八千人，乐声几十里以外都能听到，从黄昏至清晨，灯火照亮了天地，至月末才结束。耗费巨万，从此每年都这样。

古人云："夫人情所不能止者，圣人弗禁。"只有"上下从之，遂成风俗"。武都太守廉范迁蜀郡太守。成都民物丰盛，邑宇逼侧，旧制，禁民夜作以防火灾，而更相隐蔽，烧者日属。范乃毁削先令，但严使储水而已。百姓以为便，歌之曰："廉叔度，来何暮！不禁火，民安作。昔无襦，今五绔。"（《资治通鉴》卷四十六）武都太守廉范调任蜀郡太守。成都人民富有，物产丰盛，城中房屋十分拥挤。以往制度规定：禁止人们夜间劳作，以防火灾。然而人们习惯夜间劳作，互相隐瞒，暗中用火，结果火灾连日不断。于是廉范便撤销了原来的禁令，只严格规定储水防火而已。百姓感到便利，他们歌颂廉范道："廉叔度，来太晚！不禁火，民平安。从前没有短上衣，今有五条裤子穿。"武则天曾下令禁天下屠杀及捕鱼虾。江、淮间旱灾，发生饥荒，百姓不得捕鱼虾，饿死的人很多。武则天禁屠捕而杀人如刈草。在告密盛行的那个年代，还有人以此邀功：右拾遗张德，生男三日，私杀羊会同僚，补阙杜肃怀一，上表告之。明日，太后对仗，谓德曰："闻卿生男，甚喜。"德拜谢。太后曰："何从得肉？"德叩头服罪。太后曰："朕禁屠宰，吉凶不预。然卿自今召客，亦须择人。"出肃表示之。肃大惭，举朝欲唾其面。（《资治通鉴》卷二百五）右拾遗张德，生儿子三天，私自杀羊宴请同事，补阙杜肃揣宴席上的一些食物，上表告发。第二天，太后临朝听政，对张德说："听说你生了儿子，很高兴。"张德拜谢。太后说："从哪里弄来的肉？"张德叩头认罪。太后说："朕禁止屠宰牲畜，有吉凶事不干涉。但你今后请客，也需要选择人。"说完拿出杜肃的奏表给他看。杜肃十分惭愧，举朝文武官员都想啐他的脸。

但是，按照当时的生活条件，鱼和肉分别是江南人和河西人必备的食品，一天也不能没有它们。富人的生活习惯无法改变，穷人也无法忍受终日不见鱼肉的生活。再说，贫穷卑贱的屠户，一直都是把屠宰当作衣食之源的。所以即使陛下每天都要处死一个敢于违反禁令的人，终究不可能真正有效地实施禁止屠宰捕鱼的法令，只不过助长要挟恐吓和奸诈行为而已。治理国家的人行事如果真正能够顺应自然气候的变化，合乎礼经的规定，自然会使万物的生长符合其本身的规律，百姓也能够各按他们的本性生活。不久，武则天就下诏废除有关屠宰捕鱼的禁令，祭祀时仍然像往常那样用牛羊猪等牺牲作祭品。

能够"近世风俗"，必定是大众群体千百年来传承的习惯，必定是大众群体喜闻乐见的文化现象。节日中的民俗元素，是民俗节的核心，其积淀、传播与融汇在时间和空间不是一个简单的传递过程。它是千百年来的文化积累，其释放的内涵不是用简单的几句话就能道明的，其品味度非常浓厚，是难得的"非物质文化遗产"。过历，特别是过传统节日，最重要的是寻求一种"因人之心，顺地之势，与民同利"的气氛，而这种气氛又是建立在社会的殷富与平安，百姓安居乐业的基础上的。"夫乐其业者不易事，安其居者无迁志。在封建社会和战乱时期不可能有那种愉悦、祥和的场景，否则就有"商女不知亡国恨"之嫌疑。即便是丰年，没有人气，没有丰富多彩的民俗娱乐活动，也只能是"稻花香里说丰年，听取蛙声一片"的单一情调，更不用说灾年了。隋文帝"禁断"的理由是因为元宵节造成了"男女混杂"的伤风败俗现象，严重影响社会治安，认定"盗贼由斯而起"，还"无益于化"。

　　人治社会的隋文帝下诏都没有将这一民俗文化"禁断"，现在是法制社会，尽管颁布了"禁令"，但亦并未禁止，或此禁彼起。即使是交通事故频频发生，也不能封公路。禁不是唯一的手段。"人犹水也，塞之则为泉，疏之则为川，通塞随流。"那就只能疏：可以从源头研制节日庆典的安全系数大、科技含量高的烟花爆竹，可以划定一定的区域燃放，还要拓展民俗文化的内涵，同时修订完善不利于老百姓、不利于构建和谐社会的法规、条例，要敢于直面广大群众最关心、最直接、最现实的问题。疏能通顺，疏能汇流，只要把握好疏的方向和方法，就能增强百姓的向心力、凝聚力。

# 换届与固志

　　县乡（镇）换届选举工作临近，涉及到人事调动，有的地方领导去时一人，回来还是一人，俗称"走读生"。来也匆匆，去也匆匆。有的则举家在乡镇，调动时恐怕要多费些手续。

　　古时的士大夫犹轻外任，而且边远地区当官的大多都是遭贬之人。扎根边疆，扎根基层的微乎其微。据《资治通鉴》记载：公元527年，魏分定、相二州四郡置殷州，以北道行台博陵崔楷为刺史。楷表称："州今新立，尺刀斗粮，皆所未有，乞资以后粮。"诏付外量闻，竟无所给。或劝楷留家，单骑之官，楷曰："吾闻食人之禄者忧人之忧，若吾独往，则将士谁肯固志哉！"遂举家之官。葛荣逼州城，或劝减弱小以避之，楷遣幼子及一女夜出；既而悔之，曰："人谓吾心不固，亏忠而全爱也。"遂命追还。贼至，强弱相悬，又无守御之具；楷抚勉将士以拒之，莫不争奋，皆曰："崔公尚不惜百口，吾属何爱一身！"连战不息，死者相枕，终无叛志。辛未，城陷，楷执节不屈，荣杀之，遂围冀州。（《资治通鉴》卷一百五十一）这段话的意思是：527年，北魏从定、相两州中分出四个郡设置了殷州，任命北道衍台博陵人崔楷为刺史。崔楷上表说："殷州如今刚刚设立，连一尺长之刀、一斗粮食都没有，乞求给予兵器和粮食。"孝明帝诏令外台计算一下应该给的兵器和粮食的数量，然后上报批复，但最后竟然一点儿也没给。有人劝崔楷留下家属，单人匹马去赴任，崔楷说："我听说食人之禄者忧人之忧，如果我单身独往，那么将士们谁还肯坚守其志呢！"于是便带着全家去上任。葛荣逼近州城，有人劝崔楷把家人中老弱幼小者送到别处避一下，崔楷便在夜间把幼子以及一个女儿送出城；然而他很快又后悔了，说："这样一来，人们一定要说我的内心不坚定，为了父爱而损害忠义。"于是又命令人把他们追了回来。贼寇到了，强弱悬殊，城中又没有防守抵御的器具。崔楷抚慰将士们，勉励他们抵抗敌人，大家无不奋勇争先，都说："崔公尚且不惜家中百口人的性命，我们又何能爱惜自身呢！"连战不停，死者相枕，但是大家终无叛逃之意。

唐懿宗咸通十三年春正月，幽州节度使张允伸得风疾，请委军政就医；许之，以其子简会知留后。疾甚，遣使上表纳旌节；丙申，薨。允伸镇幽州二十三年，勤俭恭谨，边鄙无警，上下安之。（《资治通鉴》卷二百五十二）唐懿宗咸通十三年春季，正月，唐幽州节度使张允伸患中风病，向朝廷请求将幽州镇军政事务委交他人，自己就医治疗，得到朝廷的准许，于是以张允伸之子张简会为幽州留后。不久疾病转重，张允伸又派遣使者上表朝廷请交还节度使旌旗节钺，丙申（二十五日），因病不治而死。张允伸坐镇幽州二十三年，勤于军政事务，处事恭谨小心，使边境没有出现过危机，军民上下和睦相处，安居乐业。北魏殷州刺史崔楷说的"固志"，实际上就是扎根基层，在老、少、边、穷地区乐于奉献的信念和决心。不仅自身"固志"，还要使自己管辖的将士、群众"固志"。当然，我们现在的干部到基层任职，到贫困地区挂职，不一定要效仿古人"举家之官"的形式，但在建设社会主义新农村，加快新型城镇化建设的进程中，"固志"是万万少不得的。

第一，要牢固树立全心全意为人民服务的宗旨观以固志。心里要永远装着当地的百姓，老百姓心里想什么，他们最需要什么，需要称心、倾心、贴心，不能形固心不固，也不能"固"此失钟心全意为人民服务不能挂在嘴上，要落实到工作的每一方面、金一环节，如鲁迅先生所说："细微处见精神。"

第二，要坚持科学发展观以固志。解决好固志的基础。基基础条件差，公共事业供给不足，经济、社会事业发展不协调，是不固志的主要原因，可当地群众世代代固在那里，那里的地气、水土最养人，他们不可能不固，唯一的办法就是让群众安居乐业："夫乐其业者不易事，安其居者无迁志。"要靠发展经济和社会事业坚定扎根基层的信念和决心，可谓"为官一任，造福一方"，努力构建和谐社会。加快新型城镇化建设的进程，使城市、乡村的差别缩小。上下、内外兼"固"。根"固"、本"固"，让老百姓的梦融入伟大的中国梦。

第三，创新工作机制，倡导"快乐工作"以固志。一是乐意工作，即使苦点、累点，有信念支撑也心甘情愿。一是因天时、地利、人和，在工作中充分享受快乐。要从繁琐的事务中解脱。目前乡镇已解决了"收粮催款""挖河打堤"等疑难杂症，基层工作的难点、热点在转移。如建设社会主义新农村的人居环境、新形势下老百姓的基本诉求，新增农民负担等问题都需要在体制、机制上创新并加以解决。同时要在人性化管理方面多下功夫。要让干部、群众在劳动、工作、生活中永远保持"歌之舞之"的快乐心态。要克服影响快乐工作的几个不利因素：一是信念模糊；二是苦乐不均；三是内部不团结。《周易·复卦》六二爻：休复，吉。（快乐的复返，是人生的幸事）到那时，你还会谈不"固志"吗？这样，就能做到换届不换心，永远情系百姓；换位不移志，永远是人民的公仆；换人不易规划，继往开来谋发展。

# 从和、谐说起

　　和、谐二字是会意学。从字面上理解"和"，繁体的"龢"有安居足食之意。简写的"和"，即人张开嘴就要有吃的。现实中就是绿色的、环保的富裕型小康生活。"谐"即大家都能讲话，畅所欲言。这是民主的核心内容，现实中就是人人享有民主权力，真正体现人民当家做主。把"和"与"谐"有机地联系在一起，建立和谐社会，那深层次的含义不言而喻，较之于西方的民主、自由强百倍。

　　其实古人造的词，并没有践行。古人只讲"和"或"和"与"谐"分离。如"和为贵""和气生财""天时、地利、人和"。《中庸》中曰"喜怒哀乐之未发，谓之中，发而皆中节，谓之和……和也者，天下之达道也。"意思是说，人的喜怒哀乐的感情没有表示出来，叫作中；表示出来合乎法度，叫作和……和是天下通行的准则。《资治通鉴》记载："舜命九官，济济相让，和之至也。众臣和于朝，则万物和于野，故箫韶九成，凤凰来仪。"（《资治通鉴》卷二十八）虞舜任命九官，大家济济一堂，互相礼让，和睦达到了顶点。群臣在朝廷中互相和睦，万物则在原野上欣欣向荣，所以箫管吹出名叫《韶》的乐章，吹到九遍，凤凰便会飞来朝拜。这就是古人"和社会"的概念。汉武帝时的公孙弘曾说："气同则从，声比则应、令人主和德于上，百姓和合于下，故心和则气和，气和则形和，形和则声和，声和则天地之和应矣。故阴阳和，风雨时，甘露降，五谷登，六畜蕃，嘉禾兴，朱草生，山不童，泽不涸，此和之至也"。（《资治通鉴》卷十八）气相同就能互相影响带动，声相同就能互相呼应。现在，君主在上面使自己的言行符合德义，百姓在下面与君主相谐调，所以心和就能气和，气和就能形和，形和就能声和，声和就会出现天地安和了。所以阴阳调和，风雨适时，甘露降下，五谷丰登，六畜兴旺，茁壮稻谷生机勃勃，红色瑞草萌生成长，山岭不光秃，湖泊不干涸，这是天地安和的最佳状态。公元627—649年间的"贞观之治"可谓历代帝王构建"和"社会的典范。据《资治通鉴》载，在那个时候，"数年之后，海内升平，路不拾遗，外户不闭，商旅野宿"。唐太宗李世民为了李氏王朝的千秋大业，一是与皇后在人性化管理方面下功夫，充分体现他的民本思想。如贞观二年，畿内有蝗。辛卯，上入苑中，见蝗，掇数枚，祝之曰："民以谷为命，而汝食之，宁食吾之肺肠。"举手欲吞之，左右谏曰："恶物或成疾。"上曰："朕为民受灾，何疾之避！"遂吞之。是岁，蝗不为灾。（卷一百九十三）这段话的意思是：长安地区出现了蝗虫。十六日，太宗到玄武门北面的禁苑，看见了蝗虫，拾取几只蝗虫，祷祝说："百姓视谷子如生命，而你们却吃它们，宁肯让你们吃我的肺肠。"举手想吞掉蝗虫，身边的人劝谏道："吃脏东西容易得病。"太宗说："朕为百姓承受灾难，为什么要躲避疾病！"于是吞食掉蝗虫。这一年，蝗虫没有成为灾害。李世民还为暴露于野的尸体"加土为坟，掩蔽枯朽，勿令暴露"。皇后是"妃嫔以下有疾，后亲抚视，辍己之药膳以资之。"二是修改完善刑法，尽量减少酷刑，少判死刑。唐太宗李世民曾下诏，囚犯也是人，要以至诚之心待人。

"人五脏之系，咸附于背，毋得笞囚背"。贞观七年，所判死囚"凡三百九十人"。三是制定奖廉惩贪、奖贤罚庸、奖勤黜怠、奖善除恶的制度。四是休养生息，不穷兵黩武。李世民将在隋末战乱中流离西域的八万中国人"以金帛赎之"。五是促进民族的和睦。唐太宗说"自古皆贵中华，贱夷、狄，朕独爱之如一，故其种落皆依朕如父母。"（《资治通鉴》卷一百九十八）民族之间的和睦，关键是一个"爱"字。有的少数民族几经融合，有的少数民族，方言土语虽然有小的差异，但其生活状况与风俗习惯等大略与中原相同，自称原本都是汉人，所不同的是以十二月为一年的开始。四方各部族在唐朝做官及来朝贡的几百人，听说唐太宗死，都失声痛哭，以各种方式表示沉痛哀悼。盛唐之所以称"盛"，民族团结、和睦是一个重要的方面。封建社会毕竟是人治，皇帝的"一言九鼎""君子一言、驷马难追""劳心者治人、劳力者治于人"，都说明了与"谐"格格不入，恼怒时"君要臣死，臣不得不死"。根本容不得发言申诉（言字旁），更不谈大家来畅所欲言（皆字）。

和谐社会，首先是和谐人。物质文明、精神文明、政治文明、社会文明都要体现和谐。四个文明都要从每个人做起，都要体现"人人为我、我为人人"的理念，都要达到个性与共性的辩证统一，都要符合邓小平理论、"三个代表"的思想。这是亘古未有的举措，更需国人弘扬长征精神，艰苦奋斗；更需国人正确行使自己的权利和义务，不懈践行。社会主义和谐社会的目标和任务方能早日实现。

# 从裴匪舒卖马粪说起

　　唐高宗秉承了唐太宗李世民的遗风，励精图治，在武则天的辅佐下，农业生产得到较快发展。唐高宗开耀元年，时任少府监的裴匪舒："善营利，奏卖苑中马粪，岁得钱二十万缗，上以问刘仁轨，对曰：'利则厚矣，恐后代称唐家卖马粪，非嘉名也，乃止。'"（《资治通鉴》卷二百二）少府监裴匪舒，善于营利，奏请出卖宫苑中的马粪，每年可收入二十万缗钱。唐高宗为此问太子少傅刘仁轨，回答说："利是很厚的，但恐怕后代说唐朝皇家卖马粪，不是好名声。"于是停止出卖马粪。马粪在当时是一个不错的经济来源。后唐明宗李亶曾说："朕昔为小校，家贫，赖此小儿拾马粪自赡。……扫马粪得蒭炙，感恩无穷。"由此可见一斑。

　　一条非常有利于"资源节约型、环境友好型"社会建设的建议，既可以改善宫苑中的环境，清除垃圾，又可以将马粪当有机肥料卖促进农业生产，变废为宝，合理利用资源，一年下来还能赚二十万缗，并且都晓得皇家的苑子大得很，方圆几百里，苑内中的收入一般很丰盛。何乐而不为？西汉初期宰相萧何就曾为民请"苑"。相国何以长安地狭，上林中多空地，弃；愿令民得入田，毋收藁，为禽兽食。（《资治通鉴》卷十二）相国萧何因为长安地方狭窄，而皇家上林苑中有很多空地，且荒弃不用，希望能让百姓入内耕种，留下禾秆不割，作为苑中鸟兽的饲料。这可能是最早提出的"资源节约、环境友好"的对策。可唐高宗就是因为怕后代说皇族唐家卖马粪赚钱的名声不好听，就被否决了。按当时的物价折算"斗米至五钱"，一缗可以买二百斗米，二十万缗就能买四千万斗米。这图虚名的损失可不小。没过两年，永淳元年米价陡涨"米斗三百（钱）"，"朱门酒肉臭、路有冻死骨"就是当时的真实写照。在"普天之下，莫非王土"且以农为主导的封建社会，统治者确实不在乎可以变废为宝的马粪（当然也没有制定反哺农业的政策措施），加之有损名声形象。不过唐高宗本来就喜欢图虚名。春，正月，上耕藉田，有司进耒，加以雕饰。上曰："耒农夫所执，岂宜如此之丽！"命易之。既而耕之，九推乃止。（《资治通鉴》卷二百一）春季，正月，唐高宗举行亲耕藉田礼，有关部门送来的耒，上面加以雕刻装饰。唐高宗说："耒是农夫所使用的，哪能这样华丽！"命令更换。不久耕地，推进九个来回便停止。

传统的粗放式、掠夺式"经营国家"的理念，已导致有些地方的资源枯竭，产业结构调整难度增大，企业下岗职工增多，就业与再就业形势日趋严峻，生存环境质量下降，社会矛盾凸显。因图虚名，留给的我们惨痛教训，实在太多太多。坚持科学发展观，永远牢记为人民服务的宗旨，不图虚名，脚踏实地，促进经济社会全面进步，提升民生的有效需求，是构建和谐社会的根本。俗话说得好："这奖那奖不如老百姓的褒奖，金杯银杯不如老百姓的口碑，这（名）声那（名）声不如老百姓的掌声。在建设"资源节约型、环境友好型"社会的进程中，尽量少走或不走弯路，尽量少犯或不犯违反自然规律的错误，不图虚名少作秀，多做改善民生的实事，多做有益于人民的事，多为潜江资源枯竭城市转型出谋划策，为全力打造中部强市、共建"两型"社会做贡献。

# 节俭切莫作秀

　　我国是一个人均资源相对缺乏的发展中国家。为了构建和谐社会，党中央、国务院提出要建设"两型社会"——资源节约型、环境保护型。各地、各部门、各单位都相应地拿出了建设节约型县市、节约型乡镇、节约型单位及节约型家庭的措施，并提出了"节约一度电，节约一滴水，节约一张纸，节约一盒墨"的口号。然而，再看看我们的身边，长明灯、长流水、一次性制品到处扔，你出国，我旅游，公款消费仍不休，公共娱乐场所的消费公款签单知多少。近来中央电视台披露，我国一年在舌尖上浪费的食物，相当于两亿人一年的口粮。尽管没有了"路有冻死骨"，但"朱门酒肉臭"的封建豪门达官贵人的豪饮场景在新时代总是时隐时现，归来"之感。

　　《资治通鉴》记载：汉武帝时，弘为布被，食不重"弘位在三公，奉禄甚多；然为布被，此诈也。"上问弘，弘谢曰："有之。夫九卿与臣善者无过黯，然今日廷诘弘，诚中弘之病。夫以三公为布被，与小吏无差，诚饰诈，欲以钓名，如汲黯言。且无汲黯忠，陛下安得闻此言！"天子以为谦让，愈益厚之。（《资治通鉴》卷十八）这段话的意思：汉武帝时，公孙弘用麻布做被子，一顿饭不摆设两种肉菜汲黯说："公孙弘高居三公之位，朝廷给他的俸禄很多；但是他用布做被子，这是骗人的把戏。"武帝就此询问公孙弘，公孙弘谢罪说："确有其事。说到九卿当中与我关系好的，没有人超过汲黯了，可是今天他在朝廷之上质问我，确实切中我的问题。说到以主公的显赫富贵，而制作布被，与小官吏没有区别，这确实是矫饰造作，想借此沽名钓誉，正像汲黯所说的那样。况且，如果没有汲黯的忠直，陛下怎么能听到这些话！"武帝认为公孙弘谦让，越发尊重他。这可能是公开作节俭秀的鼻祖。

唐代宗以太常卿杨绾为门下侍郎，并同平章事。绾性清俭简素，制下之日，朝野相贺。郭子仪方宴客，闻之，减坐中声乐五分之四。京兆尹黎干，驺从甚盛，即日省之，止存十骑。中丞崔宽，第舍宏侈，亟毁撤之。（《资治通鉴》卷二百二十五）这段话的意思是：代宗任命太常卿杨绾为中书侍郎，礼部侍郎常为门下侍郎，同任同平章事。杨绾生性清廉简朴，任命颁布之日，朝野相互祝贺。郭子仪正在宴请宾客，听说此事，便将在座助兴的声乐队减去五分之四。京兆尹黎干出行时侍从很多，即日裁减，只留下十骑。中承崔宽的宅第宏伟奢侈，也赶紧毁除。历史记载，郭子仪功盖天下，位极人臣，穷奢极欲，是别人不敢说他不是的角儿，但他也得给杨绾一个面子，跟着其他几位官员秀了一把节俭。

南齐明帝时，上志慕节俭。太官尝进裹蒸，上曰："我食此不尽，可四破之，余充晚食。"又尝用皂荚，以余沥授左右曰："此可更用。"太官元日止寿，有银酒枪，上欲坏之；王晏等咸称盛德，卫尉萧颖胄曰："朝廷盛礼，莫若三元。此一器既是旧物，不足为侈。"上不悦。后预曲宴，银器满席。颖胄曰："陛下前欲坏酒枪，恐宜移在此器。"上甚惭。（《资治通鉴》卷一百四十）这段话：是说南齐明帝一心要做到节俭朴素，负责膳食的太官一次给他进献一种名叫裹蒸的食品，他对太官说："我一次吃不完这么一个，可以把它分成四块，剩下的晚上再吃。"还有一次，明帝使用皂荚洗浴，指着用过的皂荚水对身边近侍说："这个还可以使用。"太官在正月初一给明帝上寿，温酒时使用了一个用银子制作的酒铛，明帝要把它毁掉，王晏等人都称颂他品德高尚，卫尉萧颖胄却说："朝廷中最隆重的节日，莫若正月初一，这个银制酒铛是旧物了，所以不足为奢侈。"明帝听了心中很不高兴。后来明帝又在宫中设宴，席上有许多银制器皿，萧颖胄又对明帝说道："陛下前次要毁掉酒铛，恐怕应该毁坏的是眼前这些银器呀。"说得明帝满面愧色。南北朝时，梁朝风俗奢靡，"今之燕喜，相竞夸豪，积果如丘陵，列肴同绮绣，露台之产，不周一燕之资，而宾主之间，裁取满腹，未及下堂，已同臭腐。……其余淫侈，著之凡百，习以成俗，日见滋甚，欲使人守廉白，安可得邪！诚宜严为禁制，道以节俭"（《资治通鉴》卷一百五十九）。当今，在喜庆饮酒的日子里，人们竞相攀比奢华。果品堆积得如同小山，美味佳肴摆在席上如同美丽的刺绣一样，百两黄金，还不够一次酒宴所用的钱。来宾与主人所需要的只是吃饱，没等到走下殿堂，那些食物就当成腐烂发臭的东西抛弃掉……其余淫侈之事，数不胜数，这种习惯渐渐成了风气，而且日渐滋长，一天比十天严重。要相值已人们推崇勤俭节约，怎么能办到呢？真应该严格制定禁止的措施，用节俭来引导人们。但惹得笃信佛教只吃素食的梁武帝大怒，口授敕书指责贺琛。贺琛只是谢罪，不敢复言。也难怪，上不节，下不俭。上有所好，下必甚焉。节俭作秀，是那个时代的产物，也是郑个时代的必然，只能加速封建王朝的灭亡。

　　崇尚节俭是中华民族的传统美德。五千多年的中华文明，不收崇尚节俭的故事多，反面教材也多，我们要多多警示后人。《周易》第六十卦《节卦》就是教育世人崇尚节俭。节俭是几千年来放之四海而皆准的真理："节以制度，不伤财，不害民"。倡导节俭要建立制度，这样，才不至于浪费资财，也不会损害老百姓的利益。"不节之嗟，又谁咎也？"度日不知节俭而导致嗟叹，这又是谁造成的灾祸呢？并直截了当地说，"以节俭为乐事可获得吉祥"。我们潜江市虽已步入全省十强行列，但还有近二万城镇职工处在最低生活保障线，农村还有不少因病致贫、因病返贫的特困户需要救助，还有一此孤寡老人需要我们去帮助。

深入开展党的群众路线教育活动，避免形式主义、官僚主义、享乐主义、奢靡之风这"四风"问题，倡导建设节约型社会、节约型单位必须从我们每一个人做起，从现在做起，少喊口号，不走形式，切莫"秀"手旁观，多干实事，早日实现"中国梦"。

# 考核背后的潜台词

《资治通鉴》记载：唐高宗时，以雍州长史卢承庆为司刑太常伯。承庆常考内外官，有一官督运，遭风失米，承庆考之曰："监运损粮，考中下。"其人容色自若，无言而退。承庆重其雅量，改注曰："非力所及 / 考中中。"既无喜容，亦无愧词。又改曰："宠辱不惊，考中上。"（资治通鉴卷二百一）

这段话是说：唐朝任命雍州长史卢承庆为司刑太常伯。卢承庆常考核朝廷内外官员，有一名督运官，因途中遭遇大风而损失了粮食，卢承庆考核他说："监运损失粮食，成绩中下。"这位官员神色自如，没有说话就退出。卢承庆看重他气度不凡，改评为："非人力所能及，成绩中中。"这位官员这时既没有高兴的样子，也没有说感到惭愧的话，卢承庆又改为："宠辱不惊，成绩中上。"此前还有一位叫刘仁轨的督运粮食，结果可不一样。唐高宗时，刘仁轨曾担任给事中，因审讯毕正义的事，李义府怨恨他，让他出任青州刺史。遇上讨伐百济，刘仁轨负责从海上运送粮食，当时不是出海的时机，因为航海不遇顺风难以航行。把持朝政的李义府督促他出海，结果遭遇大风，船被刮翻，丁夫很多被淹死了，朝廷命令监察御史袁异式前往审讯刘仁轨。李义府对袁异式说："你能办好这件事，不怕没有官当。"袁异式到达后，对刘仁轨说："你与朝廷中什么人有仇恨，应当提前为自己打算。"刘仁轨说："仁轨当官不称职，国家有正常的刑罚，您依法将我处死，我没有什么可逃避的。假使仓促自作主张让我自尽以使仇人高兴，我当然不甘心！"袁异式于是结案上报，走时还亲自上锁，怕刘仁轨逃脱。案情上报后，李义府对唐高宗说："不杀刘仁轨，没法向百姓谢罪。"舍人源直心说："海上逆风骤起，不是人力所能抗拒的。"唐高宗于是命令取消刘仁轨的名籍，让他以平民身份从军效力。刘仁轨后来被朝廷启用，是因为他被撤职后仍能为朝廷尽忠。因祸得福成就了他的功名，这里暂且不表。《资治通鉴》作为帝王教科书，为统治者提供正反两方面经验和教训的史籍，司马光在这里既没有道出督运官姓什名谁，也没有标注他的职务、爵位。是疏忽，还是故意卖关子让人思考？我们从得知。但在《资治通鉴》叙述的故事中无名无姓无职务爵位的极其少有。这位督运官"宠辱不惊"的潜台词是什么？《道德经》第十三章"宠辱若惊，贵大患若身。何谓宠辱若惊？宠为上，辱为下。得之若惊，失之若惊，是谓宠辱若惊。"受宠惊喜而受辱惊恐，这是把大灾难（追求名利富贵）看得像生命一样重要。什么叫作受到宠辱好像受到惊吓呢？把受宠看得很高尚，把受辱看得很卑下，得到这些好像受到惊吓，失去这些也好像受到惊吓，这就叫作"宠辱若惊"。督运官如果真像老子说得那样沉稳、高尚、有定力，如"闲看庭前花开落"般平常，考核成绩就应该是上上，是可以托付天下的人。卢承庆的考核依据是这位官员的神态表情，如果不是宠辱不惊的娇子，那有可能是混迹官场的老油子，或本身就是麻木不仁的呆子，或经常犯错不知悔改的痞子。这位督运官犯的是渎职罪，给国家财产造成了重大损失。比照前面刘仁轨的案例也不会有好果子吃，为什么会宠辱不惊呢？要么有很深的背景，七大姑八大姨是外威或与皇室的关系未出五服，不在乎成绩的考核，即便是死罪奈我何！要么是考核流于形式，走过场。唐朝沿袭北魏的上上也形同虚设。要么通过关系多花点钱能将此事摆平，法律有明文规定"只要不是十恶"不赦，"公侯有罪，得以金帛赎"，所以任凭风浪起，稳坐钓鱼船要么是当朝的法律体系顶层设计不科学，制度不完善，有漏洞亟待修复。当时就有人建议："夫赏罚者，军国之切务，苟有功不赏，有罪不诛，虽尧、舜不能以致理"。这就是说赏功罚罪，是军队和国家最迫切的事务，假如有功不奖赏，有罪不处浮，虽尧、舜再生也不能使国家得到治理。督运官泰然处之、行若无事的神情让人匪夷所思。司马光留给后人联想的空间太大。

　　为加强政府执行力建设，激发干部的事业心，改进工作作风，提高办事效率，奖勤罚懒，促进干部制度改革，相关部门每年都要进行考核。考核内容分德、能、勤、绩，考核评分分三个档次，考核方式有民主识个人约谈及情况推荐等。现阶段的考核受人为因素影响，存在误区，也有走过场的，考核合格可以提工资，优秀可以轮流坐庄，但不是为了涨工资、发奖励工资而进行考核。考核的体制、机制有待完善，考核评价体系也有待充实。我们要从开展轰轰烈烈的某某运动中解脱出来，要从以今天的形式主义批判古人的形式主义的怪圈中摆脱出来。要把"狠斗私字一闪念"变成常态化的实际行动，用党纪政纪来约束自己，用"三严三实"来规范自己，用时代楷模来砥砺自己。时刻牢记为人民服务的宗旨，加大新时期考核工作改革的力度，增加考核工作公正、公开、公平的透明度，增强考核工作定性强度，促进考核工作体制、机制的创新，为实现两个一百年的奋斗目标而努力奋斗，不给我们的后代留下含糊不清的潜台词。

# 疲于形式的迎送

　　《资治通鉴》记载：隋炀帝大业三年（607 年），隋炀帝想要出塞亲临藩属政权巡视，炫耀兵力，耀武扬威，"以示中国之盛"。就先派遣武卫将军长孙晟（后来的唐太宗李世民的岳父）打前站传达他的旨意。

　　突厥的启民可汗接到隋炀帝的诏书，立即就把他所属的几十个国的酋长都召集起来转达皇帝的最新指示。长孙晟知道这是中原皇帝巡幸藩属的第一人，可不敢马虎大意。长孙晟看见启民可汗牙帐中杂草丛生，肮脏不堪，打算让启民可汗亲自除掉，示范给各部落，以示对朝廷的敬重。就指着帐前的杂草说："这草根很香。"启民可汗就急忙闻草，说："一点也不香。"长孙晟说："天子巡幸所到之地，诸侯都要亲自洒扫，修整御道，以表示对天子的至诚崇敬之心。现在牙帐内杂草丛生，我只说是留着香草罢了！"启民可汗才醒悟过来，说："我的罪过！我的骨肉都是天子赐给的，得到为天子效力的机会，怎么敢推辞呢？只是因为边远地区的人闭塞不知道法度，全靠长孙将军教诲我们了。得到将军的恩惠，是我的幸运。"于是拔出佩刀，亲自砍除牙帐中的杂草。启民部落的显贵和其他部落的达官贵人都争相效仿启民可汗。于是，从榆林北境到启民可汗的牙帐，向东一直到蓟（州府所在地），全体突厥人出动，像突击性地搞爱国卫生运动一样，开辟了一条长三千里、宽一百步的专用御道。随驾的士兵多达五十余万人，马匹十万，旌旗辎重，千里不绝。隋炀帝巡游经过雁门，雁门太守丘和进献的食物非常精美。到了马邑，唯独马邑太守杨廓无所献，隋炀帝很不高兴。他任命丘和为博陵太守，让杨廓到博陵去向丘和学习。由此隋炀帝所到之处所进献的食物，竞相丰富奢侈。

"往来相继，疲于送迎，糜费以万万计，卒令中国疲敝，以至于亡。"这句话的意思：从此，西域的胡人往来不断，他们所经过的郡县，疲于招待迎送，耗费以万万计，终于使隋王朝疲乏凋敝以至于灭亡。

贞观十二年，唐太宗李世民巡幸蒲州，蒲州刺史赵元楷受宠若惊，命令当地老百姓身穿清一色黄纱单衣欢迎李世民的车驾。为了搞好接待工作，"盛饰廨舍楼观"，即斥巨资豪华装修州府的楼堂馆所及相关设施。又准备了一百多头羊，数百条鱼等土特产品献给陪同李世民考察的贵族外戚。此前，唐太宗巡幸到河南的显仁宫时，当地官员因缺乏物资准备，规格档次太低，招待不周，有被降职的。赵元楷可不想因迎送接待工作没做到位而免官。后梁太祖朱温对接待人员的爱憎更直接。911年，后梁太祖到达相州。相州刺史李思安没有想到后梁太祖突然到来，接待氛围冷冷落落，一切都没有准备，要啥啥没有，他的官职爵位也因此被剥夺了。而怀州刺史段明远则不同）后梁太祖到怀州的获嘉县，段刺史从州府长途跋涉一百五十多里，进献财物丰富齐备，太祖非常高兴。后来，后梁太祖到武陟县，段明远进献的财物比以前更加丰盛。后梁太祖将李思安与段明远在迎送接待上进行了对比："段明远是如此忠诚勤勉，可见李思安何等狂悖怠慢！"于是，把李思安流放到崖州，赐令自尽。唐宪宗时，度支盐铁转运副使潘盖阳到江淮调研巡视租赋、各项物品专卖和税收的利弊，就便视察官吏的为政得失和百姓疾苦。但"潘孟阳所至，专事游宴，从仆三百人，多纳贿赂"。

上级领导下基层搞检查、调研指导工作，必要的形式接待和迎送是必需的。这是一种礼仪。观察人员通过近距离观察感受，与观察地民众等加强交流，将政令、宏伟蓝图等上情下达，风土人情、基本诉求等下情上传，沟通感情，增进互信，是值得提倡的接地气的工作方法。可一旦变味，就成了不正之风，变成了形式主义。下基层调查研究不注重此行的目的，只看重走程序的过程；不重视内容，只讲究氛围、规格等形式；整饬过程中上行下效，对照检查一个模式，又演绎成以形式主义反对形式主义。说开会不鼓掌就都不鼓掌，说不坐主席台就都不坐主席台，规定不准在豪华酒店吃请就都在自家办食堂（得花钱装修），吃的高档"家常菜"，茅台、五粮液等高档饮品都用塑料壶盛着。一个领导下来也是一大桌，乐于参陪的一大堆，剩下的，从节约的角度考虑还可以打包嘛。更有甚者下基层带着妻子、儿女或相好专程游山玩水。费用、陪同人员得多少，可想而知。接待好坏、进献多少则作为选拔任用的考量。原则加感情，感情占据主导。

这种疲于形式的迎来送往，只能是劳民伤财，失去公信力，能助长歪风邪气。这些与当前开展党的群众路线教育实践活动的形势格格不入。前事不忘后事之师，但愿这种历史的穿越多几道防火墙。

# 说陶侃的废旧利用

《资治通鉴》记载：325 年，晋明帝以陶侃为征西大将军、都督荆、湘、雍、梁四州诸军事、荆州刺史，荆州士女相庆。侃性聪敏恭勤，终日敛膝危坐，军府众事，检摄无遗，未尝少闲。常语人曰："大禹圣人，乃惜寸阴，至于众人，当惜分阴。岂可但逸游荒醉，生无益于时，死无闻于后，是自弃也！"……尝造船，其木屑竹头，侃皆令籍而掌之，人咸不解所以。后正会，积雪始晴，厅事前余雪犹湿，乃以木屑布地。及桓温伐蜀，又以侃所贮竹头作丁装船。其综理微密，皆此类也。（《资治通鉴》卷九十三）朝廷任命陶侃为征西大将军，都督荆、湘、雍、梁四州军事，荆州刺史，荆州的男女百姓交相庆贺。陶侃性情聪明敏锐、恭敬勤奋，整日盘膝正襟危坐，对军府中众多事务检视督察，无所遗漏，没有一刻闲暇。他常常对人说："大禹这样的圣人，尚且珍惜每寸光阴，至于一般人，应当珍惜每分光阴。怎能只求逸游沉醉，活着对时世毫无贡献，死后默默无闻，这是自暴自弃！"……陶侃曾经造船，剩下的木屑和竹头，都令人登录并且掌管，大家都不明白有何用。后来元旦群臣朝会，正逢积雪后开始放晴，厅堂前面残留的积雪仍然潮湿，于是用木屑铺洒在地上。等到桓温攻伐蜀地时，又用陶侃所贮存的竹头作隼钉装配船只。陶侃治理事务的仔细和缜密，一向如此。看似无用的废弃物，只要善收集整理，善于综合利用，到时候就能派上大用场，就能变废为宝。

物尽其用，人尽其才。这让我由此又联想到一个典故。《资治通鉴》记载：公元前 298 年，）或谓秦王曰："孟尝君相秦，必先齐而后秦；秦其危哉！"秦王乃以楼缓为相，囚孟尝君，欲杀之。孟尝君使人求解于秦王幸姬，姬曰："愿得君狐白裘。"孟尝君有狐白裘，已献之秦王，无以应姬求。客有善为狗盗者，入秦藏中，盗狐白裘以献姬。姬乃为之言于王而遣之。王后悔，使追之。孟尝君至关，关法，鸡鸣而出客，时尚蚤，追者将至，客有善为鸡鸣者，野鸡闻之皆鸣。孟尝君乃得脱归。（卷三）这段话的意思是：有人劝告秦王："孟尝君做秦国丞相，一定会先照顾齐国而后才考虑秦国，秦国实在危险！"秦王于是仍任楼缓为丞相，囚禁孟尝君，想杀掉他。孟尝君派人向秦王宠爱的姬妾求情，姬妾说："我希望得到你那件白狐皮袍。"孟尝君确实有件白狐皮袍，但已经献给了秦王，无法满足姬妾的要求。他的幕僚中有个人善于盗窃，便潜入秦宫藏库，盗出白狐皮袍送给那个姬妾。姬妾于是替孟尝君说情，秦王因此释放他回国了。可是秦王又后悔了，就派人去追。孟尝君急急逃到边关，按照守关制度，要等鸡叫才能放行过客，而这时天色还早。秦王派来追的人马上就到。幸亏孟尝君幕僚中有人善学鸡叫，四野的鸡一听他的叫声都引颈长鸣，孟尝君才得以出关脱身。孟尝君养了三千食客，三教九流，形形色色，成为他合纵连横的人才，纵横捭阖的高参。鸡鸣狗盗之徒，社会的残渣余孽，看似无用，也可能其貌不扬，不为世俗看好，难登大雅之堂，还受到公卿士大夫的羞辱，但在特定的环境，关键的场合，碰巧的时机，能起非常关键的作用。无用是相对于有用而言，丑是相对于美而言，落后是相对于先进而言，它们的作用就在于衬托。《道德经》）第二十七章记载："是以圣大常善救人，故无弃人；常善救物，故无弃物是谓袭明。这就是这段话的意思：因此，条人总是善于教育挽救人，所以没有被遗弃的人总是善于挽救使用万物，所以没有被遗弃的物这些收法可以说是明智的。

　　在建设"资源节约型，社会友好型"社会的进程中，我们的人口众多，版图有限，土地资源相对贫乏，生态又那么脆弱，不可再生的资源有限，开发利用资源的科技含量还有待提升，人类正面临着人口、资源、环境、发展四大问题的困扰。所以我们必须坚持科学发展观，按照"统筹城乡发展，统筹区域发展，统筹经济社会发展，统筹人与自然和谐发展，统筹国内发展和对外开放"的要求，牢固树立以人为本，节约资源，保护环境，人与自然相和谐的观念，科学、合理利用物资资源和人力资源，善于利用比较优势、转化态势，充分发挥人的主观能动性，充分发挥存量资源的最大效应，延伸利用资源的产业链，并使之良性循环，实现国民经济又好又快发展。物是死的，人是活的。物尽其用靠的是思维缜密的人，人尽其才是关键。实现人尽其才，要坚持以用为本，努力做到用当其事、用当其时、用当其人。善用人者，人才无处不在。正如毛泽东所说："世间一切事物中，人是第一个可宝贵的。在共产党领导下，只要有了人，什么人间奇迹都可以造出来。"

# 法与情

在一般的执法活动中，把说情作为干扰司法程序的不利因素，视说情为克星。在情理之中，量刑的尺度宽严似乎是以情为参照物的。

在古代，法就是刑法，刑不上大夫，只要不是犯颠覆国家的重罪，都可以用钱赎罪；礼不下庶人，官府衙门朝南开，有理无钱莫进来，更不要谈情了。在封建社会，皇权大于法权，国家的刑法，是帝王个人喜怒好恶的凭借，而"今内外之官，欲邀当时之名，争以深刻为无私，迭相敦厉，遂成风俗"（《资治通鉴》卷一百三十九）。即当今朝廷内外的官员，都想获得时下的名声，争着以严法酷刑表示无私，于是互相比赛，不得不严上再严，于是成为一时之风气。

即使是文景之治的年代也不例外。《资治通鉴》记载：初，文帝除肉刑，外有轻刑之名，内实杀人；斩右止者又当死；斩左止者笞五百，当劓者笞三百，率多死。是岁，下诏曰："加笞与重罪无异；幸而不死，不可为人。其定律：笞五百曰三百，笞三百曰二百。"以太中大夫周仁为郎中令，张欧为廷尉，楚元王子平陆侯礼为宗正，中大夫晁错为左内史。仁始为太子舍人，以廉谨得幸。张欧亦事帝于太子宫，虽治刑名家，为人长者；帝由是重之，用为九卿。欧为吏未尝言按人，专以诚长者处官；官属以为长者，亦不敢大欺。（《资治通鉴》倦十五）当初，汉文帝废除肉刑，表面上有减轻刑罚之名，实际上却多杀了人；原判斩右脚的改死刑；原判斩左脚的改笞打五百下，原判割鼻的改笞打三百，这些人大多被打死。这一年，汉景帝下诏说："增加笞打数与处死没有什么不同；即便侥幸而保住生命，也成了残废，无法维持生计。应制定法律：原定笞打五百下的罪，改为笞打三百下；原定笞打三百下的罪，改为笞打二百下。"汉景帝任命太中大夫周仁为郎中令，任命张欧为廷尉，任命楚元王的儿子平陆侯刘礼为宗正，任命中大夫晁错为左内史。周仁原来做过太子舍人，因为人廉洁谨慎而得到宠幸。张欧也曾经在太子宫中侍奉过景帝，他虽然研究刑名法律的学问，为人却很宽厚；汉景帝因此很器重他们，任用他们为九卿。张欧做官，未曾说过要审查别人，专门以诚厚长者居官用事；他的部属认为他是一位宽厚长者，也不敢太欺蒙他。

在法与情的问题上能够灵活处置，轻重视情，宽严缓急随时的是崔郾。唐文宗时，以陕虢观察使崔郾为鄂岳观察使。鄂岳地囊山带江，处百越、巴、蜀、荆、汉之会，土多群盗，剽行舟，无老幼必尽杀乃已。郾至，训卒治兵，作蒙冲追讨，岁中，悉诛之。郾在陕，以宽仁为治，或经月不笞一人，及至鄂，严峻刑罚；或问其故，郾曰："陕土民贫，吾抚之不暇，尚恐其惊；鄂地险民杂，夷俗剽狡为奸，非用威刑，不能致治。政贵知变，盖谓此也。"（《资治通鉴》卷二百四十四）唐文宗任命陕虢观察使崔郾为鄂岳观察使。鄂岳含有众山，长江从这里流过，该地处于百越、巴、蜀、荆汉等地的交界，多有盗贼，剽掠行人舟船，不管老人儿童，一旦抓住就全部杀死。崔郾上任后，训练士卒，制造兵器和战船，分兵追击讨伐，不到一年，就全部讨灭。崔郾在陕虢时，为政宽厚仁慈，有时一个月都不鞭打惩罚一人。但到鄂岳后，却严刑峻法。有人问他是什么原因，崔郾说："陕虢土地贫，百姓穷困，我整天安抚都来不及，唯恐惊扰百姓；鄂岳却不大相同，这里地势险要，民族杂居，夷族风俗崇尚剽掠狡诈，不用重刑，就难以治理。为政贵在通变，说的就是这个意思。"

为官一任，保一方平安，爱民如子的要数唐宪宗时的裴度。裴度以蔡卒为牙兵，或谏曰："蔡人反仄者尚多，不可不备。"度笑曰："吾为彰义节度使，元恶既擒，蔡人则吾人也，又何疑焉！"蔡人闻之感泣。先是吴氏父子阻兵，禁人偶语于途，夜不然烛，有以酒食相过从者罪死。度既视事，下令惟禁盗贼，余皆不问，往来者不限昼夜，蔡人始知有生民之乐。（《资治通鉴》卷二百四十）裴度任用蔡州的士卒为牙兵，有人规劝他说："蔡州人中间反复不定的人为数还很多，不能不加以防备。"裴度笑着说："我是彰义节度使，首恶已被擒获，蔡州人就是我的人啊，又有什么可怀疑的呢！"蔡州人得知此言，感动得哭了。在此之前，吴少阳、吴元济父子拥兵淮西，禁止人们在道路上相对私语，不许在夜间点燃灯烛，若有人以酒饭相互往来，便要处以死罪。裴度任职以后，下达命令，只需禁止盗窃，其余一概不加过问，人们相互往来，没有白天黑夜的限制，蔡州人初次感到了做百姓的快乐。《左传》记载了孔子的言论："政宽则民慢，慢则纠之以猛；猛则民残，残则施之以宽。宽以济猛，猛以济宽，政是以和。"这段话的意思是："为政太宽大，则人民不在乎，人民一旦不在乎，则用严刑峻法来纠正。施行严刑峻法，则人民感到暴虐，人民一旦感到暴虐，则改施宽大之政。用宽大和严厉两种手段互相补充，政局才能稳定。"这大概就是古代的情与法。

　　法律，是为了约束限制人们的行为，规范社会秩序，是对已经发生的行为进行惩处，其作用显而易见。情是防患于未然的潜移默化的教化，是呼唤灵魂深处向善的启迪。古代稍有良知的官吏审慎对法与情的处置，也是情系百姓，为了教化百姓。老子曾说过："民不畏死，奈何以死惧之。"如果在罪犯将要犯罪而未犯罪通过教化予以制止，那不光挽救了被害人，同时也拯救了犯罪分子，连带效应不可估量。这与权法交易、钱法交易的肮脏请托决然不同，也并不是凌驾于法律之上。我们需要的情，是建立在完善的法制基础上的人性化的慰藉，是惩前毖后、治病救人的一剂良药，是弘扬中华传统美德的感悟，是践行核心价值观的倡导。）

　　在全面建成小康社会、全面深化改革、全面依法治国、全面从严治党的进程中，充分运用法律制度的杠杆，以德服人，以理谕人，以情感人，国民经济和社会发展更健康，更能彰显社会的和谐稳定，更能彰显中华民族的博大胸怀。

# 武则天 "盛开告密之门" 的警示

唐太宗贞观十一年,年仅14岁的武则天被召入后宫成为才人。高宗李治为太子时,曾进入皇宫侍奉唐太宗,看见才人武则天婀娜多姿,非常喜欢她。唐高宗继位后,就将削发为尼的武则天拜为昭仪。高宗被武则天迷得神魂颠倒,致使皇后、淑妃皆失宠。

《资治通鉴》记载:武后能屈身忍辱,奉顺上意,故上排群议而立之;及得志,专作威福,上欲有所为,动为后所制,上不胜其忿。……自是上每视事,则后垂帘于后,政无大小,皆与闻之。天下大权,悉归中宫,黜陟、杀生,决于其口,天子拱手而已,中外谓之二圣。(《资治通鉴》卷二百一)皇后武则天能屈身忍辱,顺从唐高宗的旨意,所以唐高宗排除不同意见,立她为皇后;等到她得志之后,恃势专权,唐高宗想有所作为,常为她所牵制,唐高宗非常愤怒……此后,唐高宗每逢临朝治事,武后都在后边垂帘听政,政事无论大小,她都要参与。天下大权,全归于武后,官员升降生杀,取决于她一句话,皇帝只是无所事事的清闲人而已,朝廷内外称他们为"二圣"。

为树立威望,太后武则天自从徐敬业造反后,怀疑天下人多想算计自己,又因自己长期专擅国家事务,而且操行不正,知道皇族大臣心怀不满,心中不服,就想大加诛杀以威慑他们。于是大开告密的渠道,有告密的人,臣下不得过问,都提供驿站的马匹,供应五品官标准的伙食，送往太后的住地。虽是农夫或打柴人，都被召见，由客馆供给食宿，所说的事如符合旨意，就破格授官。与事实不符，也不问罪。于是四方告密的人蜂拥而起，人们都吓得不敢迈步，不敢出声。有个胡人名叫索元礼，了解太后的用意，因告密被召见，提拔为游击将军，太后命令他查办奉诏令特设的监狱里的囚犯。索元礼性情残忍，审讯一个人必让他牵连数十或上百人。太后多次召见赏赐他以扩大他的威权。于是尚书都事长安人周兴、万年人、来俊臣之流争相仿效，纷纷而起。周兴连续升官至秋官侍郎，来俊臣连续升官至御史中丞。他们一起私下豢养无赖数百人专门从事告密活动；想诬陷一个人，便让他们几处同时告发，所告的内容都一样。来俊臣与司刑评事洛阳人万国俊共同撰写《罗织经》数千言，教他们的门徒如何搜罗无罪人的言行，编成谋反罪状，捏造安排得都像真有其事。太后得到告密的人，即命令索元礼等审讯被告，他们争相制定审讯囚徒的残酷办法，制作多种大锁枷，有"定百脉""突地吼""死猪愁""求破家""反是实"等名号。或用椽子串联人的手脚而旋转，叫作"凤凰晒翅"；或用东西牵制住人的腰部，将颈上的枷向前拉，叫作"驴驹拔撅"；或让人跪着捧枷，在枷上垒砖，叫作"仙人献果"；或让人站立在高木桩上，将颈上的枷向后拉，叫作"玉女登梯"；或将人倒吊，在脑袋上挂石头；或用醋灌鼻孔；或用铁圈罩脑袋，在脑袋与铁圈之间加楔子，以至于有界脑袋裂开，脑浆外流的。每次抓来囚犯，即先陈列刑具让他们观看，他们无不颤抖流汗，看到一点儿动静便无罪而自认有罪。每当有赦免令，来俊臣总是命令狱卒先杀死重罪犯，然后宣布赦令。太后认为他们忠诚，更加宠爱信任。朝廷内外畏惧这几个人，超过畏惧虎狼。

在当时告密者不可胜数，告密者往往被授予五品官爵，当时人编顺口溜说："补阙接连用车载，拾遗平平常常用斗量；用耙子才能推拢的侍御史，一个模子脱出的校书郎。"由此还成就了一批"告密"的专业户。"是时告密者皆诱人奴婢告其主，以求功赏。……朝士人人自危，相见莫敢交言，道路以目（不敢开口），或因入朝密遭掩捕，每朝辄与家人诀曰未知复相见否。"

武则天盛开告密之门，就是尔虞我诈玩权术，无中生有搞内讧。她怕人抱成团，在朝廷内外、部门之间、上下级、同事之间、氏族、邻里之间故意制造矛盾，使之相互猜忌，相互诋毁、相互制约，彻底动摇唐王朝夯实的根基。她不惜用酷刑（"酷吏恣横"），并提拔大批告密者。你告我，我告你，乃至后来的告密者告前面的告密者，循环告密。唯我所用，唯我独尊，用"大诛杀以威之"。"先诛唐宗室贵戚数百人，次及大臣数百家，其刺史郎将以下不可胜数。"作为封建帝国的主宰出此损招，可谓用心良苦，匪夷所思。没有民主政治，没有团队理念，没有团结氛围，没有和睦相处的平台，更谈不上互相帮助，互相关心，互相体贴。就连当朝宰相娄师德也谨慎非常，战战兢兢，如履薄冰。其弟除代州刺史，将行，师德谓曰："吾备位宰相，汝复为州牧，荣宠过盛，人所疾也，将何以自免？"弟长跪曰："自今虽有人唾某面，某拭之而已，庶不为兄忧。"师德愀然曰："此所以为吾忧也！人唾汝面，怒汝也；汝拭之，乃逆其意，所以重其怒。夫唾，不拭自干，当笑而受之。（《资治通鉴》卷二百五）当朝宰相连别人吐在脸上的唾沫都不敢去擦，且还要赔笑脸，其顺我者昌，逆我者亡的独裁统治可想而知。后来武则天因告密者太多，命监察御史严善思"按问"，就查出无中生有告假状的达八百五十多人，严善思最后也反遭诬陷。盛唐王朝安得不走下坡路?

　　在史无前例的"文化大革命"中,在"革命无罪,造反有理"的指引下,一个家庭都分成几派。造反派和保守派互相指责争斗,互相揭发批判,挑动群众斗群众,挑动群众斗干部,挑动干部斗干部。由"文斗"演变成了"武斗"。这场空前的浩劫离我们并不遥远,至今仍心有余悸。前事不忘,后事之师。在贯彻落实科学发展观,实现中华民族伟大复兴的进程中,搞"告密"使人人自危的社会失去道德,向善、向上的良知缺失,人与人之间缺乏基本的信任民族的向心失去引力。势必丧失信念,使人心涣散,使班子散懒使团队群龙无首,使投机钻营者有机可乘,使人民群众的利益受损,使贯彻落实党的方针政策的通道受阻,严重影响党的形象,政府的公信力,动摇党的根基。要达到党内外的团结和高度统一要做到以下几点:首先,要有立党为公、执政为民的理念;其次,各项规章制度建设是关键;其三,相互信任,坦诚相待是求大同存小异的基础。摒弃无谓的争斗,多用自己的不足比他人的优点,善待他者,和解共生,就能拓展向他人学习交流的空间。多一点儿换位思者,多一点儿宽容。脸上多挂一些微笑,都来提倡快乐、和谐工作,乃是国家、民族、单位和百姓之幸矣。

# 小聪明与大智慧

所谓聪明就是耳朵能听得清楚听得准，眼睛能看得清晰看得仔细。小聪明就是自以为技艺超人一筹，智商高人一等，说话办事显得聪敏伶俐让人感到轻巧不够沉稳，自以为是使点小手腕，玩点小心计，为人趋炎附势。

汉献帝建安年间，丞相主簿杨修与丁仪兄弟谋立曹植为魏嗣，五官将丕患之，以车载废簏内朝歌长吴质，与之谋。修以白魏王操，操未及推验。丕惧，告质，质曰："无害也。"明日，复以簏载绢以入，修复白之，推验，无人；操由是疑焉。植后以骄纵见疏，而植故连缀修不止，修亦不敢自绝。每当就植，虑事有阙，忖度操意，豫作答教十余条，敕门下，"教出，随所问答之"，于是教裁出，答已入；操怪其捷，推问，始泄。操亦以修袁术之甥，恶之，乃发修前后漏泄言教，交关诸侯，收杀之。（《资治通鉴》卷六十八）汉献帝建安年间，丞相主簿杨修和丁仪兄弟策划立曹植为魏的太子，五官将曹丕对此很担忧，把朝歌长吴质藏在旧竹箱中，用车接来，和他计议。杨修将此事告诉了魏王曹操。曹操尚未调查，曹丕感到恐惧，告诉了吴质。吴质说："没有关系。"第二天，又用竹箱载绢进入曹丕的宅邸，杨修又报告了曹操，进行检查，里边却没有人。曹操因此对杨修等人产生怀疑。后来曹植因为骄纵而被曹操疏远。但曹植却不停地主动和杨修联系，杨修也不敢与他断绝来往。每当到曹植那里，顾虑曹植做事有不妥之处，杨修就揣度曹操的意图，预先为曹植草拟十几条答词，告诉曹植手下的人："魏王的训诲来时，根据他的问话，做出相应的回答。"因此，魏王曹操的训诲刚刚送来，曹植的答词就已经送去。曹操对这样迅速的回答觉得很奇怪，经过追问，真相才泄露出来。此外，曹操还因为杨修是袁术的外甥而厌恶他，因此便公布了他多次泄漏魏王训诲，交结诸侯的罪状，把他抓起来杀了。杨修的死怪他处处想表现自己的小聪明，结果聪明反被聪明误，死时年仅34岁。

世基容貌沉审，言多合意，特为帝所亲爱，朝臣无与为比；亲党凭之，鬻官卖狱，贿赂公行，其门如市。由是朝野共疾怨之。内史舍人封德彝托附世基，以世基不闲吏务，密为指画，宣行诏命，谄顺帝意，群臣表疏忤旨者，皆屏而不奏。鞠狱用法，多峻文深诋，论功行赏，则抑削就薄。故世基之宠日隆而隋政益坏，皆德彝所为也。（《资治通鉴》卷一百八十三）虞世基长得相貌深沉稳重，说话大都迎合炀帝的心意，特别受到炀帝的亲近喜爱，朝中大臣无人能与他相比。他的亲朋党羽凭借他的势力，卖官买狱，贿赂公行，其家门庭若市，因此朝野上下对虞世基都极为痛恨怨愤。内史舍人封德彝阿附虞世基，因为虞世基不熟悉为官的要务，就秘密地替他筹划，如何传布实施皇帝的诏命，如何逢迎顺从炀帝的心意，群臣的表奏有偏离违背皇帝旨意的，都屏弃不上报；审理案件、实施刑法，大多引用严峻苛细的条文，刻意诋毁；凡是论功行赏，则极力抑制贬低。因此虞世基日益得到炀帝的宠信，而隋帝国的政治日益弛废腐败，这都是由于封德彝所作所为。到唐高祖时，高祖因为封德彝是隋朝旧臣，谄媚虚伪而不忠诚，狠狠地斥责了他一番，罢免了他的官职遣返回家。封德彝用秘策迎合皇上，谋求进身，高祖很高兴，马上拜封德彝为内史舍人，不久又升迁为侍郎一级官员。后来，萧瑀向高祖荐举封德彝，高祖任命他为中书令。到了太宗即位，改任萧瑀为尚书左仆射。封德彝为右仆射，二人商定将要上奏的事，到了太宗面前封德彝屡次变易，由此二人之间产生隔阂。当时房玄龄、杜如晦刚当权，均疏远萧瑀而亲近封德彝，萧瑀愤愤不平，于是上密封的奏章理论，辞意凄凉，由此触犯圣意。适逢萧瑀与陈叔达又在太宗面前含怒争辩，萧瑀、陈叔达皆以对皇上不恭敬的罪名，被罢官免职。荀子论之曰：故用国者义立而王，信立而霸，权谋立而亡……挈国以呼功利，不务张其义，齐其信，唯利之求；内则不惮诈其民而求小利焉，外则不惮诈其与而求大利焉。内不修正其所以有，然常欲人之有，如是，则臣下百姓莫不以诈心待其上矣。上诈其下，下诈其上，则是上下析也。如是，则敌国轻之，与国疑之，权谋日行而国不免危削，綦之而亡……是无他故焉，唯其不由礼义而由权谋也。（《资治通鉴》卷四）荀况论之曰：所以治理国家的君主如果提倡礼义，就可以称王，树立信誉就可以称霸，玩弄权术则必然灭亡。……带领国家追逐功利，不伸张正义，不遵守信用，唯利是图；对内不惜为了一点小利去欺骗人民，对外为了追求大的利益不怕欺骗友邦。对内不好好治理自己已有的东西，却常常觊觎别人的成果。这样，臣下百姓就无不以奸诈之心对待上司。上欺下，下瞒上，于是上下关系分崩离析。这样，便使敌对国家轻视，友好国家不信任，权术泛滥而国家日益削弱，走向极端，终于灭亡……这不是别的原因，就是因为他不崇尚礼义而沉溺权术。

耍小聪明可能有短暂的顺利，能获得一时的蝇头小利，但一定不是成功者，不会得善终。人无完人，事无十全十美，人的智慧有时候显得有多余，有时候又显得不足。显摆和谦虚是试金石。俗话说："满罐不荡半罐荡"审时度势是小聪明和大智慧的分水岭，天乾地坤是为人处世的标准答案，无为而无不为是最好的检测手段。激流勇退是大智慧，见好就收是大智慧，知足常乐是大智慧，难得糊涂是大智慧，大巧若拙是大智慧，处变不惊是大智慧，韬光养晦是大智慧。历史有很多的故事作诠释，只要顺应时代潮流，多做善事、多办实事，有一分热发一分光，一定能谱写精彩壮丽的人生。

# 章华台启示录

"灵王倾国崇台宇,按剑章华睨中土。弁裳伏地走诸侯,钟鼓凌空震三楚。骋骄不畏伍子谋,落成乞与吴兵游。孤舟竞走江上路,块土独枕山中愁。十年霸气终萧索,回首华容归不得。饥魂漂泊啼秋烟,细腰却舞新王前。"

春秋后期,楚国日臻强盛,开始虎视中原。为了炫耀国力,威镇诸侯,楚灵王"穷土木之技,殚珍府之宝",费时数年,建造了章华台这座宏伟壮观的离宫。章华台广阔四十里,中间修起高台,台高三十仞,以观四方。因为它高大,每次登台必须休息三次,才能登到台顶,又名三休台。

章华台建成后,楚灵王派使者征召四方诸侯,同来参加落成典礼。可是只有鲁昭公一人应邀而来,鲁昭公见建筑壮丽,不住夸奖。楚灵王面带骄傲,一同登章华台,台势高峻,盘旋许多层才能上去,每层都有明亮的走廊,屈曲的栏杆。预先选好的美丽男童,年龄在 20 岁以下,穿着艳丽,仿佛女子,手捧雕盘玉杯,唱着郢地的歌劝酒,各种乐器纷纷奏响。登上台顶,乐声嘹亮,响彻天边,酒杯交错,粉香相逐,使人飘飘然如同进入神仙洞府,魂魄俱失,不知道自己是否在人间了。楚相国伍举对楚灵王劳民伤财修筑章华台早就不满,当他听说楚灵王对章华台赞叹不已时,讽谏说:"臣听说国君应以贤明受人爱戴为美,以安定民生为乐,以听到德音为聪，以能宾服远方为明。没有听说过国君以土木的崇高、丹楹刻桷为美，以盛大的钟磬笙管声哗众为乐。而今大王修筑此台，耗伤了民力，耗尽了财力，荒废了田地，耽搁了政务，倾举国之力数年才成。邀请各诸侯来举行落成典礼，结果诸侯都不愿意来参加，最后仅仅请来鲁侯一个宾客，大王还组织了大队俊男美女举行赞礼。臣实在不知美在哪里？要是大王以章华台而论，认为做了一件正事，成就了一项伟业，那楚国就危险了！"

春秋无义战。由于楚灵王积怨甚多，战事连连，城中叛变。最后落得孤身一人，行乞讨活，却也没人敢给他一口饭吃。饿了三天三夜后，自缢身亡。随着楚国的衰亡，章华台也随之被毁，十年霸气最终灰飞烟灭。那些楚灵王再也见不到的细腰女，随着新王的即位再展绰约。元代诗人吴师道的一首《章华台》道尽了天下第一楼的沧桑岁月和楚灵王的荒淫误国与楚国的兴衰。

孟子曰："上有好者，下必有甚焉者矣。"楚灵王建成章华台时曾邀各方诸侯来庆贺，尽管当时只有鲁侯一人前来，但令各诸侯国非常羡慕。就连时为诸侯盟主晋国国君晋平公也效仿楚灵王，耗费巨大人力物力和时日修筑了虎祁宫。据《东周列国志》记载："乃于曲沃汾水之傍，起造宫室，略仿章华之制，广大不及，而精美过之，名曰虒之宫。"叔向警告他："虒祁宫建成之日，就是诸侯背叛晋国之时。"才是晋平公并不放在心上。建成虎祁宫后，晋平公整日沉醉在舞伎歌女靡靡之音中，疏于朝政，最后失去对权力的控制。诸侯各国便对晋国开始离心，这就给以后晋国失去霸业埋下了祸根。探秘历史，《资治通鉴》记载：马廖虑美业难终，上疏劝成德政曰："昔元帝罢服官，成帝御浣衣，哀帝去乐府，然而侈费不息，至于衰乱者，百姓从行不从言也。

夫改政移风，必有其本。《传》曰：'吴王好剑客，百姓多创瘢；楚王好细腰，宫中多饿死。'长安语曰：'城中好高结，四方高一尺；城中好广眉，四方且半额；城中好大袖，四方全匹帛。'斯言如戏，有切事实。前下制度未几，后稍不行；虽或吏不奉法，良由慢起京师。今陛下素简所安，发自圣性，诚令斯事一竟，则四海诵德，声薰天地，神明可通，况于行令乎！"太后深纳之。（《资治通鉴》卷四十六）马廖担心马太后倡导的美好的事情难以持久，上书劝太后完成德政。他说："从前元帝取消服官，成帝穿用洗过的衣袍，哀帝撤除乐府，然而奢侈之风不息，最终导致衰落而发生动乱的原因，就在于百姓跟随朝廷所行，而不听信朝廷所言。改变政风民风，一定要从根本着手。经传说：'吴王好剑客，百姓多伤疤；楚王好细腰，宫中多饿死。'长安有谚语说：'城中喜爱高发髻，乡下的发髻高一尺；城中喜爱宽眉毛，乡下的眉毛半前额；城中喜爱大衣袖，乡下的衣袖用了整匹帛。'这些话有如戏言，但切近事实。前些时候，朝廷颁布制度后没有多久，便有些推行不下去了，虽然这或许是由于官吏不遵奉法令，但实际上是由于京城率先怠慢。如今陛下安于俭朴的生活，是出自神圣的天性，假如能将此坚持到底，那么天下人都要称颂道德，美好的名声将传遍天地，同神灵都可以相通，何况是推行法令呢！"太后认为他的话很正确，全部采纳。那些不顾国情，不量财力，不考民风，盲目效仿所造成的恶果比比皆是。

　　每个城市有每个城市独特的人文资源，我们应根据自己独特的资源优势打造属于自己的文化品牌，而不是一味地照抄照搬，盲目效仿。只有立足自身实际，量体裁衣，量力而行，才能有所作为。潜江市是楚文化的发祥地之一，是全国文化先进地区，拥有曹禺、"两李"（李汉俊、李书城）、龙湾遗址、花鼓戏以及独特的民风、民俗等众多珍贵的人文资源。立足于这些独特的人文资源优势，目前已经初步形成五个文化品牌：曹禺文化品牌、龙湾遗址品牌、花鼓戏品牌、"两李"（李汉俊、李书城）故里品牌和江汉平原皮影戏品牌。这五个品牌已成为潜江市对外文化交流的名片。龙湾遗址古章华台是楚国经济发展国力强盛的标志，是楚国文化艺术发展的大成，也是离宫建筑和园林建筑的鼻祖。它所显示出的荆楚先辈卓绝的智慧和才干足以令后人感到骄傲和自豪，但它也足以警示后人。"历览前贤国与家，成由勤俭败由奢明/这也是唐代大诗人李商隐在总结唐朝由盛世走向衰败的历史教训时写下的警世名言。

回顾中华民族几千年的发展历史，"成由勤俭败由奢"的例子举不胜举。宋代司马光就曾在《资治通鉴》卷十七和卷七十三载："殷作九室之宫而诸侯叛，灵王起章华之台而楚民散，秦兴阿房之殿而天下乱。""桀作璇室象廊，纣为倾宫鹿台，以丧其社稷。楚灵以筑章华，而身受祸。秦始皇作阿房，二世而夭。夫不度万民之力，以从耳目之欲，未有不亡者也。"正是由于统治者的穷奢极欲，政治腐败，才导致了这些大国一步步地走向亡国之路。一个政权如果腐败蔓延，那它就失去了变革和创新的动力，必然失去人民的支持；就不会有凝聚力，必然被新兴的力量所推翻。

诸葛亮在《诫子书》中写道："静以修身，俭以养德。节俭是传统美德中的精髓，对于节俭的人来说，所需的身外之物并不很多，多了反而累赘。而古今的贪腐官员大多生活奢侈，为了维持奢侈的生活，贪腐是必然的结果，两者相互恶性循环。

可以说，奢侈腐化往往是贪污腐败的前奏曲。我们要在文化系统内大兴勤俭节约之风，大行勤俭节约之举。在日常办公、监管执法时加强成本核算，树立节约观念，慎用人力、物力、财力，少讲排场阔气，多讲真抓实干；沙点铺张浪费，多些勤俭节约，真正把有限的资源用在人民群众最需要的地方。要从身边的每一件小事做起，从一点一滴做起，身体力行，这不仅有助于加强干部个人道德修养，提高道德境界，增强抗腐能力，还能在部门内部形成良好的道德氛围，树立文化部门的良好形象，真正实现"以俭防腐"的目的。

# 功与过的归宿

　　在工作总结或经验介绍的文稿中，一般都会出现"这些成绩的取得，应该归功于上级的英明领导和相关部门的大力支持"的官话，同时将存在的问题归咎于自己，以体现报告者不居功，不自傲勇于承担责任的风度。此等老生常谈沿袭了几千年。

　　《资治通鉴》记载：汉高祖时，相国何以长安地狭，上林中多空地弃。愿令民得入田，毋收藁，为禽兽食。上大怒曰："相国多受贾人财物，乃为请吾苑！"下相国廷尉，械系之。数日，王卫尉侍，前问曰："相国何大罪，陛下系之暴也？"上曰："吾闻李斯相秦皇帝，有善归主，有恶自与。今相国多受贾竖金，而为之请吾苑以自媚于民，故系治之。"王卫尉曰："夫职事苟有便于民而请之，真宰相事；陛下奈何乃疑相国受贾人钱乎？且陛下距楚数岁，陈豨、黥布反，陛下自将而往；当是时，相国守关中，关中摇足，则关以西非陛下有也！相国不以此时为利，今利贾人之金乎？且秦以不闻其过亡天下；李斯之分过，又何足法哉！陛下何疑宰相之浅也！"帝不怿。是日，使持节赦出相国。相国年老，素恭谨，入，徒跣谢。帝曰："相国休矣！相国为民请苑，吾不许；我不过为桀、纣主，而相国为贤相。吾故系相国，欲令百姓闻吾过也。"（《资治通鉴》卷十二）汉高祖时，相国萧何因为长安地方狭窄，而皇家上林苑中有很多空地，且荒弃不用，希望能让百姓入内耕种，留下禾秆不割，作为苑中鸟兽的饲料。

高帝一听勃然大怒说："相国你一定收下了商人的大批财物，才替他们算计我的上林苑！"将萧何交付廷尉，用刑具锁铐。过了几天，一个姓王的卫尉侍奉高帝，上前探问："相国犯了什么大罪，陛下突然把他拘禁起来？"高帝说："我听说李斯做秦始皇的丞相时，有善行就归功于君主，有过失就自己承担。现在萧何接受了商人的大批财物，为他们要我的上林苑，以讨好下民，所以拘禁起来治罪。"王卫尉便劝说："分内的事只要对百姓有利就向皇帝建议，这是真正的宰相行为，陛下为什么竟疑心相国受了商人钱财呢？况且，陛下与楚霸王作战几年，陈豨、黥布造反，您亲自率军出征。当时，相国独守关中，只要关中一有动摇，函谷关以西就不再是陛下所有了！相国不在那时为自己谋利，反而在现在贪图商人的金钱吗？再说，秦朝就是因为不知道自己的过失才丧失了天下，李斯为秦始皇分担过失的作为，又有什么值得效法的呢？陛下为什么如此轻易地怀疑相国呢！"高帝听完很不高兴。当天，派人持符节赦免释放了萧何。萧何年纪已老，平时对高帝很恭谨，进宫后光着脚前去谢恩。高帝说："相国您不要这样！相国为人民讨要上林苑，我不准许，我不过是夏桀、商纣那样的昏君，而相国您是贤相。我所以抓起相国，就是想让百姓知道我的过失啊！"

陈寔出于单微，为郡西门亭长。同郡钟皓以笃行称，前后九辟公府，年辈远在寔前，引与为友。皓为郡功曹，辟司徒府；临辞，太守问："谁可代卿者？"皓曰："明府欲必得其人，西门亭长陈寔可。"寔闻之曰："钟君似不察人，不知何独识我！"太守遂以寔为功曹。时中常侍山阳侯览托太守高伦用吏，伦教署为文学掾，寔知非其人，怀檄请见，言曰："此人不宜用，而侯常侍不可违，寔乞从外署，不足以尘明德。"伦从之。于是乡论怪其非举，寔终无所言。伦后被徵为尚书，郡中士大夫送至纶氏，伦谓众人曰："吾前为侯常侍用吏，陈君密持教还而于外白署，比闻议者以此少之，此咎由故人畏惮强御，陈君可谓'善则称君，过则称己'者也。"实固自引愆，闻者方叹息，由是天下服其德。（《资治通鉴》卷五十三）这段文字的意思是：陈寔出身贫贱，担任颍川郡西门亭长。同郡人钟皓，以行为敦厚著称，前后九次被三公府征聘，年龄和辈分都远在陈定之上，却跟陈定成为好友。钟皓原任郡功曹，后被征聘到司徒府去任职，他向郡太守辞行时，郡太守问："谁可以接替你的职务？"钟皓回答说："如果您一定想要得到合适的人选，西门亭长陈定可以胜任。"陈定听到消息后说"钟君似乎不会推荐人，不知为什么单单举荐我？"于是，郡太守就任命陈定为郡功曹。当时，中常侍山阳侯览嘱托郡太守高伦任用自己所推荐的人为吏，高伦便签署命令，将这个人命为文学掾。陈定知道这个人不能胜任，就拿着高伦签署的命令求见，对高伦说："这个人不可任用，然而侯常侍的意旨也不可违抗。不如由我来签署任命，这样的话，就不会玷污您完美的品德。"高伦听从。于是，乡里的舆论哗然，都奇怪陈定怎么会举用这样不合适的人，而陈定始终不作分辩。后来，高伦被征召到朝廷去担任尚书，郡太守府的官吏和士绅们都来为他送行，一直送到纶氏县。高伦对大家说："我前些时把侯常侍推荐的人任命为吏，陈定却把我签署的任命书秘密送还，而改由他来任用。我接连听说议论此事的人因此轻视陈定，而这件事的责任，是因为我畏惧侯览的势力太大，才这样做的，而陈君可以称得上把善行归于主君，把过错归于自己的人。"但陈定仍然坚持是自己的过失，听到的人无不叹息。从此，天下的人都佩服他的品德。

臣光曰：过者，人之所必不免也；惟圣贤为能知而改之。古之圣王，患其有过而不自知也，故设诽谤之木，置敢谏之鼓；岂畏百姓之闻其过哉！是以仲虺美成汤曰："改过不吝。"傅说戒高宗曰：

"无耻过作非。"由是观之，则为人君者，固不以无过为贤，而以改过为美也。今叔孙通谏孝惠，乃云"人主无过举"，是教人君以文过遂非也，岂不缪哉！（《资治通鉴》卷十二）臣司马光曰：错误，是人人都必定无法避免的；但只有圣贤能知而改正。古代圣明的君主，怕自己有错误不知道，所以设置批评君主的诽谤木和劝阻君主的敢谏鼓，哪里会怕百姓知道自己的过错呢！所以仲虺赞美商汤王说："改正错误决不吝惜。"傅说劝诫商王武丁道："不要因为怕别人耻笑便不改正过失。"由此而见，做君王的人，本来就不是以不犯错误为贤明，而是以改正错误为美德。这里叔孙通却劝谏汉惠帝说"天子没有错误的举动"，正是在教做君主的文过饰非，岂不太荒谬了吗！

历史记载的功与过，不是功大于过，就是过大于功，或者功过相抵；人一生纠结的也是功与过，有功之臣衣锦还乡，无功的人默默无闻，不求有功但求无过，唯恐身败名裂。很多人把功成名就当着人生的奋斗目标，把飞黄腾达当成光宗耀祖的追求。有的人煞费苦心，不择手段；有的人"粪土当年万户侯"。其实，功与过并不重要，关键是责任的担当，正能量的释放。因为功与过是可以相互转化的，功与过没有永远的归宿。"大名不可久荷，大功不可久任。"《周易》的大过卦就是好卦，上上卦。"立非常之大事，兴不世之大功，成绝俗之大德，皆大过之事也。"历史上的农民起义对于当朝统治者来说是"大过"，十恶不赦；他们经过不懈抗争，推翻肆虐残暴的君主，拯救百姓于水深火热之中，在一定程度上推动了社会的发展和进步，又是大功一件。中国共产党成立之初，被国民党政府称之为"共匪"，经过几十年的浴血奋斗，终于打败了蒋家王朝，建立了新生的红色政权，劳动人民当家做了主人。这个历史的丰功伟绩将载入千秋万代史，谱进万章胜利篇。千秋功与过，自有人民评说。

# 说灵巧

　　成语"弄巧成拙"的意思是想卖弄乖巧，结果反而显得笨拙。灵巧作为人生的一种处世方略，告诫我们不能巧过头，不能投机取巧，更不能巧诈。运用得恰到好处，如何运用适中，是一门学问。

　　《资治通鉴》记载民部侍郎裴蕴以民间版籍，脱漏户口及诈注老小尚多，奏令貌阅，若一人不实，则官司解职。又许民纠得一丁者，令被纠之家代输赋役。是岁，诸郡计帐进丁二十万三千，新附口六十四万一千五百。帝临朝览状，谓百官曰："前代无贤才，致此阘冒；今户口皆实，全由裴蕴。"由是渐见亲委，未几，擢授御史大夫，与裴矩、虞世基参掌机密。蕴善候伺人主微意，所欲罪者，则曲法锻成其罪；所欲宥者，则附从轻典，因而释之。是后大小之狱，皆以付蕴，刑部、大理莫敢与争，必禀承进止，然后决断。蕴有机辩，言若悬河，或重或轻，皆由其口，剖析明敏，时人不能致诘。（《资治通鉴》卷百八十一）隋炀帝时民部侍郎裴蕴认为民间的名册、户籍，有很多脱漏户口以及诈骗注册为老少的情况。就奏请炀帝进行查阅面貌以验老小。如果一个人的情况不属实，那么有关的官员就被解职。又许诺如果百姓检举出一个壮丁，就命令被检举的人家替检举者缴纳赋役。这一年，各郡总计增加了男丁二十万三千人，新归附的人口六十四万一千五百人。炀帝上朝览阅报告，对百官说："前代没有贤才，以致户口阘骗冒充，现在户口都确实了，全是由于有子裴蕴。"因此逐渐对裴蕴亲近信任，不久，就提升裴蕴为御史大夫，让他和裴矩、虞世基参与掌管机密。裴蕴善于观察以迎合皇帝细微的心思和意图。炀帝要加罪的人，裴蕴就曲解法律以编造成罪状；炀帝想要赦免的人，裴蕴就附和炀帝意思，从轻解释典章法律，因此就将人释放了。此后大大小小的刑狱之案，都交给裴蕴办理。刑部、大理寺都不敢与裴蕴争论，必定要秉承裴蕴的意图来衡量法律，然后才决断案件。裴蕴机智、善辩，说起话来口若悬河，犯人的罪过或轻或重，都凭裴蕴的一张嘴。他剖析、解释问题明达敏捷，当时的人都不能把他问住。他的奸巧就是为了迎合隋炀帝，为了自己专总朝政，不惜出卖自己的良知，不惜坑害他人。

做人、做事也不能太死板，否则，在社会上吃不开，也不招人喜欢。汉成帝时，中山王兴、定陶王欣皆来朝，中山王独从傅，定陶王尽从傅、相、中尉。上怪之，以问定陶王，对曰："令：诸侯王朝，得从其国二千石。傅、相、中尉，皆国二千石，故尽从之。"上令诵《诗》，通习，能说。他日，问中山王："独从傅在何法令？"不能对；令诵《尚书》，又废；及赐食于前，后饱；起下，袜系解。帝由此以为不能，而贤定陶王，数称其材。（《资治通鉴》卷三十二）汉成帝时，中山王刘兴和定陶王刘欣，都到长安朝见。中山王只由师傅陪同，而定陶王则把师傅、相、中尉都带来了。成帝奇怪，就询问定陶王，他回答说："汉朝法令规定：诸侯王朝见天子，可以由王国中官秩在二千石的官员陪同。师傅、相、中尉都是国中二千石的官员，因此让他们全都来了。"成帝又命令他背诵《诗经》，他不仅能熟练地背诵，而且还能解释。另一天，成帝问中山王刘兴说："你只由师傅一人陪同前来，有什么法令根据？"刘兴不能回答。命他背诵《尚书》，又背不下去。成帝赐饮食与他共餐，成帝已用完餐，他还在吃，吃饱才罢休。吃完起身下去，袜带松开了，他还不知道。成帝因此认为刘兴没有能力，而认为刘欣贤能，屡次称赞他的才干。

刘宋时，诏征豫章太守蔡廓为吏部尚书，廓谓傅亮曰："选事若悉以见付，不论；不然，不能拜也。"亮以语录尚书徐羡之，羡之曰："黄、散以下悉以委蔡，吾徒不复措怀；自此以上，故宜共参同异。"廓曰："我不能为徐干木署纸尾！"遂不拜。……选案黄纸，录尚书与吏部尚书连名，故廓云然。（《资治通鉴》卷一百一十九）刘宋皇帝刘义符下诏，征召豫章太守蔡廓为吏部尚书。蔡廓对尚书令傅亮说："官员的任免和升迁调补的权力，如果全部交给我，我就接受，否则，我将不接受任命。"傅亮把这番话转达给录事尚书徐羡之。徐羡之说："黄门侍郎、散骑常侍以下的任免，全权委托蔡廓，我们不再参与意见。但这些官职以上的人选，还应该由我们共同研究，统一意见。"蔡廓说："我不能在徐干木签署过的黄纸尾上署名！"拒绝受官……官员任免和升迁调补的签呈文件，通常写在黄纸上，然后由录尚书与吏部尚书共同签名，方才有效。所以蔡廓才这样说。

在适当的场合，巧妙地进谏，既不影响君臣关系，也不妨碍君臣感情；既能融洽气氛，又能收到意想不到的效果。

唐高祖时，苏世长尝从校猎高陵，大获禽兽，上顾群臣曰："今日畋，乐乎？"世长对曰："陛下游猎，薄废万机，不满十旬，未足为氏！"上变色，既而笑曰："狂态复发邪？"对曰："于臣则狂，于陛下甚忠。"尝侍宴披香殿，酒酣，谓上曰："此殿炀帝之所为邪？"上曰："卿谏似直而实多诈，岂不知此殿朕所为，而谓之炀帝乎？"对曰："臣实不知，但见其华侈如倾宫、鹿台，非兴王之所为故也。若陛下为之，诚非所宜。臣昔侍陛下于武功，见所居宅仅庇风雨，当时亦以为足。今因隋之宫室，已极侈矣，而又增之，将何以矫其失乎？"上深然之。（《资治通鉴》卷一百八十九）苏世长曾经随高祖在高陵围猎，捉了很多飞禽野兽，高祖对群臣说："今天打猎，高兴吗？"世长回答："陛下游猎，只稍稍耽误了政事，打猎不足十旬，还称不上高兴！"高祖听后脸色大变，一会儿笑着说："你又发狂了？"世长回答："在臣下我来说是狂，对陛下而言是绝对忠诚。"苏世长还曾在披香殿侍奉高祖饮宴，酒喝到兴头上，对高祖说："这披香殿是隋炀帝建的吧？"高祖说："你的劝告好像挺直率，其实很多是装傻，你难道不知道这披香殿是朕建造的，怎么能说是炀帝建的？"苏世长回答道："臣下我实在不知道是谁建的，只不过因为看到这殿像商纣王的倾宫、鹿台一样华丽奢侈，不是新兴帝王所应该建的罢了。如果是陛下建造的，确实不合适。我过去在武功侍陛下，看见您所住的房屋仅能够遮住风雨，当时您也认为很满足了。如今继承隋朝的宫殿，已经极端奢侈了，却又增加新的宫殿，这样又怎么能够矫正隋朝的过失呢？"高祖深表同意。

做什么事，说什么话，都要审时度势，要善于察言观色，眼观六路，耳听八方，不能一根筋，要培养自己的应变能力，就像经验丰富的司机要有急转弯的处置能力一样。《周易·恒卦》初六爻："浚恒，贞凶，无攸利。"意思是要求我们不要从一开始就对某某事情追求永恒，不要一并始就对某某事情寄予过高的期望值，俗话叫一条道走到黑，一竿子插到底。那样会有凶险，不适宜做什么事情。世界上的事情千变万化，宇宙空间不可能有绝对的重复，乾坤大地不可能重复昨天的故事。这就要求我们要有与时俱进的头脑，顺应时代，适应环境。巧安排、巧应对，可以收到事半功倍的效果；巧安排、巧应对，能妥善掌控突发事件的发酵；巧安排、巧应对，能激发我们工作的创新活力，不断地开拓进取，早日实现中华民族复兴的伟大中国梦。

# 民利与名利

在历史长河中，自有阶级以来，封建地主阶级或统治者为了功名与利禄损害人民群众利益的事，时有发生，屡见不鲜，屡禁不止。

《资治通鉴》记载：东晋时，前燕太傅（慕容）评以猛悬军深入欲以持久制之。评为人贪鄙，鄣固山泉，鬻樵及水，积钱帛如丘陵士卒怨愤，莫有斗志。猛闻之，笑曰："慕容评真奴才，虽亿兆之众不足畏，况数十万乎！吾今兹破之必矣。"乃遣游击将军郭庆帅骑五千，夜从间道出评营后，烧评辎重，火见邺中。燕主暐惧，遣侍中兰伊让评曰："王，高祖之子也，当以宗庙社稷为忧，奈何不抚战士而榷卖樵水，专以货殖为心乎！府库之积，朕与王共之，何忧于贫！若贼兵遂进，家国丧亡，王持钱帛欲安所置之！"（《资治通鉴》卷一百二）东晋时，太傅慕容评认为王猛孤军深入，想用持久对峙的办法来制服他。慕容评为人贪婪鄙俗，命令封山禁泉，自己则贩柴卖水，从中渔利，积攒的钱帛堆积如山，士卒们都怨恨愤慨，没有人心怀斗志。王猛听说后笑着说："慕容评真是个奴才，就是有亿兆兵众也不值得害怕，何况只有数十万人呢！我今天在这儿打败他是肯定的了。"于是就派游击将军郭庆率领五千骑兵，趁夜顺着小路出现在慕容评军营的后面，焚烧了他的轻重装备，火光在邺城中都能看到。前燕国主慕容暐十分害怕，派侍中兰伊责备慕容评说："你是高祖慕容魔的儿子，应当为宗庙国家担忧，为什么不安抚战士反而贩柴卖水，只执迷于钱财呢！府库里的积蓄，朕与你共享，哪里有什么贫穷可忧虑！如果敌人最终进占，家国全都灭亡，你拥有钱帛又想往哪里放呢！

刘宋时，益州刺史刘道济，粹之弟也，信任长史费谦、别驾张熙等，聚敛兴利，伤政害民，立官冶，禁民鼓铸而贵卖铁器，商贾失业，吁嗟满路。（《资治通鉴》卷一百二十二）刘宋益州刺史刘道济是刘粹的弟弟。他宠信王府的长史费谦、别驾张熙等人，所行的是收聚搜刮财利的作法，损害正常治理，祸害百姓。他设立官营的冶铸机构，禁止民间冶炼铸造，而用高价出卖铁器，造成商人失业，百姓怨声载道。北魏太子拓跋晃在主持国家事务期间，十分信任自己的左右侍臣，自己私下里经营庄园农田，养鸡养狗，收取利润，还欺行霸市，占道经营。摆摊设点，"与贩夫贩妇竟此尺寸之利"。

历朝历代的封建帝王也常常把老百姓的利益挂在嘴边，深知"冰能载舟也能覆舟"的道理，唐太宗曰："昔禹帅九州之民，凿山槎木，疏百川注之海，其劳甚矣，而民不怨者，因人之心，顺地之势，与民同利故也。"（唐太宗说："过去大禹率领九州的百姓，开山砍伐树木，疏导条条河流归入大海，够疲劳的了，然而百姓并无怨言，就是因为顺应民心，利用地势，与民同利的缘故。"）中华文化的发源《周易·解卦》六三爻曰："负且乘，致寇至，贞吝。"西汉大儒董仲舒就曾对汉武帝解释此爻：《易经》说：'既背负着东西又乘车，招来了强盗抢劫。'乘坐车辆，这是君子的位置；身背肩担，这是小人的事；《易经》的这句话，是说居于君子尊位而去做平民百姓的事，这样的人，一定会招来祸患。如果身居君子的高位，而有君子的行为，那么，除了用当年公仪休在鲁国为相辅政的方法之外，就没有别的方法了。当权的人不能与老百姓争利益，旨在告诫当时的官僚权贵"能掌和鱼不可兼得"，否则会"致寇至"，犯大错的。

唐初的武德七年，唐高祖李渊也知晓"王者以民为天，民以食为天，能知天之天者，斯可矣"。就颁布规定"食禄之家（享受工薪待遇的家庭），无得与民争利"。唐玄宗开元年间，工部尚书张嘉贞薨。嘉贞不营家产，有劝其市田宅者，嘉贞曰："吾贵为将相，何忧寒馁！若其获罪，虽有田宅，亦无所用。比见朝士广占良田，身没之日，适足为无赖子弟酒色之资，吾不取也。"闻者是之。（《资治通鉴》卷二百一十三）工部尚书张嘉贞去世。张嘉贞不经营家产，有人劝他买田地住宅，他说："我居于将相的高位，担忧什么饥寒！如果犯了法，即使有田地住宅，也没有什么用。近来我见到朝中的士大夫大占良田，身死之后，这些只能成为无赖子弟贪恋酒色的本钱。我不做这种事。"听了他的话的人，都认为他讲得对。汉宣帝时，太傅疏广谓少傅受曰："吾闻'知足不辱，知止不殆'，今仕宦至二千石，官成名立，如此不去，惧有后悔。"即日，父子俱移病，上疏乞骸骨。上皆许之，加赐黄金二十斤，皇太子赠以五十斤……广、受归乡里，日令其家卖金共具，请族人、故旧、宾客，与相娱乐。或劝广以其金为子孙颇立产业者，广曰："吾岂老悖不念子孙哉！顾自有旧田庐，令子孙勤力其中，足以共衣食，与凡人齐。今复增益之以为赢余，但教子孙怠堕耳。贤而多财，则损其志；愚而多财，则益其过。且夫富者众之怨也，吾既无以教化子孙，不欲益其过而生怨。又此金者，圣主所以惠养老臣也，故乐与乡党、宗族共飨其赐，以尽吾余日，不亦可乎！"于是族人悦服。（《资治通鉴》卷二十五）太傅疏广对少傅疏受说："我听说'知道满足的人不会受辱，知道适可而止的人不会遇到危险'，而今我们做官已到二千石高位，功成名就，这样再不离去，恐怕将来会后悔。"于是，当天，叔侄二人就一起以身体患病为理由，上书汉宣帝请求退休。汉宣帝批准所请，加赐黄金二十斤，皇太子也赠送黄金五十斤……疏广和疏受回到家乡，每天都命家人变卖黄金，设摆宴席，请族人、旧友、宾客等一起取乐。有人劝疏广用黄金为子孙购置一些产业，疏广说："我难道年迈昏庸，不顾子孙吗！我想到，我家原本就有土地房屋，让子孙们在上面勤劳耕作，就足够供他们饮食穿戴，过与普通人同样的生活。如今再要增加产业，使有盈余，只会使子孙们懒惰懈怠。贤能的人，如果财产太多，就会磨损他们的志气；愚蠢的人，如果财产太多，就会增加他们的过错。况且富有的人是众人怨恨的目标，我既然无法教化子孙，就不愿增加他们的过错而产生怨恨。再说这些金钱，乃是皇上用来恩养老臣的，所以我愿与同乡、同族的人共享皇上的恩赐，以度过我的余生，不也很好吗！"于是族人都心悦诚服。

封建社会虽不乏为民请命、为民兴利的清廉之士，也不缺少先哲、圣人的警示、训导，但因社会形态、体制、机制及历史环境等诸多因素的影响，其在管人、用人、教人上奉行的是"夫诱人之方，唯名与利"的理念，追求的是名利双收的效果。达官显要与民争利所以屡见不鲜，屡禁不止，永远破解不了"官商不分"的难题，永远禁止不了贪腐的弊端。汉光武帝时，谥封广平忠侯的吴汉将兵在外打仗，妻子儿女在后方置田产，吴汉回到家里就责备妻子不该多置田业，说："军队在外，官兵供给不足，为什么要大量购置田地房产呢？"于是把全部购置的田业分送给了兄弟和老婆那边的亲戚。

全心全意为人民服务是我们党的宗旨，群众路线是我们党的生命线和根本路线。习近平总书记强调要集中解决形式主义、官僚主义、享乐主义和奢靡之风这"四风"问题，要问政于民、问需于民、问计于民，不仅仅从体制上、机制上解决历史的"负且乘，致寇至"的问题，还要融洽了党心民心，顺民意、化民忧、谋民利，为实现十八大的目标任务提供了坚强保证，还把群众最直接、最现实的诉求，百姓的福祉提开到了一个新的高度，确保如期全面建成小康社会。

但愿"与民争利"是一部久去的"年代剧"。

# 切莫恃权任性

部门或个人凭借手中掌控的资源和职能缺乏公允的处置动机，随意耍脾气按秉性行事，放纵而不主动约束自己，更不受来自各方面的约束，叫恃权任性。其任性者，自古有之。据《资治通鉴》记载：齐中书令魏收撰《魏书》，颇用爱憎为褒贬，每谓人曰："何物小子，敢与魏收作色！举之则使升天，按之则使入地！"既成，中书舍人卢潜奏："收诬罔一代，罪当诛。"尚书左丞卢斐、顿丘李庶皆言《魏史》不直。收启齐主云："臣既结怨强宗，将为刺客所杀。"帝怒，于是斐、庶及尚书郎中王松年皆坐谤史，鞭二百，配甲坊。斐、庶死于狱中，潜亦坐系狱。然时人终不服，谓之"秽史"。（《资治通鉴》卷一百六十五）北齐的中书令魏收修撰《魏书》，很爱以自己的爱憎任意褒贬人物，常常对人说："你是什么东西，敢和我魏收搭架子摆脸色！我在写史，抬举你能让你升天，贬低你能让你入地。"《魏书》写成以后，中书舍人卢潜启奏文宣帝高洋，说："魏收修撰的史书诬蔑了一代人，他的罪应该处死。"尚书左丞卢斐、顿丘人李庶都说《魏史》写得不公正。魏收启奏文宣帝高洋，说："我既然因修史和强大的卢、李宗族结下仇怨，那么将会被刺客杀死。"文宣帝听了勃然大怒，于是卢斐、李庶和尚书郎中王中年都因诽谤史书而获罪，每人被鞭打二百下，被发配在甲坊里制造兵甲。结果卢斐、李庶死在监狱中，卢潜也犯罪关入监狱。但当时人终究不服气，把《魏书》说成"秽史"。魏收倚仗权势随意篡改历史，任意褒贬人物，恶意陷害好人，可谓任性的典型。

初，墀为义成节度使，辟韦澳为判官，及为相，谓澳曰："力小任重，何以相助？"澳曰："愿相公无权。"墀愕然，不知所谓。澳曰："官赏刑罚，与天下共其可否，勿以己之爱憎喜怒移之，天下自理何权之有！"墀深然之。（《资治通鉴》卷二百四十八）起初，周墀为义成节度使，召聘韦澳为判官，及为宰相，周墀对韦澳说："我的能力很小，而任务很重，你将如何帮助我呢？"韦澳回答说："希望相公没有权力。"周墀听后感到愕然，不知道韦澳指的是什么意思。韦澳解释说："对于官的赏赐和用刑处罚，您应该与天下人持相同的意见，不要以自己的爱憎喜怒来转移公论，这样天下就自然得到治理，又有什么必要去谋求权力！"周墀听后深表赞同。

光阴荏苒，岁月如梭，穿越的历史仿佛就在眼前，任性成了流行词。其蔓延之趋势颇令人担忧，效法之层面甚让人顾虑，花样之变异更为顾忌。回望基层行政之经历，参政议政之体会，笔者对任性的认知感慨颇深。有的人明明是政策性的"规定动作"，但为了充分体现自己的"架子"（不是价值），要套"自选动作"整点事情，用以显示自己的能耐；明明可以简化的程序，为了充分展示自身的职能，非得多几道程序不可；明明可以下放的职权，非要揽在自己身上不可，累得自己和服务对象都"不亦忙乎"。这些或多或少有故意显摆、无事生非之嫌。或借上级业务部门之威仪，增设防范密级；或曰文件报告不规范，以显示自己的专业文化水平；或因材料手续不完备，以充当部门间的协调高手、可研专家；或曰"研究、研究"将材料在办公桌上压几天，玩点儿"时间差"的游戏，以彰显职权。或多或少总得制造点具有"自主知识产权"的东西（绝不是"中国制造"）。分析其客观原因，可以归结为为人民服务的意识淡薄，法律法规不健全，监督机制乏力。但是我们不能一味归咎于客观。此变异也纯属主观意念作祟，使行政有失偏颇，必然导致率低下，打乱正常的工作秩序；团队有效的分工互动各的号、各唱各的调；老百姓的期望预期指数下跌；政下降，社会矛盾走势发生变化，阶段性的主要矛盾、次点、难点呈变数。社会是一个整体，尽管"人上一百，形不能都由着性子来，你改变不了它，就学会适应它；你就服从他。特别是不能利用权力肆意妄为，凭借爱憎发泄私愤。

中国改革近四十年，四十年风风雨雨、四十年硕果累累，国人皆知，世界瞩目，这里不追溯。我们中国共产党人实行的改革开放，坚持科学发展观，从一切为了广大人民群众的根本利益出发，注重实效，为了实现中华民族的伟大复兴。以官僚习气、官场利益、官样文章、市井关系在行政中自我表现意识太浓，恃权任性，自作多"情"不仅不会促进改革开放，让广大人民群众共享改革开放的成果，弄不好还会自食恶果、自作自受。当然，匡正行政作为的偏颇，不自作多"情"，并不是说今后什么事情都可以不做了，不是"甩秧袖子"，不是每天上班一张报纸一杯茶，今朝海阔天空，明日推杯换盏，工资奖金照样拿，而是要做"清廉为官、事业有为"的好干部。作为一名普通的公务员，并不是要我们做出惊天动地的大事，而是只要我们凭良知做好有利于经济和社会发展的事情，对所服务的对象不刁难、不为难，不节外生枝，不无中生有，不无事生非，不因利益所驱而做蝇营狗苟的事情，不折腾、不闹腾，摒弃虚伪的自作多"情"，谨遵"无为而治"（核心是不该做的坚决不做），"为而不恃"的古训，"情"为民所系，权为民所用，权为民所谋。树立正确的新时期执政、行政理念，永远牢记为人民服务的宗旨，用足用好党和人民赋予的职能，为早日建成中部强市，以拳拳之心，尽微薄之力。

# 对小人伎俩的透析

何谓小人？《资治通鉴》的作者司马光定义为："才胜德谓之小人。"说白了就是小人的心思未用在正道上。《资治通鉴》记载：933 年，五代十国时，闽国的福建中军使薛文杰性格乖巧，善于花言巧语奉承主上。闽主好鬼神，巫盛韬等皆有宠。薛文杰言于闽主曰："陛下左右多奸臣，非质诸鬼神，不能知也。盛韬善视鬼，宜使察之。"闽主从之。文杰恶枢密使吴勖，勖有疾，文杰省之，曰："主上以公久疾，欲罢公近密，仆言公但小苦头痛耳，将愈矣。主上或遣使来问，慎勿以它疾对也。"勖许诺。明日，文杰使韬言于闽主曰："适见北庙崇顺王讯吴勖谋反，以铜钉钉其脑，金椎击之。"闽主以告文杰，文杰曰："未可信也，宜遣使问之。"果以头痛对，即收下狱，遣文杰及狱吏杂治之，勖自诬服，并其妻子诛之。由是国人益怒。（《资治通鉴》卷二百七十八）闽国君王喜好崇拜鬼神，巫人盛韬等都受到宠信。薛文杰对闽主说："陛下左右有很多奸臣，不询问于鬼神，就不能知道谁是奸臣。盛韬善于见鬼，可以让他去察看。"闽主听从了这个意见。薛文杰厌恶枢密使吴勖，有一次正当吴勖有病，薛文杰去探望他，薛文杰对吴勖说："主上因为您久病不愈，想罢免您的枢密职务，我对主上说您只不过患头痛小病，已经快要好了。主上也许要派人来探问，请您慎重，不要说有其他疾病。"吴勖答应了。第二天，薛文杰唆使盛韬上奏闽主说："刚才我见到北庙崇顺王审讯吴勖谋反的事，用铜钉钉他的脑顶，并用金椎锤击。"闽主把此事告诉薛文杰，薛说："不一定可信，最好派人去查问一下。"吴勖果然回答说是头病，闽主便把吴勖收拿下狱，派遣薛文杰及狱吏用各种办法去惩治他，吴勖只得承认所诬陷的谋反罪，于是便连同他的妻儿都诛杀了。从此以后闽国百姓更加愤怒不满。不到一年，薛文杰盗弄国家权柄，任意残害无辜黎民，上上下下对他怨恨愤怒。愤怒的百姓和军士割了他的肉，嚼了他的骨头，与此同时，依附薛文杰的盛韬也被杀了。这种小人是机关算尽太聪明，反误了卿卿性命。

后唐的枢密使、同平章事孔循性情狡猾，善子花言巧语，后唐主的亲信、总揽朝政的中书令安重诲很亲信他。结二人为朋党，成为莫逆之交。但他为了博得后唐主的信任，照样戳安重诲的门路，自己受益得利。后唐主想为他的儿子娶安重诲的女儿为妻，孔循也有女儿，于是孔循对安重诲说："您身为皇上的近臣，加之你们又很密切的关系，不应该再和皇子结为婚姻亲戚。"于是被孔循愚弄了的安重诲就推辞了女儿与皇子的婚事。孔循就去巴结王德妃，请求接纳他的女儿。有人对安重诲说孔循很善于挑拨离间，不可安排在与皇上亲密接触的岗位。当安重诲听到后唐主为皇子李从厚娶孔循的女儿为妻后大发雷霆。两人因相互争权夺利，都未得到好下场。

还有一种小人以掌握别人的隐私做要挟。"以刺举为明，激讦为直。"（以揭发隐私当作高明，把攻击过失作为正直。）940年闽主王曦即位以后，骄奢淫逸，酷苛暴虐，猜忌宗族，常常寻找旧怨加以报复。他的弟弟建州刺史王延政多次上书劝谏，闽主发怒，复书责骂王延政，并派亲信争着收集王延政的隐私之事定期向王曦报告，充当小人从中挑拨离间，因此兄弟之间长期相互猜忌。其中一个曾帮助王曦窥探王延政隐私的官吏叫业翘，有一天与王延政议论事情意见不合，业翘自恃捏着把柄呵斥王延政说："你要造反啊！"王延政发怒，要杀他，业翘奔向南镇，王延政发兵到南镇攻击他……王曦与王延政兄弟训练兵卒互相攻击，各有胜负，福建与建州之间，暴露的骨骸如同草莽一样遍布荒野。不久王延政称帝，国号大殷。其国小民贫，军旅不息，府吏横征暴敛。王延政也不是个好主。也就两年的时间，闽国就被南唐给灭了。

五代十国时，吴诸道副都统、镇海宁国节度使兼侍中徐知询自以握兵据上流，意轻徐知诰，数与知诰争权，内相猜忌，知诰患之；内枢密使王令谋曰："公辅政日久，挟天子以令境内，谁敢不从！知询年少，恩信未洽于人，无能为也。"知询待诸弟薄，诸弟皆怨之。徐玠知知询不可辅，反持其短以附知诰。吴越王锣遗知询金玉鞍勒、器皿，皆饰以龙凤；知询不以为嫌，乘用之。知询典客周廷望说知询曰："公诚能捐宝货以结朝中勋旧，使皆归心于公，则彼谁与处！"知询从之，使廷望如江都谕意。廷望与知诰亲吏周宗善，密输款于知诰，亦以知诰阴谋告知询。知询召知诰诣金陵除父温丧，知诰称吴主之命不许，周宗谓廷望曰："人言侍中有不臣七事，宜亟入谢！"廷望还，以告知询。十一月，知询入朝，知诰留知询为统军，领镇海节度使，遣右雄武都指挥使柯厚征金陵兵还江都，知诰自是始专吴政。知询责知诰曰："先王违世，兄为人子，初不临丧，可乎？"知诰曰："尔挺剑待我，我何敢往！尔为人臣，畜乘舆（服御物），亦可乎？"知询又以廷望所言诘知诰，知诰曰："以尔所为告我者，亦廷望也"。遂斩廷望。（《资治通鉴》卷二百七十六）吴国诸道副都统、镇海宁国节度使兼侍中徐知询自以为手握兵权而且占据在上游，心中很轻视徐知诰，曾多次和徐知诰争权夺利，在内部互相猜忌，徐知诰很担心他。内枢密使王令谋对徐知诰说："你辅佐皇上时间已经很长，挟天子以令境内，谁敢不服从！徐知询年轻，他的信义和恩德还没有润泽众人，办不了什么大事。"徐知询对待各个弟弟也很刻薄，他的弟弟们也怨恨他。徐瑜知道徐知询不可辅佐，掌握着他的短处以归附徐知诰。吴越王钱送给徐知询用金玉制作的马鞍、马勒、器皿，都装饰上龙凤。徐知询不知道由此会引起嫌疑，竟乘用这些东西。掌握礼仪事务的官吏周廷望劝徐知询说："你如果能真心诚意把这些宝货捐献出来来交结朝中有功劳的勋旧大臣，使他们都和你同心同意，还有谁和徐知诰在一起呢？"徐知询听从了他的意见，并派周廷望去江都说明他的意思。周廷望和徐知诰的亲信官吏周宗很要好，偷偷向徐知诰表达诚心，同时将徐知诰的阴谋告诉了徐知询。徐知询叫徐知诰到金陵解除为父亲徐温治丧的丧服，徐知诰回告他说吴主下令不允许，周宗对周廷望说："人们说侍中徐知询有七件不像臣僚办的事情，应当赶快入朝谢罪。"周廷望回去以后，把这些都告诉了徐知询。十一月，徐知询回到朝廷，徐知诰留下徐知询做统军，兼领镇海节度使，并派遣右雄武都指挥使柯厚去征调金陵的士卒返回江都，徐知诰从此开始独揽吴国政权。徐知询谴责徐知诰说："先王离世，你是先王的儿子，一点儿也不去哭办父亲的丧事，那样可以吗？"徐知诰说："你拔出剑等待我，我怎么敢去呢？你为人臣，蓄积这些天子的车驾服饰，难道也可以吗？"徐知诰又用周廷望的话来责问徐知诰。徐知诰说:"把你的所作所为告诉我的人也就是周廷望。"于是斩杀了周廷望。这就是典型的"扦担鬼"的下场。

古人云:防人之心不可无,害人之心不可有。下套子、戳路子、刺探隐私、两面三刀、挑拨离间,这是小人害人的枚术、惯用的伎俩,通过口蜜腹剑、花言巧语,再诱之以利,似乎就能达到其目的,错、错、错!古人有形象的比喻:"魑魅乘夜争出,见日自消。"成事不足,败事有余才是他们的最终结果。如何对待小人?孔子说:"唯女子与小人难养也。"《周易·睽卦》初九爻告诫:"见恶人,无咎。"没有丑就没有美,没有恶人、小人就显现不出好人。

先哲几千年前就告诫世人,与小人相处不是一件坏事,没有灾祸。他们是好人的镜子,是活动的约束监督机制,是身边的长鸣警钟。因此要团结他们,善待他们,一是可以辨明是非,二是能学会容忍,三是借鉴他们的"长处"。有些方法用在敌人身上,以其人之道还治其人之身。用辩证法看岂不是长处?!

# 矜伐的代价

俗话说，细节决定成败，性格决定命运。《道德经》第二十二章曰："不自见，故明；不自是，故彰；不自伐，故有功；不自矜，故长。夫唯不争，故天下莫能与之争。"不自我表现，所以才名扬天下；不自以为是，所以才名声彰显；不自我夸耀，所以才有功劳；不自高自大，所以才能处人之上。正因为他们不与人争夺，所以天下没有人能够同他们争夺。

刘宋前秘书监谢灵运，好为山泽之游，穷幽极险，从者数百人，伐木开径；百姓惊扰，以为山贼。会稽太守孟颛与灵运有隙，表其有异志，发兵自防。灵运诣阙自陈，上以为临川内史。灵运游放自若，废弃郡事，为有司所纠。是岁，司徒遣使随州从事郑望生收灵运；灵运执望生，兴兵逃逸，作诗曰："韩亡子房奋，秦帝鲁连耻。"追讨，擒之。廷尉奏灵运率众反叛，论正斩刑。上爱其才，欲免官而已。彭城王义康坚执，谓不宜恕。乃降死一等，徙广州。久之，或告灵运令人买兵器，结健儿，欲于三江口篡取之，不果。诏于广州弃市。灵运恃才放逸，多所陵忽，故及于祸。(《资治通鉴》卷一百二十二)刘宋时期的前秘书监谢灵运喜欢游历山川，探险搜奇。跟从他游玩的有几百人，往往在山林中伐木开路，当地百姓不胜惊恐，以为是山贼前来抢劫。会稽太守孟顺与谢灵运有矛盾，上疏朝廷，指控谢灵运心怀不轨，阴谋叛乱，并且发动军队防备。谢灵运亲自赴皇宫门前，为自己申辩，文帝刘义隆任命他为临川内史。谢灵运任职后，仍然寻游放纵自若，全然不管郡中政事，被有关部门弹劾。这一年，司徒刘义康派使节随州从事郑望生，前往逮捕谢灵运。谢灵运却生擒郑望生，率领军队逃走，写下诗句说："韩国灭亡张良起，秦王称帝仲连耻。"刘宋朝廷派兵追赶讨伐，生擒谢灵运。廷尉上奏朝廷说，谢灵运率众反叛朝廷，论他的罪刑，应判死刑。文帝珍爱谢灵运的才华，打算只免掉他的官职，不必伏法。彭城王刘义康却坚持认为，谢灵运的罪过不宜宽恕。于是，文帝下诏，谢灵运减罪一等，流放到广州。过了很长时间，有人告发谢灵运命人购买兵器，结交武士，打算在夺取三江口后反叛，没有成功。刘义隆下诏，将谢灵运在广州就地斩首，弃市示众。谢灵运恃才傲物，放荡不羁，看不起别人，不注意小节，结果招来大祸。

贞观六年九月，己酉，幸庆善宫，上生时故宅也，因与贵宴臣，赋诗。起居郎清平吕才被之管弦，命曰《功成庆善乐》，使童子八佾为《九功之舞》，大宴会，与《破陈舞》偕奏于庭。同州刺史尉迟敬德预宴，有班在其上者，敬德怒曰："汝何功，坐我上！"任城王道宗次其下，谕解之。敬德拳殴道宗，目几眇。上不怿而罢，谓敬德曰："朕见汉高祖诛灭功臣，意常尤之，故欲与卿等共保富贵，令子孙不绝。然卿居官数犯法，乃知韩、彭道醢，非高祖之罪也。国家纲纪，唯赏与罚，非分之恩，不可数得，勉自修饬，无贻后悔！"敬德由是始惧是而自戢。（《资治通鉴》卷一百九十四）贞观六年九月二十九日，唐太宗临幸庆善宫，这是太宗出生时的旧宅。于是和显贵饮酒赋诗。起居郎清平人吕才，将赋诗谱成曲弹奏，命名为《功成庆善乐》，让六十四名少年站成八行依乐而舞，称《九功之舞》。又大摆酒宴，与《秦王破阵舞》

一同在宫廷中表演。同州刺史尉迟敬德参加宴席，见到有人的席位在他之上，勃然大怒，说道："你有何功劳，竟然坐在我的上方。"任城王李道宗坐在他的下首，反复劝解。尉迟敬德用拳头殴打李道宗，眼睛被打得几乎瞎了一只。太宗很不高兴地罢宴，对尉迟敬德说："朕见汉高祖刘邦大肆诛杀功臣，内心常常责怪他，所以想和你们一道共同保持富贵，令子子孙孙延绵不绝。然而你身居高官却屡次犯法，由此可知韩信、彭越被碎尸万段、剁成肉酱，并非只是高祖的罪过。朝廷的纲纪法令，无非是赏与罚，非分的恩遇，也不能几次得到，深望你好自为之，不要到时后悔都来不及！"尉迟敬德从此才知道恐惧而约束自己。

"敬德晚年闲居，学延年术，修饰池台，奏清商乐以自奉养，不交通宾客，凡十六年。年七十四，以病终，朝廷恩礼甚厚。"（《资治通鉴》卷二百）

早在三国时荀彧就说："袁绍的兵马虽多，但法纪不严。田丰刚直，但冒犯上司；许攸贪婪，又治理无方；审配专权，却没有谋略；逢纪处事果断，但自以为是。这几个人，势必不能相容，一定会生内讧。"

晋灭吴后，王浚自以功大，而为浑父子及党与（羽）所挫抑，每进见，陈其攻伐之劳及见枉之状，或不胜忿愤，径出不辞；帝每容恕之。益州护军范通谓浚曰："卿功则美矣，然恨所以居美者未尽善也。卿旋旆之日，角巾私第，口不言平吴之事；若有问者，辄曰：'圣人之德，群帅之力，老夫何力之有！'此蔺生所以屈廉颇也，王浑能无愧乎！"（《资治通鉴》卷八十一）晋灭吴后，王浚自以为功劳大，却遭到了王浑父子及其党羽的打击和冤枉，所以每次进见晋武帝，总要陈述他讨伐攻战的辛劳以及被冤屈的情况，有时候忍不住愤恨与不满，竟不辞而别，晋武帝总是宽容、原谅他。益州护军范通对王浚说："你的功劳确实值得赞美，但遗憾的是，你以别人的赞美自居，这就不完全值得赞赏了。你应当凯旋之后就隐居在自己家里，嘴里不谈平吴的事情，如果有人问到平吴之事，你就说：'这是圣明君主的德行，是各位将帅的力量，我这个老头子又有什么功劳！'蔺相如就是用这个办法把廉颇降住了，王浑他能不惭愧吗？"其实之前也有人引用《尚书》中的"贵克让"、《周易》中的"大谦光"劝解过王浚和王浑。

　　写到这里，故事、观点似乎都有了，但还得啰唆几句。老子在的《道德经》里就多次阐明"矜伐"的观点及危害。如第二十四章："企者不立，跨者不行；自见者不明，自是者不彰，自伐者无功，自矜者不长。"矜伐者，不外乎有两个目的，一是名誉地位作祟，二是金银财宝的诱惑。名誉地位能提高自身的地位，能高人一等，可以将受封的职务、爵位传给后代，荫及子孙，光宗耀祖，流芳百世，可谓"一人得道鸡犬升天"；金银财宝能满足自己不断膨胀的私欲，欲望不能克制，就是永远填不满的沟壑，就会不停地索取，不断地攀升。钱买官爵，当官捞钱，形成恶性循环。然后是无休止的矜伐。"'劳谦，君子有终，吉。'子曰：'劳而不伐，有功而不德，厚之至也。'"（《周易》系辞上传·第八章）谦卦九三爻说："有功劳而谦虚的君子，有好结果，必获吉祥。"孔子说，劳苦而不夸耀，有成绩而不自认为有德，真是忠厚到了极点……

　　历史的经验教训要吸取，我们共产党人不为名、不为利，有为人民服务的宗旨作引领，以党纪政纪为约束，一定能规避矜伐的危害。正像毛泽东在《卜算子·咏梅》中所写："俏也不争春，只把春来报。待到山花烂漫时，她在丛中笑。"

# 从东汉殡葬改革说开去

　　东汉光武帝刘秀取代王莽的新朝后，励精图治，调整统治政策，以柔和之道治天下，社会经济得到了恢复和发展，史称"光武中兴"。在调整的一系列统治政策中，有一项改革举措，就是实行殡葬改革。

　　《资治通鉴》记载：是岁，帝舅寿张恭侯樊宏薨。宏为人，谦柔畏慎，每当朝会，辄迎期先到，俯伏待事；所上便宜，手自书写，毁削草本；公朝访逮，不敢众对。宗族染其化，未尝犯法。帝甚重之。及病困，遗令薄葬，一无所用。以为棺柩一藏，不宜复见，如有腐败，伤孝子之心，使与夫人同坟异藏。帝善其令，以书示百官，因曰："今不顺寿侯意，无以彰其德；且吾万岁之后，欲以为式。"（《资治通鉴》卷四十四）公元51年，光武帝的舅父寿张恭侯樊宏去世。樊宏为人谦和谨慎，每逢朝会，总是提前到达，俯身待命。所上奏章都由他亲手书写，销毁底稿。朝会时皇上有所询问，他不敢当众对答。宗族受到他的影响，没有人触犯法令。光武帝对他十分敬重。他病重的时候，遗命实行薄葬，不用任何随葬物品。他认为，棺柩一旦掩埋，便不应再见。如果棺木朽烂，会使子女伤心，所以他吩咐要与夫人同坟不同穴而葬。光武帝赞赏他的遗嘱，把他的遗书出示百官，并说："如今不顺从寿张侯的意愿，便无法显示他的品德；况且在我去世之后，也要依照此法（推行"薄葬"）。"。

单讲薄葬，前代也不少。殡葬改革本来就是古老的文明发现。殡葬使用棺椁，从远古的黄帝开始。黄帝、尧、舜、禹、汤、周文王、周武王、周公，坟冢都很小，葬具极简单。他们的贤臣孝子也禀承命令顺从意旨，实行薄葬，这才是令君父平安的至为忠孝的做法。孔子把母亲安葬在防，坟高四尺。延陵人季子埋葬他的儿子，隐蔽坟丘，低矮得几乎看不出来。所以说，孔子是孝子，而季子是慈父，舜、禹是忠臣，而周公能友爱兄弟。他们安葬君王、父母、骨肉亲人都很简单微薄。并非草率而实行节俭，实在是为了便于实行。秦始皇葬在骊山旁，堵塞了地下深处的三重泉，把坟丘堆得像山一样高，墓室里用水银做成江、海，用黄金做成野鸭、飞雁。珍宝的收藏、机械的巧妙、棺椁的华丽、宫殿的宏伟，后世不能超越、重现。天下不堪修陵徭役的困苦，纷纷反叛。骊山坟墓还没修完，周章率领的百万抗秦大军已打到骊山脚下。项羽烧了宫殿、屋宇，牧童手持火把到墓中寻找丢失的羊，失火烧毁了隐藏其中的棺椁。自古到今，厚葬还没有超过秦始皇的，然而数年之间，外受项羽纵火之灾，内遭牧童失火之祸，岂不可悲！因而恩德越深厚者，安葬越简陋；智慧越高深者，安葬越微薄。反而是无德又无智慧的人，安葬越奢华，坟墓也越高大，宫殿十分宏丽，必然迅速被人发掘。由此观之，明显与隐蔽的不同效果，安葬的吉祥与凶险，不是昭然可见吗？

刘秀是个开明的帝王，开以"薄葬"反对腐败并将此提到议事石程的先河。当时"薄葬"在王公卿侯中已成气候，如成侯祭遵"临终遗戒薄葬"，汉章帝的太夫人下葬"起坟微高"，也不讲究汉制王侯级别的官下葬坟高要达四丈的待遇。但颇具讽刺意味的是，反腐倡廉的举措仅仅在死后执行。光武帝秉承汉制，汉制只倡导"孝导廉"，无惩治贪污腐败的制度，如西汉"陈汤素贪，所虏获财物入塞，多不法"，皇帝认为"论大功者，不录小过"，后赐陈汤关内侯，无怪东汉明帝的尚书令相宗均说"国家喜文法廉吏，以为足以止奸也，然文吏习为欺谩，而廉吏清在一己"，说白了，清正廉洁在那个时代，只是为官者洁身自好的个人行为。万一情节严重影响不好，就令"退贪猾顺时令"，辞官而已。但好景不长，以葬制为反腐败核心内容的改革只沿袭了三代，到汉光武帝的第四代汉和帝就终止了。

中山简王焉薨。焉，东海恭王之母弟，而窦太后，恭王之甥也：故加赙钱一亿，大为修冢茔，平夷吏民冢墓以千数，作者万余人，凡徵发摇动六州十八郡。（《资治通鉴》卷四十七）中山简王刘焉去世。因刘焉是东海恭王刘强的同母弟，而窦太后是刘强的外孙女，因此赏赐丰厚，增加助丧钱一亿，为刘焉大修陵墓。在这项工程中，铲平的官民坟墓数以千计，使用的役夫达一万余人。因徵发受到扰动的地区，共计六州十八郡。如此兴师动众，还抢占吏民的冢墓（肯定是风水宝地），侵害老百姓的利益。其用意何在？一是"殡敛"，通过办丧事，"皆有礼庆"，达到进一步敛财的目的；二是炫耀宗族的势力，即使到了阴曹地府也要光宗耀祖，高人一等；三是把办红白喜事作为人生社会活动的重要平台。但光武帝刘秀以"葬制为言，承奉遵行"的反腐举措最终未推行给了我们一些失败的教训。

一是反腐败无明确的法规制度，无约束机制。在人治社会，尽管皇上"躬履俭约"，下面也不乏清廉之士，充其量只是个人道德行为，达不到"止奸"的目的，不会影响政治仕途，甚至不会影响一人得道，鸡犬升天"的裙带关系，说不定通过聚敛还会对仕途有帮助行贿与受贿永远是一对孪生姐妹。

二是无长效机制，汉光武帝倡导的"薄葬"沿袭了传承不是个人行为，传承的制度也必须有利于社会的进步和符合广大人民群众的根本利益，而不是凭统治者脱离群众的个人喜好的接力秉承。

三是改革单一，顶层设计没有总体目标，没有整体推进。反腐倡廉是一个系统工程，不能仅仅局限在殡葬制度的改革上。生前享乐，死后节俭，只增笑尔！

党的十八大以来，以习近平总书记为首的党中央集体，为反腐倡廉出台了一系列文件，特别是《两个条例》和《八项规定》的颁布，是以完善惩治和预防腐败体系为重点加强反腐倡廉的重要举措，对促进和谐社会建设具有十分重要的意义。反腐倡廉任重道远，历史教训不能忘记，共产党人尚需不懈努力。

# 及格与知新

不管是上初高中还是大学，我们都把及格当成应付考试的目标，时不时喊一声"及格万岁"。"及格"一词是隋唐科举制度的产物。《资治通鉴》记载：自隋炀帝始置进士科，犹试策而已；至高宗时，考功员外郎刘思立始奏进士加杂文，明经加帖，从此积弊，转而成俗。朝之公卿以此待士，家之长者以此训子，其明经则诵帖括以求侥幸。（《资治通鉴》卷二百二十二）

从隋炀帝开始设置进士科以来，还只是考试策论而已；到唐高宗时，考功员外郎刘思立首次上奏，考进士科要加试杂文，明经科加试帖经，从此积成弊端，又转变成习俗。朝廷的公卿大臣以此来看待士人，家中长辈以此来教导儿子，其中明经科的考试，人们背诵帖括经书以求侥幸及第。

"及格"的含义是考生考试时应达到既定的内容程序和要求。否则，称"不及格"或"不中程式"。封建社会的科举制度在中国延续了 1300 多年，到明清就演变成了八股文。八股文其格式、题目、范围等都有严格的规定，考生不得自由发挥，只有熟读经传和注释就可以"中程式"。《资治通鉴》记载：唐玄宗时，诸司帖试明经，不务求述作大指，专取难知，问以孤经绝句或年月日；请自今并帖平文。（《资治通鉴》卷二百一十三）主考官对应明经科考试的人考帖经，不是尽量追求弄明先圣的述作大旨，却专门选取难以知晓的章句，以义例上与别的章句没有联系的章条经文及冷僻的句子或年月日为试题。请求从现在开始考帖经都帖试一般的经文。

另据《资治通鉴》记载：先是，帝以离乱之际，欲慰悦人心，州郡秀、孝，至者不试，普皆署吏。尚书陈额亦上言："宜渐循旧制，试以经策。"帝从之，仍诏："不中科者，刺史、太守免官。"于是秀、孝皆不敢行，其有到者，亦皆托疾，比三年无就试者。（《资治通鉴》卷九十）在以前的晋元帝时，因为正当战乱离散之世，想抚慰、取悦人心，州郡荐举的秀才、孝廉进京不必考试，普遍署任为官吏。尚书陈额上言说："应当逐渐恢复过去的制度，考试经策。"晋元帝听从，于是下诏说："凡荐举的秀才、孝廉考试不合格的，所在地的刺史、太守免职。"这样被荐举出来的秀才、孝廉都不敢来参加考试，即使有来的，也都以生病为由推托，连续三年没有应试者。但是，一旦"及格"，"春风得意马蹄疾"。多少人为追求"及格"上演着"死读书、读死书、读书死"的悲剧。又有多少当权者也因死读书、读死书而面对错综复杂的社会一筹莫展。其实，封建社会的科举考试与人才选拔并不能有机统一。《资治通鉴》记载，"凡所谓才者，敏而好学，温故知新"，"知新"就是要有创新意识。可见，知新是人才的核心内容，因为"普天之下，莫非王土；率土之滨，莫非王臣"的封建社会制度和统治者引经据典的治国方略及考生的官本位思想作祟，"知新"理念不可能在科举考试中贯穿，加之"劳心者"与"劳力者"没有紧密结合，人力资本匮乏，仅仅囿于几千年来的"四大发明"上，束缚于亦步亦趋的模仿中，玩味于孤芳自赏，封建社会由"盛唐"走向灭亡，"人才强国"战略是最好的反证。

且不谈应试教育在市场经济中发生的"病变"，及格与知新不化单纯是应试教育上的矛与盾。攸有初中文化程度的新时代的"蓝领专家"孔祥瑞，作为开拓创新、岗位成才的突出典型，他的名字与许多创造发明联系在一起。如果仅仅照搬国外的先进设备，照抄既定的工艺流程，按部就班解"方程式"，他也是能"及格"的，年度考核叫"称职"，用时髦的话叫"达标"。为了展示"咱们知识工人有力量"，他把工作岗位作为课堂，把生产实践作为教材，主持开展技术创新一百五十余项，为企业创造效益八千四百多万元。

　　创造无处不在，我们每个人其实都可以创造。创造不仅存在于重在的科技成果中，同时也存在于平常的生活中。不要怀疑自己的能力，只要你仔细观察，善于思考。"创新"是一个民族进步的灵魂，是国家兴旺发达的不竭动力。理论创新、思维创新、机制创新、体制创新、制度创新、技术创新贵在实践，在全民创业、万众创新的创时代，唯有知新多壮志，敢教日月操新天，唯有进行系统的创新，潜江国民经济和社会发展会在未来几年向大城市的目标迈进，社会会更加和谐，我们既定的目标才会早日实现。

# 说王世充作秀

唐朝统一中国之前，历史上有"唐帝关中，郑帝河南，夏得河北，共成鼎足之势"之说。在河南称郑帝的就是王世充，只是没有成气候。王世充尽管称帝时间短，却很有救世主的样子，"常与士庶评朝政"，空穴来风秀了几招（诏）。

619年，王世充专总朝政，事无大小，悉关太尉府；台省监署，莫不阒然。世充立三牌于府门外：一求文学才识，堪济时务者；一求武勇智略，能摧锋陷敌者；一求身有冤滞，拥抑不申者。于是上书陈事日有数百，世充悉以引见，躬自省览，殷勤慰谕，人人自喜，以为言听计从，然终无所施行。下至士卒厮养，世充皆以甘言悦之，而实无恩施。（《资治通鉴》卷一百八十七）王世充专揽朝政，事情无论大小，都要通过太尉府；隋的台、省、监、署各官府，都无事可做。王世充在太尉府的门外树立三个牌子：一个牌子招求有文学才识、足能成就时务的人；一个牌子招求有武勇智略、能带头冲锋陷敌的人；一个牌子招求遭受到冤屈、郁郁不得申说的人。于是，每天都有数百人上书陈事，王世充都招来接见，亲自阅文，殷勤慰问，人人自喜，以为王世充会言听计从，然而，最后王世充什么事也没有做。以至于到士兵仆役这层人，王世充都以好话来取悦他们，但实际上并没给他们什么恩惠。

没多久，王世充即皇帝位，于阙下及玄武门等数处皆设榻，坐无常所，亲受章表；或轻骑历衢市，亦不清道，民但避路而已。世充按辔徐行，语之曰："昔时天子深居九重，在下事情无由闻彻。今世充非贪天位，但欲救恤时危，正如一州刺史，亲览庶务，当与士庶共评朝政，尚恐门有禁限，今于门外设坐听朝，宜各尽情。"又令西朝堂纳冤抑，东朝堂纳直谏。于是献策上书者日有数百，条流既烦，省览难遍，数日后，不复更出。（《资治通鉴》卷一百八十七）王世充在宫门前的阙楼下及玄武门等几处都摆了榻，行坐没有固定场所，亲自接受奏章上表，有时轻骑简装经过闹市，也不用清道令百姓回避，老百姓只需让开道。王世充勒住马缰缓慢行走，对老百姓说："过去的天子居住于重重宫殿之中，民情无法上达帝听。如今世充不是贪图皇帝的宝座，只是想拯救现实的危难，就如一个州的长官刺史一样，亲自过问政务，并要与官员百姓共同评议朝政，还怕宫门有所限制，现在在宫门外设座位听朝，各位都应当把了解的情况全部讲出来。"又命令以西朝堂受理冤情，东朝堂接受直言极谏。于是每天有几百人献策上书，分类既很麻烦，也难以全部省阅，几天后，王世充就不再出宫。即使是在宫里听政议政，也不像以前"有口辩，颇涉书传，好兵法，习律令"，世充每听朝，殷勤诲谕，言词重复，千端万绪，侍卫之人不胜倦弊，百司奏事，疲于听受。御史大夫苏良谏曰："陛下语太多而无领要，计云尔即可，何烦许辞也！"世充默然良久，亦不罪良，然性如是，终不能改也。（卷一百八十七）王世充每次听朝，都殷勤训谕，言词重复，千头万绪，令侍卫疲倦不堪，各部门官吏上奏政事，也因长时间听受训示而疲惫。御史大夫苏良劝谏道："陛下话太多，而不得要领，如此这般商议一下就可以了，何必费这么多口舌？"王世充沉默很长时间，也不怪罪苏良，但是他就是这种性情，最终也不能改。作为登基的皇帝，改的年号都叫"开明"，就是满嘴谎言，不断地用后面的誓言为前面的谎言打掩护，谎言、誓言一个接一个。章表束之高阁，议案杳无音讯，百姓依然颠沛流离。最终大唐一统全国，难怪唐太宗李世民说："世充若贤而纳谏，不应亡国。"

鲁迅先生针对腐败的国民党政府官员人浮于事，专喜欢开会，把基层调研、现场办公设在酒店，在《送灶日漫笔》中写道："他们哪里是会议呢，在酒桌上，在赌桌上，带着说几句就决定了。……殊不知他那理想中的情形，怕要到二九二五年才会出现呢，或者竟许到三九二五年。然而不以酒饭为重的老实人，却是的确也有的，要不然，中国自然还要坏。有些会议，从午后二时起，讨论问题，研究章程，此问彼难，风起云涌，一直到七八点，大家就无端觉得有些焦躁不安，脾气愈大了，议论愈纠纷了，章程愈渺茫了，虽说我们到讨论完毕后才散罢，但终于一哄而散，无结果。"

历史的教训在现实中"似曾相识"。工作中做基层秀的情况时有发生，"甩秧袖子"的不乏其人，对关系民生、保稳定、促增长的提案、建议置若罔闻；借工作喝酒、打麻将（通称业务牌），冠之以"陪领导"出入娱乐场所的现象屡见不鲜。毛泽东同志早些年为我们树立的亲力亲为的榜样张患德、白求恩、愚公似乎成了"老生常谈"，对新时期的楷模也似乎无动于衷，未融化在血液里、铭记在心坎上、落实到行动中。

认真贯彻党的十八大精神，落实科学发展观，永远牢记全心全意为人民服务的宗旨，抓好发展都要求我们摒弃空谈，不搞形式主义的花架子，工作少喝酒，不打业务牌。亲历亲为，扎实工作，敢于直面社会矛盾，妥善处置群体事件、突发事件，保稳定的核心是让老百姓"乐其业者不易事，安其居者无迁志"；敢于正视老百姓最关心、最现实、最直接的问题并尽力解决，把惠民利民的政策送到百姓家里，把实事办实，好事办好。把抓落实当成一种责任，当成年终考核的先事，当成任用选拔的首要，当成"三严三实"的基本"有所为，有所不为"的古训委实值得我们考量。

# 说曹操的清廉观

东汉末年，朝廷腐败，天下乱离，民不聊生，生灵涂炭，群雄并起，豪雄虎争，霸道盛行，四海荡覆。魏、蜀、吴三国鼎立，曹操可谓是重量级的人物。"毁方败常之俗，（曹）孟德一人变之而有余。"他因平定农民起义领袖张角的黄巾军有功得以发迹，然后"挟天子以令诸侯"。

《资治通鉴》记载：武皇帝曹操时候，后宫每餐不超过一盘肉，衣服不穿锦缎绣饰，坐垫不镶花边，所用器物也没有红漆，所以才入能平定天下。还褒奖他"雅兴节俭，不好华丽"。建安十三年，曹操从大将军升为承相，成为一人之下万人之上的霸主。曹操委任冀州别驾、从事崔琰为丞相西曹掾，司空东曹掾陈留人毛瑜为丞相东曹掾。琰、瑜并典选举，其所举用皆清正之士，虽于时有盛名而行不由本者，终莫得进。拔敦实，斥华伪，进冲逊，抑阿党。由是天下之士莫不以廉节自励，虽贵宠之臣，舆服不敢过度，至乃长吏还者，垢面羸衣，徇乘柴车，军吏入府，朝服徒行，吏洁于上，俗移于下。操闻之，叹曰："用人如此，使天下人自治，吾复何为哉！"（《资治通鉴》卷六十五）崔琰与毛瑜一起负责官员的选拔、任免事务，他们所选用的都是清廉正直的人士。当时有些名望很高，但品行不佳的人，始终不能获得任用。他们选拔敦厚务实的人才，排斥只会空谈的浮华虚伪之人；进用谦虚和睦的长者，压抑结党营私的小人。因此，天下的士大夫无不以清廉的节操来勉励自己，即便是高官宠臣，车辆、衣服的形式，也不敢超越制度。以至高级官员回家时，蓬头垢面，衣服破烂，独自乘坐柴车；文武官员入府办公时，穿着朝服，徒步从家中走到官署。身居高位的官员都如此廉洁，民间的风俗也随之改变。曹操知道后，叹息说："像这样任用人才，使天下人都自我控制，我还有什么可做的呢！"

可是，有的下属尝到了甜头，更进一步造势卖弄，并相互诋毁。丞相掾和洽言于曹操曰："天下之人，材德各殊，不可以一节取也。俭素过中，自以处身则可，以此格物，所失或多。今朝廷之议，吏有著新衣、乘好车者，谓之不清；形容不饰、衣裳敝坏者，谓之廉洁。至令士大夫故污辱其衣，藏其舆服；朝府大吏，或自挈壶飧以入官寺。夫立教观俗，贵处中庸，为可继也。今崇一概难堪之行以检殊涂，勉而为之，必有疲瘁。古之大教，务在通人情而已；凡激诡之行，则容陷伪矣。"（《资治通鉴》卷六十六）丞相掾和洽向曹操提出建议说："天下的人，才干和品德各不相同，不能只用一个标准来选拔人才。以过分的节俭朴素来约束自己是可以的，但用这标准来限制别人，或许就会出现许多失误。如今朝廷上的舆论是官吏中穿新衣服，乘好车的人，就被称为不清廉；而不修饰仪表，穿破旧衣服的人，则被赞为廉洁。致使士大夫故意弄脏自己的衣裳，收藏起车子、服饰。朝廷各部门的高级官员，有的还自己携着饭罐，到官府上班。树立榜样以供人仿效，最好采用中庸之道，这样才能坚持下去。如今一概提倡这些使人难以忍受的行为，用它来约束各阶层的人士，勉强施行，必然会疲惫不堪。古人的教化，只是务求通达人情；凡是偏激怪异的行为，则会包藏虚伪。"特别是在曹操晋爵为魏王后，做得更绝，对第三子曹植的宠爱一天不如一天"植妻衣绣，操登台见之，违制命，还家赐死"。曹植的妻子身穿锦绣的衣服，被曹操登上高尽（连自己的儿媳妇穿了一件好衣服就置于死地）。而曹操自己先建高档豪华规模宏大的铜雀台，为自己晚年的享乐之处。汉献帝"命魏王操冕十有二旒，乘金根车，驾六马，设五时副车"。汉献帝又命令增加魏王曹操的特权：魏王曹操所戴王冠可有十二条旒，可乘用黄金装饰车，以六匹马驾驶，可设五时副车。可见曹操"制命"所谓的清廉规定，不是为了天下人的利益，不是为了弘扬勤俭节约的传统美德，更不是为了让老百姓过上好日子，促进社会的全面进步，而是"恐为世人之所凡愚，欲好作政教以立名誉"（恐怕被世人看作平庸无能，打算好好处理政务，推行教化，以树立名誉）。分析起来，有以下几方面原因：

一是为了树立王者的绝对权威，彰显"顺我者昌，逆我者七"。在军阀混战的年代，以暴易暴，以法铸权，以权立威，以威维位。他杀行军主簿杨修，就是为了维护他的绝对权威。可见曹操的用心良苦。

二是反腐倡廉的举措单一，朝廷"制命"即皇上下诏只明文规定：不准衣锦绣。长子曹丕立为太子时，下属就建议曹操的卞夫人"当倾府藏以赏赐"。这是倡导的哪家的清廉？

三是赏罚不明，随心所欲。唯我所用，唯我独尊。稍有不合，就想办法除掉。许攸、孔融他可以杀，崔琰、毛瑜、荀或也可以被他逼死。总有卸磨杀驴之嫌。

四是典型的形式主义，纯粹是为了让下属作秀，把廉洁与垢面赢衣、乘柴车画等号。他只管以其检验自己的威权，为篡夺汉室做铺垫。用曹操自己的话说："若天命在吾，吾为周文王矣。"凡是偏激怪异的行为，就会包藏虚伪。

五是对人是"马列主义"，对己是自由主义。皇帝赏赐他的奢侈品没有说不要，封地内几万户的租税他也没有上缴国库，真可谓"东边日出西边雨，道是无晴却有晴"。曹丕代汉称帝不过几十年便灰飞烟灭，这也是必然。

法律和制度不是儿戏，不是统治者权力的象征，是一种公众约束，是促进经济社会全面发展、构建和谐社会的保障。提倡清廉，不应为爱憎所左右，为私欲所制衡；也不应该为某一目的所约束；更没有必要今天作心血来潮的即兴表演，明天搞清廉闹革命的大运动，而应该是常态化的清廉，永恒的崇尚。建设社会主义现代化强国，要进一步健全、的法律、制度体系，加快民主化、法制化建设的进程。

# 由王莽作秀想到的

西汉末年，王莽篡权之前，很会作秀。

《资治通鉴》记载：初，太后兄弟八人，独弟曼早死，不侯；太后怜之。曼寡妇渠供养东宫，子莽幼孤，不及等比；其群兄弟皆将军、五侯子，乘时侈靡，以舆马声色佚游相高。莽因折节为恭俭，勤身博学，被服如儒生；事母及寡嫂，养孤兄子，行甚敕备；又外交英俊，内事诸父，曲有礼意。大将军凤病，莽侍疾，亲尝药，乱首垢面，不解衣带连月。凤且死，以托太后及帝，拜为黄门郎，迁射声校尉。久之，叔父成都侯商上书，愿分户邑以封莽。长乐少府戴崇、侍中金涉、中郎陈汤等皆当世名士，咸为莽言，上由是贤莽，太后又数以为言。五月，乙未，封莽为新都侯，迁骑都尉、光禄大夫、侍中。宿卫谨敕，爵位益尊，节操愈谦，散舆马、衣裘振施宾客，家无所余；收赡名士，交结将、相、卿、大夫甚众。故在位者更推荐之，游者为之谈说，虚誉隆洽，倾其诸父矣。敢为激发之行，处之不惭愧。尝私买侍婢，昆弟或颇闻知，莽因曰："后将军朱子元无子，莽闻此儿种宜子，为买之。"即日以婢奉朱博。其匿情求名如此！（《资治通鉴》卷三十）最初，太后有兄弟八人，唯独弟弟王曼早死，没有封侯。太后怜惜他，把王曼的遗孀渠供养在东宫。王曼的儿子王莽，从小成孤儿，不能与其他人相比。那些兄弟的父亲都是将军、王侯，可以凭父亲当时的地位恣意奢华，在车马声色放荡游乐方面互相竞赛。而王莽是屈己下人，态度谦恭，勤学苦修，学识渊博，穿着像儒生。侍奉母亲跟寡嫂，抚养亡兄的孤儿，十分尽心周到。同时，在外结交的都是和俊杰之士，在内对待诸位伯父叔父，委曲迁就，礼敬有加。大将军王凤病重时，王莽侍候他，亲口尝药，一连几个月都不能解衣入睡，因而蓬头垢面。王凤将死时，把王莽托付给太后及成帝，王莽因此被封为黄门郎，以后又升任射声校尉。很久以后，叔父成都侯王商上书，表示愿分出自己封地上的土地和百姓，请求皇上封给王莽。长乐少府戴崇、侍中金涉、中郎陈汤等，都是当代名士，也都为王莽美言。成帝因而认为王莽贤能，太后又屡次以此嘱咐成帝。五月初六，封王莽为新都侯，升为骑都尉、光禄大夫、侍中。王莽在宫廷服务谨慎尽心，爵位越尊贵，他的礼节操守越谦恭。他把自己的车马、衣物、皮裘周济给门下宾客，而自己却家无余财。他收罗赡养名士，结交很多将、相、卿、大夫。因而在位的官员轮番向皇帝推荐他，善游说的人也为他到处宣传，虚假不实的声誉隆盛无比，压过了他的诸位伯父叔父。他敢于做违俗立异的事情，而又安然处之，毫无愧色。王莽曾私下买了一个婢女，兄弟中有人听说了，王莽于是辩解："后将军朱子元没有儿子，我听说此女有宜男相。"当天就把婢女奉送给朱博。他就是这样隐匿真情博取名声！

王莽崭露头角是因为他办红白喜事很在行，熟悉了解操办丧事的整个程序，调度指挥得当。首先他成功地承办了汉成帝的丧事。等到二十几岁的汉哀帝崩于未央宫时，就更少不了他了。太皇太后闻帝崩，即日驾之未央宫，收取玺绶。太后召大司马贤，引见东厢，问以丧事调度；贤内忧，不能对，免冠谢。太后曰："新都侯莽，前以大司马奉送先帝大行，晓习故事，吾令莽佐君。"
贤顿首："幸甚！"太后遣使者驰召莽，诏尚书，诸发兵符节、
百官奏事、中黄门、期门兵皆属莽。莽以太后指，使尚书劾贤，
帝病不亲医药，禁止贤不得入宫殿司马中；贤不知所为，诣阙免
冠徒跣谢。己未，莽使谒者以太后诏即阙下册贤曰："贤年少，
未更事理，为大司马，不合众心，其收大司马印绶，罢归第！"
即日，贤与妻皆自杀；家惶恐，夜葬。莽疑其诈死；有司奏请发
贤棺，至狱诊视，因埋狱中。太皇太后诏："公卿举可大司马者。"
莽故大司马，辞位避丁、傅，众庶称以为贤，又太皇太后近亲，
自大司徒孔光以下，举朝皆举莽。（《资治通鉴》卷三十五）太
皇太后得到哀帝驾崩的消息，当天就驾临未央宫，收走了皇帝的
玉玺、绶带。太后召大司马董贤，在东厢接见，询问他关于哀帝
丧事的布置安排。董贤内心忧惧，不能回答，只有脱下官帽谢罪。
太后说："新都侯王莽，先前曾以大司马身份，办理过先帝的丧
事，熟悉旧例，我命他来辅佐你。"董贤叩头说："那就太好了！"
太后派使者骑马速召王莽，并下诏给尚书：所有征调军队的符节、
百官奏事、中黄门和期门武士等，都归王莽掌管。王莽遵照太后
旨令，命尚书弹劾董贤，说他在哀帝病重时不亲自侍奉医药，因
此禁止董贤进入宫殿禁卫军中。董贤不知如何才好，到皇宫大门，
脱下官帽，赤着脚叩头谢罪。二十七日，王莽派谒者拿着太后诏书，
就在宫门口罢免了董贤，说："董贤年轻，未经历过事理，当大
司马不合民心。着即收回大司马印信、绶带，免去官职，遣回宅第。"
当天，董贤与妻子都自杀了。其家人惶恐万分，趁夜将他悄悄埋葬。
王莽疑心他诈死，于是主管官员奏请发掘董贤棺柩，把棺柩抬到
监狱验视，就将他埋葬在狱中。太皇太后诏令："公卿举荐可担

任大司马的人选。"王莽从前是大司马，为避开丁、傅两家才辞去职务，众人都认为他贤能，又是太皇太后的近亲，满期文武百官自大司徒孔光以下，全都推举他担任大司马。

王莽的母亲生病，公卿列侯的夫人纷纷前去登门送礼慰问。王莽让妻子扮成"衣不拽地，布弊膝，见之者以为童使"的模样。即天人穿的衣裙长度不拖地，围着布围裙，就像大户人家的一个使唤丫头，询问之下，才知道是王莽的夫人。用心良苦以显示家境节约俭朴，力求符合肖时提拔干部"举孝廉"的标准，以博取名誉。王莽大权在握后，就肆无忌惮了，用皇帝赏赐的五百斤黄金大肆打造"安车驷马"（豪华小车）、"置黄门为莽家给使"，安排宫廷的宦官充当自己家里的服务员，不能再委屈尊夫人装扮大户人家的使唤丫头了。王莽45岁时，诏以大司马新都侯莽为太傅，干四辅之事，号曰安汉公，益封两片八千户。实际上，王莽已掌握了走向衰败的汉王朝大权，"权与人主侔矣"。但其欲望进一步升级，他可不想只是与皇上的权力相等、平分，而是想专权、篡位代汉。于是乎又进一步作秀。他一方面媚悦吏民，用谦让、装病示弱，让其他人先受封，然后再接受安汉公的封号，并"愿须百姓家给"；另一方面用搜刮来的民脂民膏做善事。元始二年，郡国大旱、蝗，青州尤甚，民流亡。王莽白太后：宜衣缯练，颇损膳，以示天下。莽因上书愿出钱百万，献田三十顷，付大司农助给贫民。于是公卿皆慕效焉，凡献田宅者二百三十人，以口赋贫民。又起五里于长安城中，宅二百区，以居贫民。莽帅群臣奏太后言："幸赖陛下德泽，间者风雨时，甘露降，神芝生，蓂、朱草、嘉禾，休征同时并至。愿陛下遵帝王之常服，复太官之法膳，使臣子各得尽欢心，备共养！"（《资治通鉴》卷三十五）

元始二年郡国发生大旱灾、蝗灾，青州尤其严重，人民逃荒流亡。王莽禀告太皇太后：应该改穿没有花纹的丝帛服装，减省御用膳食，以向天下表示克己节约。王莽乘机上书，愿意拿出百万钱的捐款和献田三十顷，交付大司农以救助贫民。于是公卿大臣都敬仰而仿效，共有二百三十人捐献田宅，把这些田宅按人口数分配给贫民。又在长安城中兴建五个里，盖民宅二百所，用来安置贫民居住。然后王莽率领群臣奏报太皇太后说："有幸仰赖陛下的盛德恩泽，最近以来，风雨依时，甘露从天而降，灵芝生长，莢、朱草、嘉禾等诸般美好祥瑞的征兆，同时并至。愿陛下仍然遵照规定穿帝王正常的服装，恢复太官的正常膳食供应。使做臣子的各自都能尽力使陛下有和乐之心，精心周到地供养陛下。"每有水旱，莽辄素食，左右以白太后。太后遣使者诏莽曰："闻公菜食，忧民深矣。今秋幸孰，公以时食肉，爱身为国！"每遇水旱灾害，王莽就吃素食。左右侍臣将此情况报告太皇太后，太皇太后派使者诏令王莽说："听说安汉公只吃素食，真是忧民至深。今年秋天幸而庄稼丰收，请公及时吃肉，为国家爱护自己的身体！"用以彰显"忧民深矣"的王者风范。其实"莽好空言，性实吝啬"。特别是一些事关国计民生的工程根本就没有具体的实施方案。王莽又下血本用钱千万"遗太后左右奉共养者"，用以巴结讨好太后，丑莽知道，太后仍是一个女人，厌恶居住在深宫之中，他打算用娱乐换取太后手中的权力，于是春夏秋冬四季，都请太后到长安四郊游览，到各属县布施恩惠。王莽想得到太后的好感，所用手段大致类此。功夫不负有心人，其身旁的人日夜共同赞美王莽。目的是架空只有十来岁的汉平帝。"附顺莽者拔擢，忤恨者诛灭"。王莽的长子王宇因反对王莽专权，被系狱中，令服毒而死。

王宇的妻子正怀孕，被囚禁在监狱里，等到小孩出生后残忍杀掉。太后因王莽不以骨肉私情伤害君臣之间的大义特下诏非常嘉勉王莽这种大义灭亲的壮举。元始五年冬十二月王莽毒死汉平帝。

王莽作秀的目的：一是包装自己，迎合环境。当时的社会环境是人类抵御自然环境能力差，水旱成灾，百姓流离失所；贪官、豪强欺压百姓；各种赋税、徭役沉重；社会治安混乱，民不聊生。王莽曾遭弹劾，要将他免为庶人，是汉哀帝在保护他。"以莽与皇太后有属（亲属）。勿免。"王莽不能过于张扬、显摆，表现得随大流，不作秀不行，且朝廷效仿他献田的公卿列侯多达两百三十多人。二是掩饰搜刮的钱财。仅封安汉公就益封两万八千户，女儿当皇后的聘礼六千三百万。（应为二亿，又作秀推辞彩礼，令人仰慕。）贿赂太后左右的钱就达千万。三是为了掩盖专权篡位，将汉家王朝归为己有的不可告人的狼子野心。即使是在罢遣归封国的低潮时，王莽还在作秀，他"杜门自守。其中子获杀奴，莽切责获，令自杀。在国三岁，吏民上书冤讼莽者百数。"他闭门不见宾客，以求自保。他的次子王获杀死家奴，王莽严厉责备王获，命他自杀。在封国三年，官吏百姓上书为王莽呼冤的，数以百计。

班固赞曰：王莽始起外戚，折节力行以要名誉，及居位辅政，勤劳国家，直道而行，岂所谓"色取仁而行违"者邪！莽既不仁而有佞邪之材，又乘四父历世之权，遭汉中微，国统三绝，而太后寿考，为之宗主，故得肆其奸匿以成篡盗之祸。推是言之，亦天时，非人力之致矣！及其窃位南面，颠覆之势险于桀、纣，而莽晏然自以黄、虞复出也，乃始恣睢，奋其威诈，毒流诸夏，乱延蛮貉，犹未足以逞其欲焉。是以四海之内，嚣然丧其乐生之心，中外愤怨，远近俱发，城池不守，支体分裂，遂令天下城邑为虚，害遍生民，自书传所载乱臣贼之，考其祸败，未有如莽之甚者也！昔秦燔《诗》《书》以立私议，莽诵《六艺》以文奸言，同归殊途，俱用灭亡，皆圣王之驱除云尔。（《资治通鉴》卷三土九）

班固评价说：王莽最初以外戚起家，降低身份，勉力而行，以博取名誉。等到他登上高位，辅佐朝政，为国家辛勤工作，本着正直的原则行事。难道他就是孔子所说的"表面上仁义，行动中却违背它"的人吗？王莽本来没有仁义的品德，却有奸佞邪恶的才能，又利用四个伯父、叔父经历了元帝、成帝两代所掌握的权力，遇到汉朝中途衰落，皇位三代没有继承人，而皇太后王政君寿命很长，为他做主，因此得以施逞奸诈邪恶的手段，从而造成篡夺政权，窃取皇位的灾祸。根据这些事实推论起来，这也是天命，不是人力所能做得到的！等到窃取了皇帝的宝座，败亡的趋势比夏桀、商纣的时候还要危险，而王莽却安然地认为自己就是黄帝、虞舜再世复出。于是开始放纵暴戾，滥施威力诈术，流毒全国，灾祸蔓延到外族，还不足以满足他的欲望。因此天下陷于忧愁，人民丧失了乐生的心意，朝廷和地方都怨愤，远近同时反叛，城池失守，躯体分裂，终于使得全国的城市变成废墟，害尽了百姓。根据书籍传述上所记载的乱臣贼子以来，考察他们引起的苦难，与失败的凄惨，从没有一个超过王莽。从前秦朝焚毁《诗经》《书经》等典籍从而确立自己的一家主张，王莽引用《六经》来装饰谬论，他们走的路不同，而目的完全一样，都由此而导致灭亡，全是为圣明的帝王开道铺路罢了！唐朝诗人白居易在《放言五首之三》中写道："周公恐惧流言日，王莽谦恭未篡时。向使当初身便死，一生真伪集谁知。"就是最好的定论。

现实的作秀者，可谓领域宽阔，品种繁多、五花火门，"作秀"

演绎成了"装样子，做作地做出某种姿态"的专用词汇，与作秀的祖师爷王莽相比，形式、手段有过之而无不及，堪称"后起之秀"。没有必要一一列举。鲁迅先生在《魏晋风度及文章与药及酒之关系》中指出："到东晋以后，作假（秀）的人就很多，在街旁睡倒，说是'散发'以示阔气。就像清时尊读书，就有人以墨涂唇，表示他是刚才写了许多字的样子。故我想，衣大，穿屐，散发等等，后来效之，不吃也学起来，与理论的提倡实在是无关的"。实现两个一百年的奋斗目标可不能装样子、摆姿态作秀，必须认真落实习近平总书记"三严三实"严以修身、严以用权、严于律己，谋事要实、创业要实、做人要实的重要论述。不图虚名，不务虚功，善始善终，善作善成，不辱使命。

　　作秀者可休矣！

# 说团结

毛泽东说："军民团结如一人，试看天下谁能敌。"《团结就是力量》的歌从记事时就伴随着我一直唱到现在。团结是社会永恒的话题。

《资治通鉴》记载：南北朝时，吐谷浑威王阿柴卒。阿柴有子二十人。疾病，召诸子弟……阿柴又命诸子各献一箭，取一箭授其弟慕利延使折之。慕利延折之。又取十九箭使折之，慕利延不能折。阿柴乃谕之曰："汝曹知之乎？孤则易折，众则难摧。汝曹当戮力一心，然后可以保国宁家。"言终而卒。（《资治通鉴》卷一百二十）南北朝时，吐谷浑可汗慕容阿柴去世。慕容阿柴共有二十个儿子。病重时，慕容阿柴把他的子弟们召集到病榻前……慕容阿柴又命令所有的儿子，每人各拿出一箭，在其中抽出一支，叫他的弟弟慕利延折断，慕利延轻易就把它折断了。阿柴又把剩下的十九支箭合在一起，叫慕利延折断，慕利延无法折断。慕容阿柴于是告诫大家说："你们知道吗？一支箭容易折断，一把箭则难以摧折。你们应该同心合力，然后才可以保国保家。"说完就去世了。

汉宣帝时，光禄勋平通侯杨恽，廉洁无私，然伐其行能，又性刻害，好发人阴伏，由是多怨于朝廷。与太仆戴长乐相失；人有上书告长乐罪，长乐疑恽教人告之，亦上书告恽罪曰："恽上书讼韩延寿，郎中丘常谓恽曰：'闻君侯讼韩冯翊，当得活乎？'恽曰：'事何容易，

胫胫者未必全也！我不能自保，真人所谓"鼠不容穴，衔窭数"者也。'
又语长乐曰：'正月以来，天阴不雨，此《春秋》所记，夏侯君所言。'"
事下廷尉。廷尉定国奏恽怨望，为妖恶言，大逆不道。上不忍加诛，
有诏皆免恽、长乐为庶人。（《资治通鉴》卷二十七）汉宣帝时，光
禄勋平通侯杨恽，廉洁无私，但爱夸耀自己的才干，为人尖刻，好揭
人隐私，所以在朝中结怨很多。杨恽与太仆戴长乐不合，有人上书控
告戴长乐之罪，戴长乐怀疑是杨恽指使，便也上书控告杨恽说："杨
恽上书为韩延寿辩护，郎中丘常对杨恽说：'听说你为韩延寿辩解，
能救他一命吗？'杨恽说：'谈何容易！正直的人未必能保全！我也
不能自保，正如人们所说："老鼠不为洞穴所容，只因它嘴里衔的东
西太大。"'又曾对我说：'正月以来，天气久阴不下雨，这类事，《春
秋》上有过记载，夏侯胜也说到过。意味着将有臣下犯上作乱。'"
此事交给廷尉处理。廷尉于定国上奏参劾杨恽心怀怨恨，恶言诽谤，
大逆不道。汉宣帝不忍心杀人，下诏将杨恽、戴长乐全都免官贬为平
民。因为不团结，搞得两败俱伤，不值得。

　　后唐末帝时，刘昫与冯道婚姻。昫性苛察，李愚刚褊；道既出
镇，二人论议多不合，事有应改者，愚谓昫曰："此贤亲家所为，
更之不亦便乎？"昫恨之，由是动成忿争，至相诟骂，各欲非时求
见，事多凝滞。（《资治通鉴》卷二百七十九）后唐末帝时，刘昫
与冯道通婚，结成儿女亲家。刘昫性情狭隘，好计较小事，李愚性
情刚愎偏颇；冯道出镇同州后，二人议论往往不能一致，遇到有应
该改变的事情，李愚就对刘昫说："这是你的贤亲家所办，变更了
不是很方便吗？"刘昫恼恨他，从此二人动不动就争吵，直至互相
诟骂，都要求不是接见的时刻谒见末帝，事情往往拖延，不能及时
处理。因为不团结，既影响工作，又伤害了个人感情，真不划算。

社会本来就有阴有阳，有矛有盾，布好有坏，人与人之间不可能是铁板一块，影响团结的因素也很多。家庭不和睦关乎柴米油盐酱醋茶的问题；邻里不团结涉及鸡毛蒜皮的小事。如果不及时化解，家庭破碎、邻里械斗就酿成大祸。古人很看重邻里之间的团结，推而广之，邻里的邻里的邻里也是邻里，邻里就是社会的细胞，人与人沟通的桥梁。俗话说："远亲不如近邻"，就是告诫我们要搞好内部团结，周边的团结。团结分不同的层次，大到单位、民族、国家乃至整个社会。我们的国家因为不团结，曾受到外国帝国主义的侵略，我们的民族因为一盘散沙受到外族的欺凌，我们的人民也因此喻为"东亚病夫"。《周易·比卦》的核心就是说团结：初六。有孚比之，无咎。有孚盈缶，终来有它吉。象曰：比之初六，有它吉也。六二。比之自内，贞吉。象曰：比之自内，不自失也。六三。比之匪人。象曰：比之匪人，不亦伤乎。六四。外比之，贞吉。象曰：外比于贤，以从上也。九五。显比，王用三驱，失前禽。邑人不诫，吉。象曰：显比之吉，位正中也。舍逆取顺，失前禽也。邑人不诫，上使中也。上六。比之无首，凶。象曰：比之无首，无所终也。大概意思就是讲团结要心怀诚信；团结首先要从内部搞好；要与反对自己的人搞好团结；团结要光明正大，不搞阴谋诡计；团结要有一个核心，不能无原则。在团结的问题上还要把握以下几点：一是处置、化解矛盾要学会忍让，多记别人的好，忘记别人的过错；二是要学会换位思考，推心置腹，设身处地为别人着想，抛开个人偏见；三是把握一个大的原则，着眼大局，不拘小节，求大同，存小异；四是讲究沟通艺术，如交心谈心时来点小幽默，多做点自我批评，一个微笑、一个动作就可能释怀；五是谦虚谨慎，戒骄戒躁，不为名利，不争得失。团结、团结、再团结，世上就没有解不开的结，就没有迈不过的坎，就没有办不成的事。

# 找准自己的位置

　　在人生的工作、学习、生活中，锁定自己的坐标位置很重要。比如与长者或领导在一起，你的定位就是跟从，不能超越，假如走在前面，就是在引路，身体一定要侧身、弯腰，以示礼貌。否则，就是不尊敬。古人把这种超越本分的行为称之为僭越。

　　《资治通鉴》记载：唐宪宗时，以荆南节度使裴均为右仆射。均素附宦官得贵显，为仆射，自矜大。尝入朝，逾位而立；中丞卢坦揖而退之，均不从。坦曰："昔姚南仲为仆射，位在此。"均曰："南仲何人？"坦曰："是守正不交权幸者。"坦寻改右庶子。（《资治通鉴》卷二百三十七）唐宪宗任命荆南节度使裴均为右仆射。裴均平时依附宦官，得以富贵显达，出任右仆射后，更为骄矜自大。有一次，裴均上朝，在超越自己职位的地方站了下来，御史中丞卢坦向他拱手行礼，请他退回到自己的位置上去，裴均不肯听从。卢坦说："过去，姚南仲担任仆射时，他的位置就是在这里的。"裴均说："姚南仲是什么人？"卢坦说："是信守正道，不肯交结权贵宠臣的人。"不久，卢坦被改任为右庶子。卢坦把找准自己的位置看成是在信守正道，是皇上赋予的工作岗位。在其位，谋其政。可是偏偏有人尸位素餐，（唐朝末年，百姓流殍，无所控诉，妙民作乱，逐观察使崔荛。荛以器韵自矜，不亲政事，民诉旱，禁指庭树曰："此尚有叶，何旱之有！"杖之。

民怒，敌逐之。莞逃于民舍，渴求饮，民以尿饮之。坐贬昭州司马。（《资治通鉴》卷二百五十一）陕州民众发动叛乱，驱逐观察使崔莞。崔莞以气韵风度自负，不躬亲政务，人民申诉旱灾，崔莞指着庭院中的树说："树上还长有树叶，哪来的旱灾！"即用棍杖打诉旱的农民。民众被激怒，于是驱逐崔莞。崔莞逃于民宅，口渴求水喝，居民给尿让他饮用。为此崔莞被贬官为昭州司马。

在封建社会，宰相的作用决定着当朝的兴衰成败。唐僖宗不亲政事，斗鸡走马，一心游戏。他说如果参加比赛，必定得状元。他的宰相在干什么？当时宰相中有人喜好施舍，上朝时经常让随从用布袋装钱跟随，以向乞丐行施，宰相每次朝会出殿，衣着褴褛的乞丐充盈于道路。有的朝士上书规劝宰相说："如今天下百姓疲弊，寇盗充斥于各地，相公们应该举贤任能，整顿纲纪，着力处置庶务，将不急用的费用捐献出来，杜绝私下拜谒你们的门路，使天下万物各得其所，才能使各家各户富足自给，自然就没有贫困无活路的人，又何必这样施行小惠，而邀取虚名呢？"宰相们闻知后竟恼羞成怒。当时，农民起义如火如荼，皇上声色犬马，碌碌无为，宰相错位，贪图安逸，能不加快唐王朝的败亡吗？

还有一种人，把职事位置当作晋升的阶梯，一味迎合上级口味，蹲着茅坑不拉屎。《资治通鉴》记载：唐德宗时，卢杞秉政，知上必更立相，恐其分己权，乘间荐吏部侍郎关播儒厚，可以镇风俗；丙辰，以播为中书侍郎、同平章事。政事皆决于杞，播但敛衽无所可否。上尝从容与宰相论事，播意有所不可，起立欲言，杞目之而止。还至中书，杞谓播曰："以足下端悫少言，故相引至此，晃者奈何发口欲言邪！"播自是不复敢言。（《资治通鉴》卷二百二十七）唐德宗时，卢杞执掌朝政，知道唐德宗必定还要选立宰相，惟恐新相会分去自己的权力，便乘机举荐吏部侍郎关播儒雅忠厚，可以整肃风俗。丙辰（初七），德宗任命关播为中书侍郎、同平章事，朝中政事一概由卢杞决断，关播遇事只是整一整衣袖，不置可否。唐德宗曾经从容地和宰相议论政事，关播有些反对意见，起身想说，卢杞以目示意，他才没说。回到中书以后，卢杞对关播说："由于你端庄恭谨忠厚，讲话不多，所以我才引荐你做了宰相，刚才你怎么要开口讲话呢！"关播自此不敢再讲话。

古人云：不在其位，不谋其政。也就是说，在其位，要谋其政。不能像诗经所抨击的贪鄙者"彼君子兮，不素餐兮"。《周易·艮笔》职口位农范君围以必思不不超电的承秀由甲睡额不，错思位考只问类题越丞模超出我们现在所处的时代和古代不同，社会环境差异更大，古人居位是为了驾驭庶民，鱼肉百姓，只要是对自己有利的事，就敢越位擅权，就敢冒天下之大不韪，以自我为中心确定自己的坐标，以显达为目标寻找个人的位置。想干的事有一百个理由，不想干的事有一百个借口。其间，一些有良知的官吏在任职期间也做过利民、惠民的事情，也保过一方平安，但毕竟是少数。

中国共产党员是人民的公仆，时刻牢记着为人民服务的宗旨。我们的职位是人民给的，就应该时刻想着人民。不为名利所惑，以平常心态居职，以服务大众司职，以百姓利益定位，以"三严三实"导航，定能恪尽职守，不辱使命，勾勒美好的人生轨迹，早日实现两个一百年的宏伟目标。

# 由汉灵帝卖官说开去

吏治腐败是最大的腐败。其腐败的核心就是钱、权、官的交易。

秦时叫鬻爵或叫作"赀选"，西汉也颁布了"拜爵"的法令，如司马相如就是用钱买的官（以赀为郎）。但最早卖官实行明码实价构成体系的是东汉末年较为开明的汉灵帝。

光和年间（178—184 年），朝廷腐败，民不聊生，为增加朝廷的财政收入，据《资治通鉴》记载：汉灵帝"初开西邸卖官，入钱各有差：二千石二千万；四百石四百万；其以德次应选者半之，或三分之一；于西园立库以贮之。或诣阙上书占令长，随县好丑，丰约有贾。富者则先入钱，贫者到官然后倍输。又私令左右卖公卿，公千万，卿五百万。初，帝为侯时常苦贫，及即位，每叹桓帝不能作家居，曾无私钱，故卖官聚钱，以为私藏。（《资治通鉴》卷五十七）汉灵帝第一次开设"西邸"机构，公开出卖官爵，按照官位高低收钱多少不等。俸禄等级为二千石的官卖钱二千万，四百石的官卖钱四百万，其中按着德行依次当选的出一半的钱，或者至少出三分之一的钱。凡是卖官所得到的钱，在西园另外设立一个钱库贮藏起来。有人曾到宫门上书，指定要买某县的县令、长官职，根据每个县的大小、贫富等好坏情况，县令、长的价格多少不等。有钱的富人先交现钱买官，贫困的人到任以后照原定价格加倍偿还。灵帝还私下命令左右的人出卖三公、九卿等朝廷大臣的官职，每个公卖钱一千万，每个卿卖钱五百万。当初，灵帝为侯时经常苦于家境贫困，等到当了皇帝以后，常常叹息桓帝不懂经营家产，没有私钱。所以，大肆卖官，聚敛钱财，作为自己的私人积蓄。

另外巧立名目进行索取，各地的刺史、太守更乘机私自增加百姓赋税，从中贪污，人民怨叹哀鸣。灵帝又命令西园的皇家卫士分别到各州、郡去督促，这些人恐吓惊扰州郡官府，收受大量贿赂。刺史、二千石官员以及茂才、孝廉在升迁和赴任时，都要交纳"助军"和"修宫"钱。大郡的太守，通常要交二三千万钱，其余的依官职等级不同而有差别。凡是新委任的官员，都要先去西园议定应交纳的钱数，然后方能赴任。然后骄奢淫逸，大修宫室，声色犬马。

帝作列肆于后宫，使诸采女贩卖，更相盗窃争斗；帝著商贾服，从之饮宴为乐。又于西园弄狗，著进贤冠，带绶。又驾四驴，帝躬自操辔，驱驰周旋；京师转相仿效，驴价遂与马齐。（《资治通鉴》卷五十八）灵帝在后宫修建了许多商业店铺，让宫女们行商贩卖。于是，后宫中相互盗窃和争斗的事情屡有发生。灵帝穿上商人的服装，与行商的宫女们一起饮酒作乐。灵帝又在西园玩狗，狗的头上戴着文官的帽子，身上披着绶带。他还手执缰绳，亲自驾驶着四头驴拉的车子，在园内来回奔驰。京城洛阳的人竞相仿效，致使驴的售价与马价相等（当时马的价一匹值二百万钱）。

这不仅是中国最早的、较全的卖官价格表，而且它形成了一套完整的卖官体系。卖官不仅卖实职——两千石，而且还卖虚职、级别——公、卿。卖官不仅有章程、优惠政策，还有付款方式。在资金管理上专户派人专管，在程序上报名者先选职位，再交款，后经皇宫确认加盖玉玺，即可到任。当时从万石到斗食佐史共十七级，大小官吏十五万人，由于报名的人太多，"刻印不及，至乃以锥画之"以至连印章玉玺都盖不过来，只好随便画个圈。下面的官吏又如何不仿效、不横征暴敛？

是时，三公往往因常侍、阿保人钱西园而得之，段、张温等虽有功勤名誉，然皆先输货财，乃登公位。烈因傅母人钱五百万，故得为司徒。及拜日，天子临轩，百僚毕会，帝顾谓亲幸者曰："悔不少靳，可至千万！"程夫人于傍应曰："崔公，冀州名士，岂肯买官！赖我得是，反不知姝邪！"烈由是声誉顿衰。（《资治通鉴》卷五十）当时，官员往往通过宦官或者灵帝幼时的乳母，向西园进献财物后，才能出任三公。段、张温等人虽然立有军功或是很有声望，但也都是先进献钱物，然后才能登上三公之位。崔烈通过灵帝的乳母进献五百万钱，因此当上司徒。到正式任命那天，灵帝亲自出席，百官都来参加。灵帝对左右的亲信说："真后悔没有稍吝惜一些，否则可以要到一千万。"乳母程夫人在旁边接着说："崔烈是冀州的名士，怎么肯用钱来买官！多亏了我，他才肯出这么多，您反而不满意吗！"因此，崔烈的声望顿时大为下跌。崔烈就是诸葛亮《隆中对》中提及的博陵人崔州平的父亲。汉灵帝由此还废除了沿袭汉王朝二百多年的"求忠臣必于孝子之门"的"举孝廉"的干部选拔任用制度。

汉灵帝发明的这项卖官专利，不仅加速了东汉王朝的灭亡，其遗毒还让历代封建帝王仿效。北魏时，晖与卢昶皆有宠于魏主而贪纵，时人谓之"饿虎将军""饥鹰侍中"。晖寻迁吏部尚书，用官皆有定价，大郡二千匹，次郡下郡递减其半，余官各有等差，选者谓之"市曹"。（《资治通鉴》卷一百四十六）北魏时期，元晖与卢昶都得宠于北魏宣武帝，而又特别贪纵，当时人称他们两人分别是"饿虎将军""饥鹰侍中"。元晖很快就升为吏部尚书，他任用官员都有定价，大郡为二千匹绢帛，次郡、下郡递减其半，其余官位各有等差，选官的人称为"市曹"。究其根源，是官本位理念作祟。从孔夫子"学而优则仕"开始，儒家思想传承下来的不光是精华，还有糟粕。只要当了官，"高可以立功名，下可以兹宗族""有钱能使鬼推磨"。"一人得道，鸡犬升天"。这些言语讲的就是在人治的封建社会，钱官的对应效应，说明了封建社会官本位的魔力。

经济不发达，财政空虚。东汉的中后期，"公家无一年之蓄，百姓无旬月之储，上下俱匮"。卖官几乎成了朝廷的主要财政收入，作为敛财之道。卖一个县官的钱相当于一个太守二十几年的工资总和。南北朝时"承丧乱之后，仓禀虚竭，始诏入粟，八千石者赐爵散候"。到清政府、乾隆皇帝每年的卖官收入在三百万两白银，嘉庆时达四百万两，占全年财政收入的十分之一，何乐而不为。

扭曲的价值观。封建社会毕竟是封建地主阶级的政权，自给自足的小农经济，商品经济不发达，扭曲的观念形成了扭曲的市场，官被当成是一种特殊的商品用来买卖。其属性有了价值和使用价值，连封建社会起码的"举孝廉"的标准都被废了，哪还谈得上"德、能、勤、绩"，哪还谈得上为广大人民群众谋福祉，永远牢记为人民服务的宗旨？利益的驱使，其"使用价值"——效用只会滋生腐败，滋生耻辱。连锁腐败、恶性循环、民不聊生、战乱频仍就是被扭曲的写照。哪怕是在南宋时社会上出现了"三百六十行，行行出状元"的民间谚语，除社会化分工越来越细外，也只是老百姓因买不起官无奈的自我慰藉。由此可见，卖官买官在当今社会是行不通的。

# 内讧的困惑

　　内讧俗称"窝里斗"，何时困惑国人——争讼不息，天地多变，百姓不安，已无从考证。

　　据《资治通鉴》记载：792 年，唐德宗任命尚书左丞赵憬、兵部侍郎陆贽一并出任中书侍郎、同平章事。工作中，唐德宗让人告诉陆贽说：对于机要而重大的事情，最好不要当着赵憬的面陈述议论，应当将亲手所写的奏疏密封后上报。唐德宗似乎对赵憬不太信任。随后又以中书侍郎赵憬为门下侍郎同平章事，义成节度使贾耽为右仆射，右丞卢迈守本官，并同平章事。赵憬怀疑陆贽恃恩，欲专大权，排斥自己，经常请病假不干预朝政事务。由此以后，便与陆贽结下嫌隙。贾耽、陆贽、赵憬、卢迈四人担任宰相，对百官禀报的事情交互推让，不肯发言，你不服我，我不服你，互不买账。秋季，他们上奏请求依据至德年间的惯例，由各位宰相轮流在政事堂执笔，以便处理行政事务，每十天一换人。唐德宗颁诏同意此议。后来，又改为一天一换人，轮流坐庄。赵憬出任宰相，其实是陆贽引荐了他，但他对陆贽有怨恨，便暗中将陆贽抨击裴延龄的事告诉了裴延龄，所以裴延龄愈发能提前做好预谋。从此，唐德宗相信裴延龄而认为陆贽不正直。陆贽与赵憬事先约好了到德宗面前极力论说裴延龄的邪恶，唐德宗的怒气在脸上都表现出来了，而赵憬却沉默不语。不久陆贽被罢免为太子宾客。

五代十国的后梁末帝时，初，北面行营招讨使贺瑰善将步兵，排陈使谢彦章善将骑兵，恶其与已齐名。一日，瑰与彦章治兵于野，瑰指一高地曰："此可以立栅。"至是，晋军适置栅于其上，瑰疑彦章与晋通谋，瑰屡欲战，谓彦章曰："主上悉以国兵授吾二人，社稷是赖。今强寇压吾门，而逗遛不战，可乎！"彦章曰："强寇恁陵，利在速战。今深沟高垒，据其津要，彼安敢深入！若轻与之战，万一蹉跌，则大事去矣。"瑰益疑之，密谮之于帝，与行营马步都虞候曹州刺史朱珪谋，因享士，伏甲，杀彦章及濮州刺史孟审澄、别将侯温裕，以谋叛闻。（《资治通鉴》卷二百七十）当初，北面行营招讨使贺瑰擅长率领步兵，而排阵使谢彦章擅长率领骑兵，贺瑰对谢彦章与自己齐名耿耿于怀。一天，贺瑰和谢彦章在野外练兵，贺瑰指着一块高地说："这里可以立栅垒来防御敌人。"现在，晋军恰恰在这块高地上立起了栅垒，贺瑰怀疑谢彦章与晋军通谋。贺瑰几次想出战，对谢彦章说："主上把国家的军队全部交给我们两人，江山社稷依靠我们，今天强大的敌人逼压在我们门前，我们却停留不战，这样可以吗？"谢彦章说："强大的敌人前来入侵欺凌，速战速决最有利于他们。现在我们深沟高垒，占据着渡口的要害地方，他们怎么敢深入进来！如果我们轻率地和他们作战，万一有什么失误，大事就办不成了。"贺瑰更加怀疑谢彦章，就在后梁帝面前说了谢彦章的坏话，并和行营马步都虞候曹州刺史朱谋划，设宴请客，暗藏武士，杀死谢彦章和濮州刺史孟审澄、别将侯温裕，然后以谢彦章谋划叛乱上奏于后梁帝。晋王听说谢彦章被杀死，高兴地说："他们的将帅自相残杀，贺瑰残暴肆虐，失去了士卒的心，后梁不要多久就会灭亡。"

吴越王钱元瓘性孝，继承王位后，注重平衡关系，发挥部下的积极性。内牙指挥使刘仁杞及陆仁章长时间当权，陆仁章性刚直不阿，曾好几次因为一些事情触犯他，刘仁杞清高喜欢贬低人，二人都被众人所厌恶。一天，诸将一起来到府门请求除掉他们。吴越王命令他的侄子钱仁俊宜告众人说："这二位将军侍奉先王（钱锂）很久了，我正要表彰他们的功劳，你们竟然要为遂私人嫌怨而诛杀他们，怎么可以呢？我现在是你们的王，你们应当听从我的命令；如若不然，我就应当归返继位前的临安以避让贤路！"众人惶惧而退去。于是，便任用陆仁章为衢州刺史，刘仁杞为湖州刺史。内外凡有上书进行私人攻讦的，妄图制造矛盾的，吴越王都搁置不予理会，因此将吏和睦相处。

究其内讧的原因不外乎官僚主义、权要作祟，功名利禄熏心，体制机制不健全，价值观严重缺失。当事者或挟恩恃重，仗势欺人；或自命不凡，争强好胜；或拉帮结派，互为朋党；或性格迥异，难以相处；或心胸狭隘，嫉贤妒能；或协调平衡，失之偏颇。且从不认为是自己的问题，《周易·讼卦》上九爻就一针见血指出："或赐之鞶带，终朝三褫之。"经常搞内讧的，俗称"叫鸡公"，老是扯皮拉筋，你监我督，即使诉讼赢了并得到了君王官服大带的奖赏，但一天之内被剥夺三次，也就不值得让人佩服、敬重。这说明我们的先圣看重的是团结、和睦，是同船过渡五百年修来的缘分。《周易》紧接着在比卦，六二爻强调"比之自内，贞吉/只要内部团结，团队亲密无间，筮得此卦则可获得吉祥。

开国领袖毛泽东一再告诫全党"堡垒最容易从内部攻破"，要求我们"从团结的愿望出发，经过批评或者斗争使矛盾得到解决，从而在新的基础上达到新的团结"。在深入开展党的群众路线教育实践活动的今天，不折腾，不闹风和水，不推波助澜，内讧的困惑就会消除，就会凝聚更大的正能量，早日实现中华民族伟大复兴的中国梦。

# 说梁武帝的"琐碎"

南梁武帝萧衍死时 86 岁，在位 48 年。在中国封建社会历史上的皇帝中实属罕见。他独自撑起一个梁王朝，死后仅在战乱中摇晃了几年就被灭亡了，也实属罕见。

据《资治通鉴》记载：545 年，散骑常侍贺琛向梁武帝启奏了四件事；其一，认为现在北方的东魏已经降服，该是让百姓繁衍后代、积蓄物资，对他们实行教育训导的时候了，而天下的户口却减少了，关外户口减少得更厉害。郡不堪忍受州的催逼，县不堪忍受郡的搜刮，千方百计地互相骚扰，只知道横征暴敛，百姓不堪重压，各家纷纷流离失所，这难道不是州郡长官的过错吗？东部地区户口空虚，都是由于国家政令太繁多引起的，即使是偏僻边远的地方，也无不如此。每次来一位使者，所属地区便受到骚扰，那些无能的地方官员，就只好拱手听命，让他们渔猎搜刮，强暴狡诈的地方长官，又趁机更加贪婪地剥削。纵然遇到廉洁正直的官员，郡守还要加以阻挠。像这样，朝廷尽管年年降旨要人民恢复生产，多次下令免除赋税，但百姓却不能回到他们原来的住所"。其二，认为当今天下官吏之所以贪婪、残暴，确实是由于奢侈糜烂的风俗造城的。当今，在喜床饮酒的日子里，人们竞相攀比奢华；果品堆积得如同小山，美味催肴摆在席上如同美丽的刺绣一样，百两黄金。还不够一次酒宴所用的钱。来宾与主人所需要的只是吃饱，没等到走下殿堂，那些食物就当成腐烂发臭的东西抛弃掉。再者，无论什么等级，都蓄养妓女。而当官统治百姓的人，得到了巨大的财富，他们离职回家之后，这些银两也维持不了几年，全都用在操办饮酒、歌舞的花销中了。他们所破费的东西像小山一样多，而寻欢作乐只在一时，于是他们更加悔恨以往在做官时向百姓索取得少了。如果能重新做官的话，他们将加倍地攫取、吞噬百姓的财物。这是多么违背道义啊！其余淫侈之事，数不胜数，这种习惯渐渐成了风气，而且日渐滋长，一天比一天严重，要想使人们恪守廉正清白，怎么能办到呢？真应该严格制定禁止的措施，用节俭来引导人们，纠正虚浮不实的弊端，使其耳目一新。对官吏失去节制的感叹，也是人们自己忧虑的，我正羞愧于不能使大家有这样的认识，所以要勉强去做，如果能以正直清白为前导，足能纠正那些凋残失节的弊病"。其三，认为陛下您忧国忧民，挂念天下，不畏辛劳，以至于各部门都直接向您奏事。但是那些才短识浅、危量狭小的人，既能靠近您，向您启奏，便想骗得您的信任，争相飞黄腾达，而不顾国家大局y 不能心存宽恕，只一味地吹毛求疵，擘肌分理，过分苛细，以严酷为能干，把纠举别人过错并且呵斥驱逐人看成是自己的任务。他们的作为，表面上虽然似乎在奉公办事，实际上是更实现了他的作威作福。结果使犯罪者增多，用巧妙办法逃避罪责的人也很多，滋长了弊病，增加了邪恶，实际上就因为这个原因啊！我真诚地希望能达到公平的效果，革除奸佞小人妄进谗言的邪恶念头，那样，全国上下就会安定，就没有侥幸心理带来的忧患了。其四，认为"现在天下太平无事，但仍没有一点空闲时间，应该马上精简事务，节省掉一些花费。减少了事务，百姓就能休养生息，节省一些开销，国家就可以聚集资财。各机构应该自己对照职责范围，分别检查下属部门：凡是京师的官府、衙门、官邸、市肆以及朝廷仪仗、武事装备，地方上的屯戍、驿传、地方官衙等，有应该革除的，就要革除它，有应该削减的，就要削减它。兴建的工程有不急需的，征收的赋税劳役有可以暂缓的，都应该停止减省，以节约开销，让百姓得到休息。因此，储蓄财货是为了能有大的作为，让人民休养生息是为了能让他们服大役。如果说小事不足以破费多少钱财，就任意花费的话，那就终年不会停止了。如果认为小的劳役不会妨碍百姓的话，那就会终年有劳役，百姓没有休息的时候了。像这样，就很难达到国富民强，进而图谋远大的事业了"。贺琛的启奏归纳起来有四谷方面：一是贪官污吏横征暴敛，老首姓不堪重压，流离失所；二是奢侈糜烂之风盛行，而且是横征暴敛的源头；三是皇上不畏辛劳，各个部门越级直接汇报，奸佞小人吹毛求疵，过分苛细；四是劳役、赋税过重，老百姓难以承受。如果像这样，很难谈及国富民强，并且图谋远大的事业了。

梁武帝不仅没有认真反思贺珠建议的深层次原因以及解决方案，而是大发脾气，并且非常啰唆："我有江山已 40 多年，每天都耳闻目睹许多从公车官署中转来的臣民直言不讳的上书．他们所陈述的事情，与你所说的没有什么不同。我常常苦于时间仓促，现在你的奏折更增添了我的糊涂和迷惑不解。你不该把自己和才能低下的软弱之人混同在一起，只是图个虚名，向行路之人炫耀说：'我可以向皇帝上书陈述意见。遗憾的是朝廷不采纳。'为什么不分别明着说某位刺史横征暴敛，某位太守贪婪残酷，某位尚书、兰台奸诈虚滑；渔猎百姓的皇差姓什么叫什么，从谁那里夺取，给了谁。如果你能明白地指出这些，我就能杀掉、罢免他们，再选择好的人才。还有，官吏百姓的饮食豪华过度，如果加以严格禁止，他们在密室里，你又怎么知道呢？倘若挨家挨户搜查，恐怕更增加了对百姓的骚扰。如果你指的是朝廷中生活奢侈，我是没有这种情况的。幌以前饲养的祭祀用的牲畜，很久没有宰杀了。朝廷如有朝会，也只是吃一些蔬菜罢了。如果再削减这些蔬菜，一定会被讥讽为是《诗经·蟋蟀》所讽刺的晋僖公那样的人。如果你认为供佛、事佛奢侈，那些供品都是园子里的东西，把一种瓜改为几十个品种，把一种菜做成几十种味道。只因为变着花样做才有了许多菜肴，对事物又有什么损害呢？我如果不是公宴，从不吃国家的酒食已有很多年了。甚至宫中的人，也不吃国家的粮食。凡是营造的建筑，都与材料和工匠无关，都是用钱雇人来完成的。官员们有勇敢的，也有胆怯的，有贪婪的也有廉正的，也不是朝廷为他们增添了羽翼。你认为朝廷是有错误的，于是就自以为是。你应该想一想导致错误的原因！你说应该以节俭引导百姓，我已经三十年没有房事，至于居住，不过只有能放下一张床的地方，宫中没有雕梁画柱；我平生不爱饮酒，不喜好声色。因此，朝廷中设宴，不曾演奏过乐曲，这些都是诸位贤臣们所看到的。我三更便起，治理国家大事，处理政务的时间依据国家事务的多少来定，事务不多时，中午之前就能把它们处理完，事务繁忙时太阳偏西时才能吃饭，常常每天只吃一顿饭，既像在过白天，又像在过黑夜。往日，我的腰和腹超过了十围，现在瘦得才只有二尺多点，我以前围的腰带还保存着，不是乱说。这是为了谁工作？是为了拯救万民的缘故。你又说：'官员们没有不凡事都向您禀奏的，一些人用尽伎俩想升官。'要是从今不让外人奏报事情，那么谁来担负这个责任呢？委托管理国事的专人，怎么能够得到呢？古人说："只听一方面的话就会出现奸佞小人，专任一人必定要出祸乱。'秦二世把国家大事委托给了赵高，元后把一切托付给了压莽，结果赵高指鹿为马，颠倒是非，又怎么能效法他们呢！你说的'吹毛求疵'，又是指谁？'擘肌分理'，又是指哪件事？官府、衙门、官邸、市肆等，哪个应该革除？哪些该削减？哪些地方兴建的工程不急？哪些征收的赋税可以迟缓？你要分别举出具体事实，详细启奏给我听！用什么办法使国家富裕，军队强大，应该如何让百姓休养生息，减除劳役，这些都该具体地列出，如果不具体地一一列出，那你就是蒙蔽欺骗朝廷。朕正在准备侧耳细听你按上述要求重新奏报，届时自当认真阅读，并把你的高见批转给尚书省，正式向全国颁布，只希望除旧布新的善政美德，能因此而出现在今世"。

　　梁武帝琐碎的指责，一是要贺琛像写举报信那样列出贪官污吏具体的人和事，减除劳役的具体工程项目和征收的赋税明细。二是把自己的一些日常生活琐碎事当成治国理政的经验之谈，夸耀自己的长处，彰显君主的美德，掌控万事的能力。如果是平民百姓的琐碎无可厚非，但作为一国之君就另当别论。贺琛作为皇帝的谋士、规谏大夫其目的并不是要纠举某个部门的某某人，也不是写的一封简单的举报信，将案子提交相关部门，而是透过现象提示当朝领导在治理国家的层面上应该确定的方针、政策以及道路、理①论、制度上的宏观愿景。梁武帝的琐碎之一，因为笃信佛教，经常举办几万人的"无遮大会"，以前饲养的祭祀用的牲畜，很久没有宰杀了，朝廷如有朝会，也只是吃一些蔬菜罢了；琐碎之二居住条件简单，一顶帽子戴三年，被子二年才换一床，没有雕梁画柱，不喜好声色，三十多年没有房事了，男子六十四阳道绝（此时萧衍已八十二）；琐碎之三处理政务起三更，中午处理完，太阳偏西吃饭，经常一天吃一顿。即使是在侯景反叛时，梁武帝因平时经常吃蔬菜，随着台城被包围的时间一长，皇帝专用厨房里的蔬菜都吃光了，他就吃鸡蛋，萧纶呈送给梁武帝几百个鸡蛋，梁武帝是一边哽咽抽泣，还一边亲手料理鸡蛋。难怪东魏的杜弼在给梁朝的檄文中说梁武帝把射雀鸟计算功劳，摇小船称为勇力，专在小事上斤斤计较。《资治通鉴》的作者司马光批评更直接："梁高祖之不终也，宜哉！夫人主听纳之失，在于丛脞；人臣献替之病，在于烦碎。"梁武帝不得善终（在饥饿和疾病交加中辞世），是必然的！国君之所以在听取意见，接纳进谏方面出现过失，就是因为只注意了琐碎细小的事情而没有雄才大略。大臣进谏时所犯的毛病，也在于烦琐。而且年老了，满足于处理日常的各种事物，又专心研究佛教戒律（厌于万几又专精佛戒）。

　　究其梁武帝琐碎的原因有以下几方面：一是"九五"至尊。以自以为是、我行我素为引领。他曾强调"古人有言屋漏在上，知之在下……于民有蠹患者，宜速详启。"但设置的谏官形同虚设，提出的建议不管好坏、对错如同"狗吠"，还可能招来杀身灭族之祸。"畜狗求吠，今以数吠杀之，恐将来无复吠狗"（"吠狗"成了当时的流行词）。封建社会也有法律和制度，但必须为皇权铺路，为达官领航，为君王服务。贺琛的启奏太实在了，太把自己当回事了，根本不把皇上放在眼里，梁家王朝是你贺琛打下来的吗？皇家利益更不能侵犯。所以梁武帝"恶其触实，故怒"（除了实在，还有事实、实质）。目二是猜疑心作祟。梁武帝登上帝位因为接受南齐的禅让，同是一个萧氏皇族。他借鉴了族兄南齐明帝萧鸾的做法"上躬亲细务,纲目亦密"。事无巨细,必须躬亲,要求烦琐。史书注释"齐明帝以吏事权诈得国,猜防群下,故亲揽机务。王莽之亲御灯火,其计亦如此耳"。(《资治通鉴》卷一百四十胡三省注)萧老爷子内心世界的那点猫腻不言而喻。然王莽、萧鸾的好景并不长。三是没有宏才大略。在封建社会,帝王的智慧和品德很大程度决定着当朝的成败兴衰。梁武帝把崇拜佛教作为一种治国理念来牵引老百姓的信仰;把禁忌吃斋当成勤俭节约,把佛主虚假慈善建设的孤独园当成对老百姓的赐福;把微不足道的丛作为梁家王朝的顶层设计来加以炫耀;把慈悲、宽纵作为一种怀柔政策来关怀体恤部属;把征伐拓疆、壮丁作为一种初始化的发展模式来光耀梁氏宗庙。到头来只能是一个短命的王朝、失败的君主,悲哀的老头。铸就历史辉煌的是"文景之治""光武中兴""贞观之治""康乾盛世"。创造丰功伟业的是立志振兴华夏的有识之士。

其实琐碎和仔细是有区别的。仔细是在工作中注重细节,尽量做到百密不疏,因为细节决定成败,细微处可见精神,是对事物认知;而琐碎是处理事情细小繁多、杂乱无章,无前瞻性、无全局性、无系统性,是处置事物的态度。正确把握其中的辩证关系,拿捏好不同层面的尺度,就能立于不败之地,就能使各项事业做得更好。"南朝四百八十寺,多少楼台烟雨中。"南梁朝的记忆我们能回忆起多少?又借鉴了多少?古往今来的人们又重复了多少哪些该重复或哪些不该重复的故事?"恐与齐梁作后尘"就是诗圣杜甫留给后人的警示,需要我们仔细考量。

# 说“富二代”隋炀帝

　　《资治通鉴》记载：周武帝平定山东，隋文帝混一江南，勤俭爱民，皆为令主；有子不肖，卒亡宗祀。（《资治通鉴》卷一百九十六）周武帝平定关东地区，隋文帝统一江南地带，勤俭爱护百姓，均成为一代名主；但他们的儿子不肖，才使社稷灭亡。隋文帝时，天下晏平，百物丰大实，储藏的粮食就可吃五十年。隋文帝的有关官吏上奏说：“国家的府库已经全堆满了，以至于财物没有地方存放，只好暂时堆放在府库外的厢房里。”隋文帝问：“朕不但对天下百姓征收很轻的赋税，而且又曾经用来大量地赏赐平陈的有功将士，为什么府库还会全满呢？”官吏回答说：“由于每年收入经常多于支出，估计每年用于赏赐和日常支用达到数百万石，所以府库所藏根本不会减少。”于是文帝下令另外开辟左藏院以存放新征收的财帛。

　　不肖之子就是隋炀帝。隋炀帝有一个好父皇，他继承了一份好家业。他是隋氏家族的“富二代”，他可不会像他老子隋文帝“传飧而食”（相当于吃盒饭），还一年不吃肉。隋炀帝取得皇权后便随心所欲，肆无忌惮，以至于亡朝。

　　一是耀武扬威。车驾发榆林，历云中，溯金河。下承平，百物丰实，甲士五十余万，马十万匹，旌旗辎重，千里不绝。帝欲出塞耀兵，径突厥中，指于涿郡，恐启民惊惧，先遣武卫将军长孙晟谕旨。启民奉诏，因召所部诸国奚、室韦等酋长数十人咸集。晟见牙帐中草秽，欲令启民亲除之，示诸部落，以明威重，乃指帐前草曰："此根大香。"启民遽嗅之，曰："殊不香也。"晟曰："天子行幸所在，诸侯躬自洒扫∣耕除御路，以表至敬之心；今牙内芜秽，谓是留香草耳！"启民乃悟曰："奴之罪也！奴之骨肉皆天子所赐，得效筋力，岂敢有辞。特以边人不知法耳，赖将军教之；将军之惠，奴之幸也。"遂拔所佩刀，自芟庭草。其贵人及诸部争效之。于是发榆林北境，至其牙，东达于蓟，长三千里，广百步，举国就役，开为御道。帝闻晟策，益嘉之。（《资治通鉴》卷一百八十）炀帝的车驾从榆林出发，经过云中，溯金河而上。当时天下承平，百物丰实，随驾的士兵有五十余万人，马十万匹，旌旗辎重，千里不绝。炀帝想要出塞去炫耀兵力，径直进入突厥境内，想去涿郡。他怕启民可汗惊恐，先派遣武卫将军长孙晟传达他的旨意。启民可汗接到炀帝的诏书，就把他所属的奚、室韦等国的酋长几十人都召集起来。长孙晟看见启民可汗牙帐中杂草肮脏，打算让启民可汗亲自除掉，示范给各部落，以表示对朝廷的敬重。就指着帐前的草说："这根草很香。"启民可汗就急忙闻道，说："一点也不香。"长孙晟说："天子巡幸所到之地，诸侯都要亲自洒扫，修整御道，以表示对天子的至诚崇敬之心。现在牙帐内杂草丛生，我只说是留着香草罢了！"启民可汗才醒悟过来，说："我的罪过！我的骨肉都是天子赐给的，得到为天子效力的机会，怎么敢推辞呢？只是因为边远地区的人不知道法度，全靠将军教诲我们了，将军的恩惠，是我的幸运。"于是拔出佩刀，亲自铲除牙帐中的草。启民部族的显贵和其他部族的人都争相仿效启民可汗。于是从榆林北境，到启民可汗的牙帐，向东到蓟，全体突厥人出动，开辟了一条长三千里、宽一百步的御道。炀帝知道了长孙晟的策略，更加赞许他。

二是夸示炫富。帝欲夸示突厥，令宇文恺为大帐，其下可坐数千人；帝于城东御大帐，备仪卫，宴启民及其部落，作散乐。诸胡骇悦，争献牛羊驼马数千万头。帝赐启民帛一千万段，其下各有差……先命整饰店肆，檐宇如一，盛设帷帐，珍货充积，人物华盛，卖菜者亦藉以龙须席。胡客或过酒食店，悉令邀延就坐，醉饱而散，不取其直，绐之曰："中国丰饶，酒食例不取直。"胡客皆惊叹。其黠者颇觉之，见以缯帛缠树，曰："中国亦有贫者，衣不盖形，何如以此物与之，缠树何为？"市人惭不能答。（《资治通鉴》卷一百八十、一百八十一）隋炀帝想要向突厥人炫耀，他命令宇文恺制作大帐，帐内可坐几千人。隋炀帝来到设于城东的大帐，备好仪仗侍卫，宴请启民可汗及其部属，宴间演出散乐。各方部落的胡人都惊异欢悦，争着进献牛羊驼马几千万头。炀帝赐给启民可汗帛二千万段，启民的部属按等级都有不同的赏赐……他先下令整修装饰店铺，屋檐式样要划一，店内挂设帷帐，珍稀货物摆满店堂，商人们服饰华丽，连卖菜人也要用龙须席铺地。胡客凡有经过酒食店的，命令店主都要邀请入座，酒足饭饱之后，不取酬偿，并诳骗他们说："中国富饶，酒食照例不要钱。"胡人都惊叹。他们中聪明的人有些发觉，看到用丝绸缠树，就问："中国也有穷人，衣不蔽体，为什么不把这些丝绸给他们做衣服，却用来缠树呢？"市上的人惭愧得无言以对。

三是穷奢极欲。炀帝诏吏部尚书牛弘等议定舆服、仪卫制度。以开府仪同三司何稠为太府少卿，使之营造，送江都。稠智思精巧，博览图籍，参会古今，多所损益；衮冕画日、月、星辰，皮弁用漆纱为之。又作黄麾三万六千人仗，及辂辇车舆，皇后卤簿，百官仪服，务为华盛，以称上意。谍州县送羽毛，民求捕之，网罗被水陆，禽兽有堪氅之用者，殆无遗类。乌程有高树，逾百尺，旁无附枝，上有鹤巢，民欲取之，不可上，乃伐其根；鹤恐杀其子，自拔氅毛投于地，时人或称以为瑞，曰："天子造羽仪，鸟兽自献羽毛。"所役工十万余人，用金银钱帛钜亿计。帝每出游幸，羽仪填街溢路，亘二十余里……制五品已上文官乘车，在朝弁服/佩玉；武官马加珂，戴帻，服裤褶。文物之盛，近世莫及也……（《资治通鉴》卷一百八十）炀帝下诏命吏部尚书牛弘等人议定皇帝的车驾服饰、仪仗制度。任命开府仪同三司何稠为太府少卿，让他负责督办，送往江都。何稠聪慧精巧，博览群书，参酌古今制度，做了不少增减。他在天子礼服上画日、月、星、辰，用漆纱制成皮帽。何稠又制做三万六千人的黄麾仪仗，以及辂辇、车舆和皇后的仪仗，文武百官的礼服，都务求华丽壮观以使炀帝满意。又向各州县征收羽毛，百姓为了搜捕鸟兽，水上陆地都置满了捕鸟兽的罗网，可用作羽毛装饰的鸟兽几乎被捕尽杀绝。乌程有棵很高的树超过百尺，树周没有可以攀附的枝条，树上有鹤巢，有人要捉鹤，但爬不上树，就砍伐树根。鹤怕它的后代被杀，就自己把羽毛拔下来扔在地上。当时有人称之为吉祥的征兆，说："天子制羽仪，鸟兽自动献羽毛。"服役的工匠有十万余人，用的金银钱帛不计其数。炀帝每次出行，羽仪仪仗队伍把街巷都填满了，连绵二十余里……同时制定五品以上文官的车、上朝时的礼服、佩玉等品级规制；武官的马要用珍贵的贝类来装饰，人须戴头巾，穿骑服。礼乐典章的盛况，近世无法相比。又，帝以诸蕃酋长毕集洛阳，丁丑，于端门街盛陈百戏，戏场周围五千步，执丝竹者万八千人，声闻数十里，自昏至旦，灯火光烛天地，终月而罢，所费巨万。自是岁以为常。（《资治通鉴》卷一百八十一）炀帝因为各蕃部落的酋长都汇集在洛阳，正月十五日，在端门街举行盛大的百戏表演。戏场周围长五千步，演奏乐器的人有一万八千人，乐声几十里以外都能听得到，从黄昏至清晨，灯火照亮了天地，至月末才结束。耗费巨万，从此每年都是这样闹元宵（583年）

隋文帝曾下诏"禁断"闹元宵）。）

四是大兴土木。堂殿楼观，穷极华丽。宫树秋冬凋落，则剪彩为华叶，缀于枝条，色渝则易以新者，常如阳春……帝无日不治宫室，两京及江都，苑囿亭殿虽多，久而益厌，每游幸，左右顾瞩，无可意者，不知所适。乃备天下山川之图，躬自历览，以求胜地可置宫苑者。（《资治通鉴》卷一百八十、一百八十一）院内的堂殿楼观，极端华丽。宫内树木秋冬季枝叶凋落后，就剪彩绸为花和叶缀在枝条上，颜色旧了就换上新的，使景色常如阳春……炀帝没有一天不在营建宫室。两京以及江都，苑囿亭殿虽然很多，时间久了炀帝仍非常感到厌倦。每次游玩，左顾右盼，觉得这些宫殿苑林都没有中意的，不知知道什么是好。于是遍求天下山川图册，亲自察看，以勇求名胜之地营造宫苑。

五是穷兵黩武。隋大业七年至十年间三次征伐高丽。帝自去罗谋讨高丽，诏山东置府，令养马以供军役。又发民夫运米，积于乙泸河、怀远二镇，车牛往者皆不返，士卒死亡过半，耕稼失时，田畴多荒。加之饥懂，谷价踊贵，东北边尤甚，斗米值数百钱。所运米或粗恶，令民籴而偿之。又发鹿车夫六十余万人，二人共推米三石，道途险远，不足充族粮，至镇，无可输，皆惧罪亡命。重以官吏贪残，因缘侵渔，百姓困穷，财力俱竭，安居则不胜冻馁，死期交急，剽掠则犹得延生，于是始相聚为群盗……骆驿引途，总集平壤，凡一百一十三万三千八百人，号称二百万人，其馈运者倍之。（《资治通鉴》卷一百八十一）炀帝自从去年就计划征伐高丽，下诏在山东置府，命令养马以供军队役使。又征发民夫运米，储存在泸河、怀远二镇。运粮车的牛都没有返回的，士卒死亡过半。耕种失时，田地荒芜，再加上饥荒，谷价腾贵，东北边境地区尤其突出，一斗米要值几百钱。运来的米有的很粗恶，却命令百姓买进这些米而用钱来补偿损失。炀帝又征发小车夫六十余万人，两个人推三石米，运粮的道路艰难险阻且又遥远，这三石米还不够车夫路上吃的，到达泸河、怀远二镇时，车夫们已没有可以缴纳的粮食，只好畏罪而逃亡了。再加上官吏贪狠暴虐，借机鱼肉百姓，百姓穷困，财力都枯竭了。安分守己则无法忍受饥寒，死期也将迫近；抢劫掠夺则还可能活命，于是百姓开始聚众闹事做盗贼……人马相继不绝于道，在平壤城总汇集，总计一百一十三万三千八百人，号称二百万人，运送军需的人加倍。当初，九路军渡辽河进攻高丽，共三十万五千人，待回到辽东城时，只有二千七百人了。第二次征伐高丽时，因国内形势发生变化，杨玄感反叛，农民起义风起云涌无果而反。当时的老百姓响应造反的人越来越多，多得像赶集一般。第三次征伐高丽时，天下已经大乱，已无回天之力。隋炀帝才下诏停止征伐辽东的兵役。

六是骄矜自负。帝善属文，不欲人出其右。薛道衡死，帝曰：更能作'空梁落燕泥'否！"王胄死，帝诵其佳句曰："'庭草无人随意绿'复能作此语邪！"帝自负才学，每骄天下之士，尝谓侍臣曰："天下皆谓朕承藉绪余而有四海，设令朕与士大夫高选，亦当为天子矣。"（《资治通鉴》卷一百八十二）炀帝擅长文辞，不喜欢别人超过他。薛道衡被赐死，炀帝说："还能写'空梁落燕泥'吗？"王胄被处死，炀帝吟诵王胄的佳句："'庭草无人随意绿'，还能写出这样的句子吗？"炀帝对自己的才学非常自负，他往往看不起天下的文士，他曾对侍臣说："天下人都认为我继承先帝的遗业才君临天下，其实就是让我和士大夫比才学，我也该做天子。"（唐太宗谓侍臣曰："朕观《隋炀帝集》，文辞奥博，亦知是尧、舜而非桀、纣，然行事何其反也！"魏征对曰："人君虽圣哲，犹当虚己以受人，故智者献其谋，勇者竭其力。炀帝恃其俊才，骄矜自用，故口诵尧、舜之言而身为桀、纣之行，曾不自知以至覆亡也。"上曰："前事不远，吾属之师也！"（《资治通鉴》卷一百九十三）唐太宗对亲近的大臣说："朕翻阅《隋炀帝集》，见其文辞深奥博雅，也知道推崇尧、舜而非议桀、纣，然而其行事为何与其文章相反呢？"魏征回答道："君主虽然是圣哲之人，也应当虚心地接受别人的谏议，所以智慧的人奉献他的谋略，勇武之人竭尽其勇力。炀帝恃才自傲，骄矜自大，所以口诵尧、舜的言语而身行桀、纣的作为，竟然自己不知道怎么回事而至于覆灭。"太宗说："前事不远，当成为我们的借鉴。"

老子在三千年前就说过："金玉满堂，莫之能守；富贵而骄，自遗其咎。"治国如治家，正家而天下定。物极必反，日盛必衰是通用的道理。作为"富二代"的隋炀帝也羡慕秦皇汉武开拓西域、"丝绸之路"的功劳，但是他不是为了沿路的经济和社会的发展，不是为了沿路人民的福祉，不是为了沿路的合作共赢，而是为了自己的奢侈喜好，为了炫耀，为了称霸。探访的只是各国的山川风俗、风土人情及服饰仪表。隋炀帝作为反面教材，确实值得我们认真思考。隋王朝和蒋家王朝一样都是三十八年而覆灭。"三十八年过去，弹指一挥间。"隋朝让位唐朝三百年。盛唐是中华民族引以为自豪的朝代。现在中国人民正在为实现两个一百年的奋斗目标而努力，即在中国共产党成立一百年时全面建成小康社会，在新中国成立一百年时建成富强民主文明和谐的社会主义现代化国家。要想守住革命先辈打下的红色江山，实现中华民族伟大复兴，国家繁荣富强，民族团结和谐，人民幸福安康，我们就不能像"富二代"隋炀帝那样，而要吸取前代的教训，《东方红》的歌要唱，《走进新时代》的歌也要唱，更要唱《国歌》"中华民族到了最危险的时候……"要有永远的危机感，为新中国、为中华民族书写三百八十年乃至更长久的辉煌。

# 关于恩赐的话题

　　恩赐就是恩典的赐予，在君主权力至高无上的封建君主制度下更多的是一种任官现象，即君主将官职赏赐给下属的任官制度。它是封建君主制度下普遍存在的一种任官现象。在封建社会，官职、爵位是君主的私有财产，君主掌握着任用官职的权力，可以凭自己的主观好恶任用下属官吏，而受恩赐的官吏也必须以尽忠作为对君主的报答。

　　据《资治通鉴》记载：视李世勣为"长城"的李世民非常看重开国元勋李世勣，李世勣尝得暴疾，方云须灰可疗，李世民亲自剪掉自己的胡须为他和药。可见唐太宗对李世勣的恩宠，但是一旦威胁到皇权，就另当别论。上谓太子曰："李世勣才智有余，然汝与之无恩，恐不能怀服。我今黜之，若其即行，俟我死，汝于后用为仆射，亲任之；若徘徊顾望，当杀之耳。"五月，戊午，以同中书门下三品李世勣为叠州都督；世勣受诏，不至家而去。（《资治通鉴》卷一百九十九）唐太宗对太子李治说："李世勣才智有余，然而你对他没有恩德，恐怕不能够敬服你。我现在将他降职，假如他即刻就走，等我死后，你以后可再重用他为仆射，视为亲信；如果他徘徊视望，应当杀掉他。"五月，十五日，任命同中书门下三品李世勣为叠州都督；李世勣接受诏令后，没有回家即去上任。后来，李世勣为了报答唐高宗，帮助武则天当上了皇后。有一天，李世勣进宫见高宗，高宗问他："朕想要立武昭仪为皇后，褚遂良固执己见认为不可以。褚遂良既是顾命大臣，他反对，那么事情就应该停止吗？"李世勣答道："这是陛下的家事，何必又去问外人呢！"高宗废后主意于是定了下来。许敬宗在朝中扬言道："庄稼汉多收了十斛麦子，还想着要换个老婆呢？何况天子要立皇后，人们又何必管那么多事而妄生异议呢？"武昭仪让身边的人将此话讲给高宗听。初三，将褚遂良贬为潭州都督。更具讽刺意味的是，后来高举反对武则天大旗的就是李世勣的孙子徐敬业。

北齐高祖高欢任东魏丞相时，欢谓澄曰："我虽病，汝面更有余忧，何也？"澄未及对，欢曰："岂非忧侯景叛邪？"对曰："然。"欢曰："景专制河南，十四年矣，常有飞扬跋扈之志，顾我能畜养，非汝所能驾御也。今四方未定，勿遽发哀。……堪敌侯景者，唯有慕容绍宗，我故不贵之，留以遗汝。"（《资治通鉴》卷一百五十九）高欢问高澄："虽然是我病了，可你的脸上却有另外的忧虑，这是为什么？"没等到高澄回答，高欢又说："莫不是担心侯景要反叛？"高澄回答说："是的。"高欢又说："侯景专制河南已有十四年了，他一直飞扬跋扈，有夺取天下的志向。只有我能驾御他，你很难驾御他。现在，天下还没有安定，如果我死了，你不要马上发丧。……所有人中，能够与侯景对抗的，只有慕容绍宗一人。我故意不让他得到富贵，就是要把他留下给你。"高欢使高澄厚以官爵结交慕容绍宗之心，为建立北齐打基础。封建君主的恩，必须是直接的恩赐，间接的不牢固，为了直接的主宰权，不惜使用打压甚至杀戮等手段，处心积虑制造恩宠氛围，凸显荣华富贵的赐予者，"视民为衣食父母"就是一句空话，《诗经·蓼莪》中有"哀哀父母,生我劬劳",不足挂齿,《诗经·凯风》中的"有子七人,母氏劳苦"也不值得惦记。同时,君主的恩又是一种与权力地位的交易,"擢士则欲其报德,选将则望彼酬恩"。皇恩浩荡,必须向君主本人尽忠感恩,通过直接的恩、权交易巩固其君臣关系。但对臣系而言又何尝不是一种利用?官位无法再高时,反而被臣下轻视;恩惠不能满足时,臣下便会怠慢。

感恩是中华民族的传统美德,道德规范的根源。唐代诗人孟郊的诗"谁言寸草心,报得三春晖",就是说赤子对"哀哀父母"的恩情永远都报答不了。孩子对父母的感恩体现在回家的路上,凝聚在一句深情的话语中;而恩赐则是一种机制,一个手段,作为等同于利诱的物资性的奖励品,赏赐给臣子。臣子对于君主的恩赐,必须是"君要臣死,臣不得不死"的承诺。这种关系一旦解除,就会滋生意想不到的恩怨。我们生活的这个社会不需要个人的恩赐,我们处在这个时代更没有以死的报答。我们需要的是对社会的无私奉献,我们需要的是对人民的崇高责任,需要的是对祖国的忠诚。

# 兴衰成败说苻坚

前秦国主苻生喝酒不分昼夜，有时一连数月不临朝处理政事。他对奏章常常不审阅，搁置不理，有时在醉酒后处理政事。周围的人因此就常干奸诈之事，赏罚失去标准。有时到申时酉时才出来临朝视政，乘着醉意杀了许多人他自己由于少了一只眼睛，就忌讳说"残缺偏只少无""不全"一类字眼，因误说了这些字眼而被杀死的人，不计其数。他喜欢活看剥牛、羊、驴、马的皮，用热水退活鸡、活猪、活鹅、活鸭的毛，把它们放到大殿前面，几十个为一群。有时则剥掉人的脸皮，让他们唱歌跳舞，他来观看，以此作乐。他曾经问周围的人说："自从我统治天下以来，你们在外边听到些什么？"有人对他说："圣明君主主宰天下，赏赐得当，刑罚严明，天下人只有歌颂太平盛世了。"苻生愤怒地说："你向我献媚！"于是就把他拉出去杀了。改天他又问这个问题，有人对他说："陛下的刑罚稍微过分了一点。"苻生又愤怒地说："你诽谤我！"这人也被杀了。有功的旧臣和亲戚，被诛杀殆尽，群臣们能保全一天，如同度过十年。

《资治通鉴》记载：357 年，前秦不满二十岁的苻坚诛杀暴君苻生自立为国主。前秦王苻坚曾巡视到了尚书省，看见文牍案卷凌乱，便罢免了尚书左丞程卓的官职，任命王猛取代他。苻坚任用贤才，整治废弛的政事，劝勉农桑，抚恤贫困，礼敬百神，设立学校，表彰节义，恢复已经断绝的世袭，前秦的百姓十分高兴。由此可以看出苻坚励精图治的雄心壮志，开明君主治国理政的理念。他一方面重视教育，重视人才，礼贤下士；一方面重视农桑，发展经济；一方面勤俭节约，减膳撤了；一方面重视法治建设，刑必当罪；同时，还虚心纳谏，改正自己的错误。

在短短的几年内，"当是之时，内外之官，率皆称职；田畴修辟仓库充实，盗贼屏息"（《资治通鉴》卷一百一）。这时，朝廷内外的官吏，人人称职。农田得以修整，荒地得以开垦，仓库丰盈充实，盗贼息声敛行。前秦共得到一百五十七郡，二百四十六万户，九百九十九万人。好一派欣欣向荣的景象。他深知前秦江山"夫取之不易，守之亦难"。对王猛说"假如祸患出现于我们预料之外，岂止仅是朕的忧患，也是你的责任"。

猛为相，坚端拱于上，百官总己于下，军国内外之事，无不由之。猛刚明清肃，善恶著白，放黜尸素，显拔幽滞，劝课农桑，练习军旅，官必当才，刑必当罪。由是国富兵强，战无不克，秦国大治。（《资治通鉴》卷一百三）王猛为宰相，苻坚敛手无为于其上，百官统属其下，军队及国家内政外交事务，没有不经由他手的。王猛刚正贤明，清廉严肃，褒贬鲜明，放逐罢免尸位素餐者，提拔重用有才而不得志者，劝勉农耕桑蚕，训练军队，任用职官都符合他们的才能，刑罚一定依据罪恶。因此国富兵强，战无不胜，秦国大治。

383年，秦王坚下诏大举入寇，民每十丁遣一兵；其良家子年二十已下，有材勇者，皆拜羽林郎……坚发长安，戎卒六十余万，骑二十七万，旗鼓相望，前后千里……秦兵大败，自相蹈藉而死者，蔽野塞川。其走者闻风声鹤唳，皆以为晋兵且至，昼夜不敢息，草行露宿，重以饥冻，死者什七八。（《资治通鉴》卷一百五）前秦王苻坚下达诏令，开始大举入侵东晋。百姓中每十个成年人选派一人充军，良家子弟中年龄在二十岁以下，有才能勇气的人，全都授官羽林郎……苻坚发兵长安，将士共有六十多万，骑兵二十七万，旌旗战鼓遥遥相望，绵延千里……前秦的军队大败，自相践踏而死的人，遮蔽山野堵塞山川。逃跑的人听到刮风的声音和鹤的鸣叫声，都以为是东晋的军队将要来到，昼夜不敢停歇，慌不择路，风餐露宿，冻饿交加，死亡的人十有七八。

"风声鹤唳""草木皆兵"的典故镌刻下了他穷兵黩武的耻辱，定格他任性专行的恶名。臣光曰：论者皆以为秦王坚之亡，由不杀慕容垂、姚苌故也。臣独以为不然。许劭谓魏武帝治世之能臣，乱世之奸雄。使坚治国无失其道，则垂、苌皆秦之能臣也，乌能为乱哉！坚之所以亡，由骤胜而骄故也。魏文侯问李克，吴之所以亡，对曰："数战数胜。"文侯曰："数战数胜，国之福也，何故亡？"对曰："数战则民疲，数胜则主骄，以骄主御疲民，示朋不亡者也。"秦王坚似之矣。（《资治通鉴》卷一百六）《资治通鉴》的作者司马光说：谈论这段历史的人都认为秦王苻坚的灭亡，是由于没有杀掉慕容垂、姚苌的缘故。臣唯独认为不是这样。许劭说魏武帝曹操是太平盛世的能臣，混乱世道的奸雄。假使苻坚治理国家不违背治国之道，那么慕容垂、姚苌全都是前秦国的能臣，怎么能作乱呢！苻坚之所以灭亡的原因，是由于屡次取胜后骄傲的缘故。魏文侯曾问李克关于吴国失败的原因，李克回答说："经常征战又经常胜利。"魏文侯说："经常征战又经常胜利，这是国家的福份，为什么灭亡了呢？"李克回答说："经常征战则民众疲惫，经常胜利则主上骄傲，以骄傲的君主统治疲惫的民众，没有不灭亡的道理。"前秦王苻坚就于此相似。

成功者的经验各有特色，失败者的教训却都是一致的。借用他自已的话说"天下之恶一也"。苻坚是集兴衰成败两方面为一体的典型。他成功的经验确实值得大书特书，快速走向灭亡的教训也让人深思。骄傲自大滋生任性，听不进不同意见；没有危机感，善始不能善终；不把休养生息、体恤百姓作为首要；人才发展无远虑，单纯依赖王猛，又是丞相，又是大将军，还兼六州重任；贪图安逸，只要有合适的人选就省心省力；赏罚不明，致使祸乱繁殖。前事不忘后事之师，这个话题说了几千年，"后事"也成为了借鉴，可是，类似不忘的"前事"还在重演，还有"沉舟"在倾覆，还有"病树"需防治。

如何防患于未然，确定什么样的理念，建立怎样的预警机制，发挥哪些作用，走什么形式的程序，都离不开以老百姓利益为根本，以广大人民群众的合理诉求为考量，并不仅仅是嘴上说说，网上挂挂，纸上画画。认真贯彻落实全面建成小康社会、全面深化改革、全面依法治国人全面从严治党的战略布局，要付诸行动。疲惫的民众，没有不灭亡的道理。"秦王苻坚就与此相似。

# 说家教

　　一进入假期，有关补课的帖子、广告就接踵而至）补课为何有市场？为何屡禁不止？寒暑假本来是家长和孩子交流感情、进行家教的最佳时机，但家长为了省事、省心，以花钱补课替代家庭教育，既可以让孩子学知识，又有人托管孩子，自己还可以去搓几圈麻将，何乐而不为？这实际是把家庭教育市场化、简单化。

　　父母是孩子最好的老师，家庭是人生的第一课堂。孩子的世界观的形成，父母的表率、家庭的教育起很大作用。现在家长对孩子的教育似乎是以补习课本知识或学习艺术为主，以应试教育为主攻方略，"学好数理化，走遍天下都不怕"，使家教走入误区。按"物以类聚，人以群分"的社会形成，家庭是核心群。这个核心群随着人的生活、工作和社会交往群的逐步扩散，形成社会关系，盘根错节，故有同姓氏的追溯攀附"五百年前是一家"的说法。

　　中国自古就有重视家庭教育的传统。《资治通鉴》记载：东汉时，太傅邓禹内行淳备，有子十三人，各使守一艺，修整闺门，教养子孙，皆可以为后世法，资用国邑，不修产利。（《资治通鉴》卷四十三）谓之小太宗的唐宣宗则是用节俭和讲礼数来教育女儿的。万寿公主适起居郎郑颢。颢，絪之孙，登进士第，为校书郎、右拾遗内供奉，以文雅著称。公主，上之爱女，故选颢尚之。有司循旧制请用银装车，上曰："吾欲以俭约化天下，当自亲者始。”令依外命妇以铜装车。诏公主执妇礼，皆如臣庶之法，戒以毋得轻夫族，毋得预时事。又申以手诏曰：“苟违吾戒，必有太平、安乐之祸。”颢弟题，尝得危疾，上遣使视之，还，问“公主何在？”曰：“在慈恩寺观戏场。”上怒，叹曰：“我怪士大夫家不欲与我家为婚，良有以也！”亟命召公主入宫，立之阶下，不之视。公主惧，涕泣谢罪。上责之曰：“岂有小郎病，不往省视，乃观戏乎！”遣归郑氏。由是终上之世，贵戚皆兢兢守礼法，如山东衣冠之族。（《资治通鉴》卷二百四十八）

中国传统文化对家教是与治理国家联系在一起的。《大学》说“所谓治国，必先齐其家者，其家不可教而能教人者无之。一家仁，一国家兴仁；一家让，一国兴让。”孔子曰：“政者，正也。”治理国家飞最基本的一件事，无非端正自己。耿直诚实，则是端正的主干，最基本的为人之道，处世之道，入世的首要。其次是磨砺。《孟子》：“天将降大任于斯人也，必先苦其心志，劳其筋骨，饿其体肤空乏其身，行拂乱其所为，所以动心忍性，增益其所不能。”人不能一生下来就一帆风顺，心想事成。磨砺是在磨炼意志，积累财富。三是表率。要想别人做好，自己必须先做到，“已所不欲，勿施于人。”父母或上级领导的一言一行、一举一动都会让子女或下属，关注效仿。就像是太阳高高挂在天上，一片遮云、一块斑点、几许温差都会引起下面的注意，都会形成一个导向。

习近平总书记高度重视家教与社会治理，系统地把立德、修身、笃行、劝学、廉政等传统美德有机地与家教、政治结合，推陈出新，为我们齐家治国提供了丰富的理论依据，增强了我们弘扬中华传统文化、传统美德的理论自信，增添了我们华夏儿女的自豪感。习近平总书记曾说："我们都要重视家庭建设，注重家庭、注重家教、注重家风，紧密结合培育和弘扬社会主义核心价值观……使千千万万个家庭成为国家发展、民族进步、社会和谐的重要基点。"认真贯彻落实全面建成小康社会、全面深化改革、全面依法治国、全面从严治党的战略步骤，实现中华民族伟大复兴的中国梦还遥远吗？

# 从汉武帝的罪已诏说起

《周易》总结人生有四种情景：吉、凶、悔、吝。"悔"便是其中之，古人把追悔前过曰思。即只要你在思、在想就有追悔之意。悔，会意字，竖心旁加每也就是此意。春秋战国时期的荀子在《劝学》中说："日参省乎己……吾尝终日而思矣。"假如把人生的丑态或过错集中回放，或把它写在一张稿纸上，那将是一部怎样的情景剧呢？那肠子不都得悔青？悔是反思过程中的一个程序，是做好下一步工作的一个检讨，是对人生道德行为缺失的一个更正。据《资治通鉴》卷二十二记载：征和四年三月，汉武帝会见群臣时说："朕即位以来，所为狂悖，使天下愁苦，不可追悔。自今事有伤害百姓，靡费天下者，悉罢之。"上乃下诏，深陈既往之悔……汉武帝说道："朕自即位以来，干了很多狂妄悖谬之事，使天下人愁苦，朕后悔莫及。从今以后，凡是伤害百姓、浪费天下财力的事，一律废止！"为此，汉武帝专门颁布诏书，对他已往的所作所为深表悔恨。汉武帝每每津津乐道于自己的雄才大略，开拓疆域，抗击外夷，让我中华民族傲然屹立，虎虎生威。然而战争是"一将功成万骨枯"，"大军之后，必有凶年"，累累白骨铸就了汉武大帝彪炳青史的赫赫丰功，也终于使他明白"兵者不祥之器，非君子之器"，对自己穷兵黩武的国策进行了深刻的反思，于是写下了自我批评的《罪己诏》。难怪司马光给予了高度评价。司马光说："汉武帝穷奢极欲，刑罚繁重，横征暴敛，对内大肆兴建宫室，对外征讨四方蛮夷，又迷惑于神怪之说，巡游无度，致使百姓疲劳凋敝，很多人被迫做了盗贼，与秦始皇没有多少不同。但为什么秦朝因此而灭亡，汉朝却因此而兴盛呢？是因为汉武帝能够遵守先王之道，懂得如何治理国家、守住基业、能接受忠正刚直之人的谏言，厌恶被人欺瞒蒙蔽，始终喜好贤才，赏罚严明，到晚年又能改变以往的过失，将继承人托付给合适的大臣，这正是汉武帝所以有造成像秦朝灭亡的错误，也避免了像秦朝灭亡灾祸的原因吧！

　　或许平凡人的悔可能是一些柴米油盐、鸡毛蒜皮的小事，或"早知今日，何必当初"的情感方面的纠结，感情不完整的晦涩的表达，或工作中说不出口的辛酸苦辣。可是在我的工作经历中，有一件事却让我后悔了几十年，至今不能释怀。在 20 世纪 90 年代初期，商品粮户口可是香饽饽。我当时在市计划委员会任科长，兼任市"农转非"领导小组办公室主任，我向领导提了一个卖户口的建议，每出卖一个户口收六千元城市增容费。一是可以解决农村人口对商品粮的需求，子女就业有保障；二是可以用这笔钱兑现农民手中的白条，缓解政府的压力；三是可以用卖户口的钱加大城市基础设施建设的投入。仅第一天就收取近千万元的增容费，十元一张的登记表竟然炒到伍佰元。虽然上级政府及时制止了出卖户口的事，但是卖户口几千万元的钱如是用了。此种用收老百姓的钱兑换老百姓手中白条的事，确实有损政府形象，实在是有悖为人民服务的宗旨。最让我后悔的是，一对乡下老夫妻为了他们的四个孩子东借西凑了两万多元，可是却在来买户口的公共汽车上被小偷偷了。两老哭得伤心伤意，我得知后如鞭抽打脊背。都是我的馊主意，让这一家人倾家荡产；都是我的错，让老百姓好不容易鼓起了的口袋又瘪了下去，为了所谓的政绩，不惜以损害老百姓的利益为代价。/我不知道那两位老人是否还健在，我愿意在他们面前忏悔，我不知道那四个子女是否还在为自己子女的户口发愁，是否还在记恨我。假如有一天我遇见他们的后人，我将如何面对？我虽不敢说担当，也没有理由推卸，我只能说这件事是我几十年的人生中最后悔的事，也是我后来履职践行的一个警示。

有的人沉溺后悔不能自拔，有的人因后悔沦表不得其解，有的人干脆破罐子破摔。后悔的心态是预期与现实的矛盾，过去与现状的纠结，自我存在与社会环境的差异造成的。当然，不切实际的好高骛远，生不逢时的怨天尤人也能繁衍后悔。《论语》记载孔子之言："凤鸟不至，河不出图，吾已矣夫。"孔子说："凤凰不来，黄河也不出现图画，我算完了。"他认为自己的德行本可以招致这些祥瑞，但因为身份卑贱不能招致，而感到悲哀。但孔子仍然不懈地传播儒家的思想，也因传播仁义礼智信而成为圣人。现在，梦想成真的好事越来越多，心有灵犀一点通的感悟越来越明，心照不宣的沟通也越也来越奇妙，只要找准自己的位置，真心面对现实，不浸泡在后悔的烦恼中，就没有过不去的坎，翻不过的山，趟不过的河。后悔并不是坏事，关键是如何面对，如何让人生情景吉凶悔各在不同的时段转化。一是正视自己。直面悔。俗话说："人非圣贤，孰能无过？知过能改善莫大焉！"二是未雨绸缪，化解悔。行为处事既要"终日乾乾，与时偕行"，也要有"人无远虑必有近忧"的预案。三是知足常乐，摒弃悔。人心不足蛇吞象，这山望着那山高，就永远走不出后悔的阴影，永远沉浸在后悔的烦恼中。其结果必然是自遗其咎。

让"悔之晚矣"成为历史吧！

# 虚假的背后

我们曾经为"人有多大胆，地有多大产"而迷惑，曾经为虚假的产值困扰过，也曾经为乡镇村办企业村村点火，家家冒烟而介绍过经验。其实，自古以来一些官员为了沽名钓誉，弄虚作假，欺上瞒下屡见不鲜。

《资治通鉴》记载：郡国三十七雨水……敕司隶校尉部刺史曰："间者郡国或有水灾，妨害秋稼，朝廷惟咎，忧惶悼惧。而郡国欲获丰穰虚饰之誉，遂覆蔽灾害，多张垦田，不揣流亡，竞增户口，掩匿盗贼，令奸恶无惩，署用非次，选举乖宜，贪苛惨毒，延及平民。刺史垂头塞耳，阿私下比，不畏于天，不愧于人。假贷之恩，不可数恃，自今以后，将纠其罚。二千石长吏其各实核所伤害，为除田租刍稿。"（《资治通鉴》卷四十九）有三十七郡和封国大雨成灾……垂帘听政的邓太后敕令司隶校尉和部刺史："近来有些郡和封国发生水灾，伤害了秋天的庄稼，朝廷思考自己的过失，深为忧虑惶恐。然而各地方官府为了要得到丰产的虚名假誉，便隐瞒灾情，夸大垦田面积；不去统计迷亡人数，却竟相增加户口；掩盖盗匪活动情况，使罪犯得不到惩处；不依照规定次序任用官吏，举荐人才不当，将贪婪苛刻的祸害，加在人民的身上。而刺史却低头塞耳，循私包庇，在下面互相勾结，不知畏惧上天，也不知愧对于人。不能让他们一再地仗恃朝廷的宽容恩典，从今以后，将加重对不法官员的处罚。现命令二千石官员各自核查百姓受灾情况，免除他们应向国家交付的田赋禾秆。"

京兆尹黎干奏秋霖损稼，韩混奏干不实；上命御史按视，丁未，还奏，"所损凡三万余顷"。渭南令刘澡阿附度支，称县境苗独不损；御史赵计奏与澡同。上曰："霖雨溥博，岂得渭南独无！"更命御史朱敖视之，损三千余顷。上叹息久之，曰："县令，字人之官，不损犹应言损，乃不仁如是乎！"贬澡南浦尉，计澧州司户，而不问混。（《资治通鉴》卷二百二十五）京兆尹黎干奏报说秋雨连绵，损坏庄稼，韩混则上奏说黎干所说与事实不符，唐代宗命令御史前去视察核实。二十九日，御史回报说："所损坏的庄稼约三万多顷。"渭南县令刘澡奉承依附度支韩混，声称唯独渭南县境内的禾苗没有损坏；御史赵计所奏也与刘澡相同，唐代宗说："大雨连绵，分布区域又广，难道单单渭南没有！"再命令御史朱敖去视察，渭南实际上受损庄稼三千多顷。唐代宗长长地叹息，说道："县令是抚养人民的父母官，无损坏还应该说有损坏，但他们竟不仁到这种地步！"将刘澡贬为南浦县尉，赵计贬为澧州司户，但不追究韩混的罪。

司马光记载这些弄虚作假、欺上瞒下的故事，也算是用心良苦，却无回天乏力。历史上的韩混为人强力严毅，自奉俭素，夫人常衣绢裙，破，然后易。"（《资治通鉴》卷二百三十一）相对于贪官污吏，他算是个清廉的官，但他弄虚作假、欺上瞒下的劣迹却与贪官污吏同流合污。究其原因，一是在封建社会一切以统治阶级的利益为核心，以君主的好恶为前提，为了迎合君王，以想当然的预期替代实干。后梁开平四年，宋州节度使衡王友谅为了讨好太祖朱全忠就曾"献瑞麦，一茎三穗"，用以彰显朝廷内外形势一派大好。二是扭曲的政绩观作祟。为什么，为了谁及怎么为都不是自下而上，而是自上而下，老百姓没有获得感，感受不到阳光雨露的滋润。

现在的有些干部仍然缺乏公仆意识，莫名其妙地营造些虚假来满足自己的虚荣。习总书记倡导的"三严三实"就是为了让我们脚踏实地地托底，一切从人民的利益出发。产值，顾名思义不就是生产的东西值不值吗？老百姓都认为不值的虚假为什么要繁衍呢！这虚假的背后是不是值得我们深思？我们不想重蹈我们的曾经，也不希望重复昨天的故事，但当今天成为明天的昨天的时候，当问心无愧。

# 奸佞的花招

　　在历史的长河中，有两种人传世，一是流芳百世的上善者，二是遗臭万年的奸佞。历史记载奸佞的目的是告诫后人不要去效仿。不要去用那些花招蛊惑世人。

　　"口蜜腹剑"典故的主角是李林甫。但是"莫道君行早，更有早行人"。据《资治通鉴》记载：初，魏徐州刺史李欣，事显祖为仓部尚书，信用卢奴令范標，弟左将军瑛谏曰："操能降人以色，假人以财，轻德义而重势利；听其言也甘，察其行也贼，不早绝之，后悔无及。"欣不从，腹心之事，皆以语標。……范標知太后怨欣，乃告欣谋外叛。太后征欣至平城问状，欣对无之，太后引標使证之。欣谓標曰："汝今诬我，我复何言！然汝受我恩如此之厚，乃忍为尔乎！"（《资治通鉴》卷一百三十四）当初，北魏徐州刺史李欣，在献文帝时任仓部尚书，对卢奴县令范標宠爱信任。李欣的弟弟、左将军李瑛警告说："范標一直笑脸迎人，用财物结交权贵，鄙视恩德道义，眼中只有势利。听他说的话，比蜜还甜；观察他的行为，却十分邪恶，不及早跟他断绝来往，后悔莫及。"李欣不但不相信，反而把心里的秘密，全部告诉范標。……范標知道冯太后痛恨李欣，就告发李欣通敌叛国。冯太后把李欣召回平城审问，李欣回答说："根本没有此事。"冯太后命范標当面作证。李欣对范標说："你今天血口喷人，诬陷于我，我还能说什么！然而，你受我的恩惠如此之厚，怎么忍心下此毒手？"

弄虚作假，阳奉阴违是奸佞的第二招。京城西污湿地生芦荻数亩尽延龄奏称长安、咸阳有陂泽数百顷，可牧厩马。上使有司阅视，无之，亦不罪也。（《资治通鉴》卷二百三十四）京城西面有一片污秽潮湿的地面，生长着几亩芦苇，户部侍郎裴延龄奏称在长安与咸阳一带有数百顷的坡地与水沼，可以放牧厩中的马匹。唐德宗让有关部门前去核实观看，并没有坡地与水沼，也不归罪他。无怪当时的宰相陆贽就一针见血地指出"上既无信于下，下亦以伪应之。"下级抱着得过且过的应付态度，出了事，皇上信任所轻慢的，怀疑所重视的，一些刀笔吏趁机舞文弄墨，百般诬陷其罪，如果自己陈述，则认为臣子的内心不服，如果不加说明，就会被认为所犯罪过成立，进退两难之际，矫饰虚伪就形成了一种风气。

还有一种人，为了自保就持两端。武则天时期，以天官侍郎苏味道为凤阁侍郎、同平章事。味道前后在相位数岁，依阿取容，尝谓人曰："处事不宜明白，但模棱持两端可矣。"时人谓之苏模棱（《资治通鉴》卷二百六）朝廷任命天官侍郎苏味道为凤阁侍郎、同平章事。苏味道在宰相任上前后数年，曲意奉迎，取悦于人，曾对人说："处理事情不应当明白，只要模棱两可就可以了。"因此当时人称他为"苏模棱"。在他们的处世中，没有立场、没有是非曲直、善良丑恶之分别。把贪污受贿轻描淡写地说成是"簠簋不饰"，污秽淫乱说成是"帷薄不修"，干国之纪说成是"行事不请"。更有甚者下套害人。"指鹿为马"的赵高就让丞相李斯"夷三族"。秦朝郎中令赵高仰仗着受皇帝恩宠而专权横行，因报他的私怨杀害了很多人，因此恐怕大臣们到朝廷奏报政务时揭发他，就劝二世说："天子之所以尊贵，不过是因为群臣只能听到他的声音，而不能见到他的容颜罢了。况且陛下还很年轻，未必对件件事情都熟悉，现在坐在朝廷上听群臣奏报政务，若有赏罚不当之处，就会把自己的短处暴露给大臣们，似此便不能向天下人显示圣明了。所以陛下不如拱手深居宫禁之中，与我和熟习法令规章的侍中们在一起等待事务奏报，大臣们将事务报上来才研究处理。这样，大臣们就不敢奏报是非难辨的事情，天下便都称道您为圣明的君主了。"二世采纳了赵高的这一建议，不再坐朝接见大臣，常常住在深宫之中，赵高侍奉左右，独掌大权，一切事情都由他来决定。赵高听说李斯对此不满而有非议，就对李斯下套，让他接"砖头"："倘若您真的要进行规劝，就请让我在皇上得空的时候通知您。"于是赵高等到二世正在欢宴享乐、美女站满面前时，派人通告李斯："皇上正有空闲，可以进宫奏报事情。"李斯即到宫门求见。如此接连三次，二世大怒……赵高逼迫李斯认罪。于是叛处李斯五刑，在咸阳街市上腰斩。李斯三族的人也都被诛杀了。二世便任命赵高为丞相，事无巨细，全由赵高决定。

　　奸佞的花招五花八门，列举的也只是九牛一毛。《道德经》第十八章："大道废，有仁义；慧智出，有大伪；六亲不和，有孝慈；国家昏乱，有忠臣。"意思是：抛弃了大道，就有人提倡仁义；出现了智慧，就产生了严重的虚伪；亲人之间不和，就有人提倡孝慈；国家动乱，奸佞当道，就出现了忠臣。老子的这段论述准确地指出滋生奸佞的土壤和环境，在"家天下"的社会，统治者的性格、好恶起决定作用，下级官僚为了投其所好，只能迎合。后唐时，魏王通谒李廷安献蜀乐工二百余人，有严旭者，王衍用为蓬州刺史，帝问曰："汝何以得刺史？"对曰："以歌。帝使歌而善之，许复故任。（《资治通鉴》卷二百七十四）魏王李继岌通知李廷安献上前蜀国的乐工二百余人，其中有个叫严旭的，王衍用他为蓬州刺史。后唐帝问他说："你是怎么才当上刺史的？"严旭回答说："我用唱歌。"后唐帝让他唱歌，认为他唱得好，答应恢复他过去的职务。如果是年轻漂亮的女歌手就纳入后宫了。现在落马的一些官员就是有些许嗜好被一味迎合的奸佞掌握，才渐行渐远的。我们的一言一行是不是应该慎重呢！古人云：履，礼也。礼者，圣人之所履也。履，德之基。就是说只要你有所行动，就应该讲礼数、讲德行。"非礼勿视，非礼勿听，非礼勿言，非礼勿动。"千万不要被奸佞所蛊惑，而要让奸佞失去市场，失去赖以生存的空间，并且要把它置于广大人民群众的有效监督之下。

　　我们倡导社会主义核心价值观并不是像古人因为缺失才去倡导，因为丑恶才去美化，古人的价值观就孝廉，而在新时期，我们弘扬了多少，我们创意了多少？人活着不是为了算计，不是为了苛求，而应该奉献真诚，奉献美好，奉献阳光，为了更好地向上向善。

# 走出先入为主的误区

"先入为主"的典故出自《汉书·息夫躬传》："唯陛下观览古今，反复参考，无以先入之语为主。"指先听进去的话或先获得的印象往往在主子的头脑中占有主导地位，以后再遇到不同的意见或新鲜事物时，就不容易接受。先入为主看似是已发生的形态，一个次序、一种技巧，其实是一种根深蒂固的传统观念，《论语》曰："三年无改于父之道，可谓孝矣。"如先声夺人，先入之见，先入庙门的为长曰老，先娶进门的为大房。古代很多故事都受到这种观念的制约。

据《资治通鉴》记载：参代何为相，举事无所变更，一遵何约束：择郡国吏木讷于文辞、重厚长者，即召除为丞相史；吏之言文刻深、欲务声名者，辄斥去之。日夜饮醇酒。卿、大夫以下吏及宾客见参不事事，来者皆欲有言，参辄饮以醇酒；间欲有所言，复饮之，醉而后去，终莫得开说，以为常。见人有细过，专掩匿覆盖之，府中无事。参子密为中大夫。帝怪相国不治事，以为"岂少朕与"？使窋归，以其私问参。参怒，答窋二百，曰："趣入侍！天下事非若所当言也！"至朝时，帝让参曰："乃者我使谏君也。"参免冠谢曰："陛下自察圣武孰与高帝？"上曰："朕乃安敢望先帝！"又曰："陛下观臣能孰与萧何贤？"上曰："君似不及也。"参曰："陛下言之是也。高帝与萧何定天下，法令既明。今陛下垂拱,参等守职,遵而勿失,不亦可乎?"帝曰:"善!"(《资治通鉴》卷十二)曹参接替萧何做了大汉的相国后,所有的条令都不做变更,一律遵照萧何当年的规定。他挑选各郡各封国中为人质朴、拘谨不善言辞、敦厚的长者,召来任命为丞相的属官。对那些言谈行文苛刻、专门追逐名声的官员,都予以斥退。然后曹参日夜只顾饮香醇老酒。卿、大夫以下的官员及宾客见他不管政事,来看望时都想劝说,曹参却总是劝他们喝酒;喝酒间隙中再想说话,曹参又劝他们再喝,直到喝醉了回去,始终没机会开口说话。这样的情况成为常事。曹参见到别人犯有小错误,也一昧包庇掩饰,相国府中终日无事。曹参的儿子曹窋任中大夫之职,汉惠帝向他埋怨曹参不理政事,认为"难道是因为我年纪轻吗"?让曹窋回家时,以儿子身份探问曹参。曹参大怒,打了曹窋二百鞭子,喝斥:"快回宫去侍候皇上,国家大事不是你该说的!"到上朝时,惠帝责备曹参说:"那天是我让曹窋劝你的。"曹参立即脱下帽子谢罪,说:"陛下自己体察圣明威武比高帝如何?"惠帝说:"朕哪里敢比高帝!"曹参又问:"陛下再看我的才能比萧何谁强?"惠帝说:"你好像不如他。"曹参便说:"陛下说得太对了。高帝与萧何平定天下,法令已经明确。如今陛下垂手治国,我们臣下恭谨守职,大家认真遵守不去违反旧时法令,不就够了吗!"惠帝说:"对!"曹参就是以不变的策略应对萧何的先入为主。他认为变是一种否定,与其承担变革的风险,不如以不变应万变而安享晚年。那时也有热词——僭越。汉朝的"举孝廉"就是仅凭第一印象,结果大部分孝廉官吏上任后变本加厉搜刮民脂民膏。说某某以文章才学当了官,结果事与愿违,酒囊饭袋,绣花枕头一个。《资治通鉴》记载:春,正月，丁酉朔，大雪，知温方受贺，贼已至城下，遂陷罗城。将佐共治子城而守之，及暮，知温犹不出。将佐请知温出抚士卒，知温纱帽皂裘而行，将佐请知温擐甲以备流矢。知温见士卒拒战，犹赋诗示幕僚………江陵城下旧三十万户，至是死者什三四。（《资治通鉴》卷二百五十三）878年正月，大年初一，天下大雪，荆南节度使杨知温正在接受将吏的新年祝贺，王仙芝率军已来到江陵城下，攻陷外围罗城。荆南将佐齐心协力将内城修治以拒守，至天黑，杨知温仍然没有出节度使府。将佐们请杨知温出来抚尉士兵，杨知温不着戎装，穿戴纱帽皮衣而出，于是将佐们又请杨知温披甲以防备暗箭流矢。杨知温见士兵们正在拒战，却仍然吟诗给幕僚们听……以前江陵城下有户三十余万，经这次杀掠，约有十分之三四的居民死去。

先入为主不管是就事还是就人至少有三个误区：一是因循守旧的翻版。历史有过辉煌，一点都不假，但其灿烂值有多大？四大发明是中华民族的骄傲，但不是我们的资本。古人总是只从现实的角度去审视，只相信已发生的或历史记载的经典，宁愿慕古，如《道德经》"鸡犬之声相闻，民至老死，不相往来"。也不敢想、不敢干，不超越那个"先"。二是主观意念的研判。凭个人好恶，政出私门，个人崇拜是前提，为我所用是基本，一个擦肩而过的邂逅介入都有可能是影响朝政的关键因素。说你行就行，不行也行；说你不行就不行，行也不行。根本没有把国家利益、人民福祉摆在议事日程，更不要说摆在首要位置了。三是顶层设计缺乏综合考量，制度的制定不托底，监督机制出发点不切实际。

我们曾经为电脑雀跃，现在也在为入侵的病毒投入大量的研发资金。当世界在为能源发愁的时候，我们的清洁能源、新能源已经走在了世界的前列，我们的改革已进入深水区，我们又植入了供给侧改革。改革高级干部待遇终身制也在热议中。敢为天下先的"先"不是先前的先入为主，而是敢走先人没有走过的路，敢淌先人。没有涉过的河，我们的道路自信、理论自信、制度自信就是彻底破除了"先入为主"的传统观念，大众创业、万众创新萌发蓬勃生机。才有了今天日新月异的飞速发展，我们要在时代的前列永远当先。

# 后 记

　　时光荏苒，我已快到退体年龄了。我在 1975 年高中毕业后就下放农村，1977 年年底被招工到江汉油田四机厂当了半年的工人。因为我是右派的子女，没有关系疏通（那时父亲还没有平反），被分配当了一名翻砂工。一气之下我就办理了退招手续。在招工的时候，正赶上招生制度改革，怀着侥幸参加了中专考试。当接到安陆商校烹调专业录取通知书时，已经是来年的阳春三月，于是，横下一条心，把"两招"都退了，又回到农村一边劳动；一边复习，一心一意考大专。当则人专文科录取线是 300 分，而我仅考了 301 分。1978 年 9 月，我收到了一张大专录取通知书——湖北十堰师范高师班中文专业。那一年，我所在的二百来人的知青队就考上了云个大学生，包括 1977 级的两个大学生，总共四个人。

　　十堰师范高师班虽然只是一个戴帽大专班，三流学府，但对手在经历了十年动乱而且又退了"两招"已别无选择的"黑五类"来说，是一个千载难逢的学习机遇。从此我的人生轨迹。上大学期间资料有限就借着抄，理解能力差就反复背，写作水平低就不停写。在毕业的前一年，即 1980 年 4 月我在十堰《东风》文艺杂志发表了十篇习作《藏书家》。这是我由乱南涂鸦变成铅字的处女作，也是向我一见钟情的女同学、后来的妻子献殷勤的定情物。毕业后，我分配到了自己的家乡——+潜江。先在熊口中学教了一年的高中，再调到城关中学（现在的文昌高中）教了一年初三，就结束了我的教育生涯。1983年，我的同学、妻子从十堰调到潜江师范任教，我作为优秀青年干部被选拔到行政部门工作，首先任园林镇的团委书记。1984年11月，被选为全县最年轻的非党副镇长。毕竟书生气太重，得志似乎太早，三年后调任杨市乡党委宣传委员。此项工作似乎比较适合学中文的我。任职不到一个月，10月底我就在《荆州日报》发表了杂文《漫谈对话》，11月26日在《湖北法制报》头版发表了杂文《卖鬼的联想》。1988年5月底仅分别在《荆州日报》《湖北日报》刊登文章《儿童节不是花钱节》。其间，撰写的调研文章也得到市委宣借部领导的好评。

　　因身体原因，我因患胃溃疡，胃被切除三分之二。1989年年初，调入布政府经济体制改革办公室经济研究中心。在省级刊物《体改纵横》《咨询与决策》都有文章刊登。1990年底又调入市计划委员会（市发改委）工作至今。其间，任了七年的科长。从1990年到2000年十年间神经被酒精麻痹，庸俗被疯狂笼罩，仅于1997年在潜江报刊发一篇小品文《级别待遇》。1999年搬新家时，几十万字的日记烧了，已发表的所有资料也遗失了。原以为再也与文学无缘了，当领导让我分管社会发展工作的时候，我才意识到自己还承担着不可推卸的责任，此时，已过不惑之年。于是，结合工作和人生感悟开始通读《资治通鉴》《道德经》《周易》。稍有感悟就写心得，偶发奇想就写文章。离岗前后，仅《资治通鉴》就读了五遍，笔记做了不少，在《潜江日报》发表了不少的文章。离岗后又陷入困惑，想转型学写其他体裁的文章又苦于无门。巧合中，结识了我的学生的同学、省作协会员、市作协副秘书长郭啸文。他将我推荐给中国作家协会会员、潜江市文联副主席、作协主/席黄明山，这才有了学习和创作的灵感，才有了《思海悟洲》出版的机会。此书除一篇外，集结的都是 2000 年以后写的散文，2000 年以前的文章因难以查找，只好作罢。

《背着月亮走》是妻子吕莉玲 48 岁本命年生日时，我为她写的，刊登在《潜江日报》2009 年 9 月的某期，文章力图表达对人生伴侣的眷顾。《我的父亲母亲》旨在传递老一辈在艰难困惑的年代，对人间大爱的彰显；《是在乡间的大路上》《禾场》是深入农村基层的真情实感；《我的兄弟姐妹》《恰同学少年》都尝试从人伦角度展示真善美……说《资治通鉴》是帝王教科书，一点都不假，但是，帝王是人，与帝王打交道的也是人，司马光老先生除了写治国理政的理念、加强领导艺术外，还记录了很多社会化、人性化的经典故事，记录了很多中华民族的传统美德。我不是搞史学研究的专家学者，也没有就某个事件去旁征博引，纯属草根漫谈。试图通过历史的穿越去寻找五千年岁月的默契，去探寻秦砖、汉瓦、唐橡阁的印迹，去和古人开展面对面地交心谈心，告诉先祖们他们的明天是怎样的情景（当然并不是告诉先祖们今天的豪车已不是"安车驷马"了），是为我们的明天参透哪些是重复了多次的教训，哪些要求我们发扬光大，哪些还需要进一步改革创新。于是，我写下了这些"与古为徒"的感悟，也算是对国学的传承与弘扬。文学价值有多高，只能仰仗读者的见仁见智。正如古人所说，"衣带渐宽终不悔，为伊消得人憔悴"。

我知道，我的文学水准不是很高，有些文章还登不了大雅之堂，只是在黄明山老师的指导下将拙文做了一个集结，以此为今后的创作更上一层楼而自我加压，这便是一个老兵重返文学之路的初衷。

2016 年 3 月